Jennifer J. Grimm

Soultaker

Dämonenblut

Roman

Deutsche Erstausgabe

Für meinen Liebsten,
danke für deine Unterstützung.
Für meine Familie, die hinter mir steht.

Danke Fabs für deine Hilfe und den besten Anmerkungen, die ein Beta-Leser nur machen kann. :)
Danke Santina fürs Lesen und
deine Indie-Buch-Begeisterung.
Jasmin und Flo,
euch auch Danke für euer Feedback.
Bine, danke für das tolle Cover!

ISBN: 978-1503014022
Deutsche Erstausgabe

c/o Ballreich
Germersheimerstrasse 77
67360 Lingenfeld
jennifer.grimm.books@gmail.com

Covergestaltung: Sabine Albrecht
Bearbeitung Dämon: Horst Frommont
Zeichnung Rückseite: Elena Kelpe

Besuchen sie die Autorin online:
facebook.com/j.grimm.autorin
www.jennifer-j-grimm.de

Prolog

Niemals darf sie erfahren, wer ich bin. Was ich bin. Sie hält mich für den Guten.

Die Wahrheit wäre ein Schlag ins Gesicht. Ich *muss* mich von ihr fernhalten. Doch mein dummes Herz hält sie fest. Zu lange war es einsam.

Ich weiß, dass es nicht gut enden kann, doch mein Egoismus siegt über meinen Verstand. Ich bringe sie in Gefahr, dennoch bleibe ich bei ihr, umschlinge sie fest.

Der Andere in mir erklimmt ihre Träume, raubt ihr den Schlaf.

Ach, *meine Lenah.*

Kapitel 1

»Jace?« Sie schielte durch den Türspion. Mist, wo blieb er denn? Sie waren verabredet und jetzt stand sie vor verschlossener Tür.

»Jason!«, rief Lenah mit erhobener Stimme. So nannte die junge Frau ihn nur, wenn sie genervt war. Sie fuhr mit der Hand durch die braunen Haare, die ihr knapp bis zur Schulter fielen.

Mit einem Seufzen griff sie in ihre Handtasche. Sie holte einen Schlüssel hervor, der einsam an einem Schlüsselring hing. Jason hatte ihn ihr gegeben, aber ohne ihn fühlte sie sich nicht wohl in dem riesigen Appartement. Für ihren Geschmack war es zu groß und zeigte ihr deutlich den Unterschied zu ihrem eigenen gesellschaftlichen Stand.

Lenah schob die aufgeschlossene Tür auf und warf den Schlüssel auf die Kommode. Wie die gesamte Einrichtung in dem weitläufigen Penthouse strahlte auch der Eingangsbereich edles Understatement aus. Trotzdem kostete jedes Möbelstück mit hoher Wahrscheinlichkeit mehr, als Lenah bei der *Manhattan News* im Jahr verdiente. Seufzend schob sie die Tür hinter sich zu und legte ihre Umhängetasche ebenfalls auf das Möbelstück.

Direkt an den Flur schloss das einladende Wohnzimmer an. Sie ging zu der, im Antik-Look weiß lackierten Kommode und schob die offenstehende Schublade zu. Wo er vorbei wirbelte, hinterließ ihr Freund Chaos. Diese Unordentlichkeit machte sie nervös, deshalb bückte sie sich nach dem Stück Wollstoff auf dem Boden.

»Hoffentlich erledigst du wenigstens deine Arbeit ordentlich«, murmelte sie und hängte den unifarbenen Schal an die Garderobe.

Zwei Stufen grenzten den Eingangsbereich vom Wohnbereich ab. Das schummrige Licht des aufgehenden Mondes leuchtete durch die bodentiefen Fenster. Draußen war es schon düster, obwohl es erst kurz vor 20 Uhr war. Lenah zog die bodenlangen Vorhänge zu, bevor sie das Licht anschaltete. Sie wusste dass es unsinnig war, denn sie befand sich in der 11. Etage und niemand konnte in die Dachsuite hinein sehen. Trotzdem wiederholte sie das Ritual jeden Abend.

Mit einem erneuten Seufzer sah sie auf die Uhr. »Wo bleibst du nur?« Das sah Jace nicht ähnlich. Er hasste es, sich zu verspäten.

Vielleicht hat er noch einen Kunden eingeschoben? Oder hat er unsere Verabredung vergessen? Sie griff nach ihrem Handy. Bei seinem Job als Immobilienmakler kam es öfter vor, dass Jason spontan Besichtigungen durchführen musste. Gerade als sie seine Nummer gewählt hatte, klingelte es an der Tür. »Na endlich!«, rief Lenah erleichtert aus und sprang von der riesigen Sofalandschaft auf. Sie lief zur Tür.

»Da bist du ja end-« Abrupt verstummte sie. Vor der Tür stand nicht Jace. Im Gegenteil, der Mann mit der Glatze, hatte keinerlei Ähnlichkeit mit ihm. Er trug dunkle, enge Jeans und ein Hemd. Unter den hochgekrempelten Ärmeln blitzten Tattoos hervor.

»Kann ich … Ihnen weiterhelfen?«, fragte sie nach ihrer kurzen Musterung.

»Ich suche Jason Meyer.« Ohne Umschweife musterte er Lenah. Er sah irritiert aus, als hätte er nicht mit der Anwesenheit einer Frau gerechnet. Sie konnte es ihm nicht verübeln, Jace hatte nicht den Ruf ein Frauenheld zu sein. Ihre Beziehung hielt er so gut wie nur möglich aus der Öffentlichkeit heraus.

»Oh, er ist nicht zuhause«, antwortete Lenah und fühlte

sich unwohl unter seinem neugierigen Blick. Seine Augen verengten sich fast unmerklich und für einen Moment erinnerte sein Gesicht sie an ein Raubtier auf Beutezug.

»Kann ich Jace etwas ausrichten?« Unwillkürlich umgriff sie die Türklinke.

»Wie unhöflich von mir.« Er hielt ihr die Hand hin. »Mein Name ist Raphael.« Das darauffolgende, durchaus charmante Lächeln bescherte Lenah eine Gänsehaut. Es kostete sie Überwindung, die ausgestreckte Hand zu schütteln.

»Lenah.« Absichtlich nannte sie lediglich ihren Vornamen, auch wenn es ein Leichtes war, ihren Familiennamen herauszufinden. Unbehaglich schielte sie auf die Uhr. Wo blieb Jace?

»Darf ich hier auf ihn warten?« Raphael hob fragend die Augenbrauen. »Ich verspreche auch brav zu sein, *Lenah*.«

Sämtliche Alarmglocken schrillten in ihrem Kopf. Einen Fremden in Jasons Appartement lassen? Das klang nach keiner guten Idee. Aber vielleicht war er ein Kunde?

»Ich ... ich rufe vorher Jace an.« Sie griff nach ihrem Mobiltelefon und zog es aus der Hosentasche.

»Misstrauen sie mir etwa?« Amüsiert erhellte ein Grinsen sein Gesicht. Ohne auf seine Frage einzugehen, wählte sie die Nummer ihres Geliebten.

»Eine ordentliche Portion Misstrauen ist durchaus angebracht.« Jasons dunkle Stimme hallte durch das Treppenhaus. Erleichtert ließ Lenah das Handy sinken und sah seiner hochgewachsenen Gestalt entgegen.

Wie jeden Tag hatte er das Treppenhaus genommen. Die Bewegung tat ihm nach Stunden im Büro gut und da schreckten ihn auch nicht die elf Stockwerke des Hochhauses ab.

»Wer sind sie? Reporter?« Jace schob seinen breiten Körper an dem fremden Mann vorbei.

»Warte bitte drinnen.« Er öffnete die Tür für Lenah. Ihrem erleichterten Gesichtsausdruck entnahm er, dass sie froh war, dem seltsamen Mann entkommen zu sein. Erst als die Tür hinter ihr zufiel, wandte er sich dem Fremden zu.

»Was wollen Sie hier?« Schärfe klang in seiner Stimme mit und er kniff die moosgrünen Augen zusammen.

Raphael ging nicht auf die Frage ein. »*Jace* also? Ihr scheint euch nahe zu stehen?« Er deutete auf die Tür, die Jason wieder zugezogen hatte.

»Das geht sie nichts an!«

»Ich hatte auch einmal eine Geliebte. Und jetzt ist sie verloren.« Die Gelassenheit in seinem Gesicht wich bitterem Zorn. »Du hast sie auf dem Gewissen, ebenso wie deine Schwester, Meyer.« Wenn Blicke töten könnten, hätte seiner Jason zu Staub zerfallen lassen.

Jason ließ den Aktenkoffer fallen. Blätter mit vielen Zahlenreihen und Statistiken verteilten sich über dem Boden. Er presste seinen Gegenüber grob gegen die Wand. Dieses Thema war ein rotes Tuch für ihn. Er gab sich immer noch die Schuld für ihren Zusammenbruch.

»Meine Schwester geht dich einen feuchten Dreck an!« Er drückte seinen durchtrainierten Unterarm gegen Raphaels Hals. »Ich will, dass du verschwindest. Ich weiß nicht, wer dich schickt, aber ich will dich hier nie wieder sehen! Verstanden?« Er ließ etwas locker, damit der Fremde sprechen konnte.

»Jason Meyer.« Raphael räusperte sich, der Druck auf seiner Kehle machte es ihm schwer zu sprechen.

»Ich werde dich leiden lassen. Du sollst dieselben Schmerzen haben wie ich, als meine Geliebte wegen dir verbannt wurde. Du sollst an deinem gebrochenem Herzen krepieren.«

Jason verstärkte seinen Griff wieder. Was der Wahnsinnige da laberte, verstand er von vorne bis hinten nicht.

»Ich kenne deine Geliebte nicht einmal!«

»Natürlich nicht, Gildenmeister. Rebekka war ja auch ein Engel. So wie ich.« In seinen Augen funkelte die Gier nach Blut. »Unsichtbar für die Menschheit. Dennoch wurde sie wegen dir aus dem Himmel verbannt.«

Jason packte ihn am gestärkten Kragen seines weißen Hemdes. Schwungvoll warf er ihn zu Boden. »Verschwinde. Ich habe keine Ahnung, was du da faselst, aber ich höre mir diesen Stuss nicht länger an!« Aufgebracht starrte er ihn an und riss sich zusammen, um dem Schwachkopf nicht auf der Stelle an die Gurgel zu gehen. Das Dämonenblut drohte die Oberhand zu ergreifen, doch er drängte es mit viel Mühe zurück. Nein, nicht hier, nicht wenn Lenah bei ihm war.

Raphael rappelte sich auf und rieb sich über den Hals. »Ich werde dir dein Leben zur Hölle machen, Meyer. So wie du mit deinen Taten Rebekka aus dem Himmel vertrieben und mich damit durch die Hölle geschickt hast.« Er schob eine Hand gelassen in die Hosentasche, als würde er Smalltalk führen. Mit der anderen drückte er den Fahrstuhlknopf. Lautlos ging die Tür auf.

»Grüß Lenah von mir. Mit deiner kleinen Journalistin werde ich bald viel Spaß haben.« Sein irres Kichern ging im Signalton der sich schließenden Fahrstuhltüren unter.

Jason ballte die Fäuste. Wenn Lenah in Gefahr war, konnte er für nichts mehr garantieren. Er atmete tief ein und aus. Noch immer drohte das Dämonenblut in seinen Adern aufzuwallen.

Er musste dem Dämon dringend eine Injektion verpassen. Seufzend besah er das Chaos, das sein aufgeplatzter Koffer hinlassen hatte. *Scheiß drauf.* Da das gesamte Dachgeschoss ihm gehörte, würde ohnehin niemand vorbeikommen. Er stapfte achtlos über die Ordner. Hinter ihm knallte die Tür lautstark zu.

»Ich bin gleich bei dir!«, rief er ins Wohnzimmer. Er verschloss die Badezimmertür. Hitze stieg in ihm auf. *Scheiße, das ist nicht gut.*

Keuchend holte er eine der Ampullen aus dem Medizinschrank. Der Schlüssel fiel zu Boden, bevor er es verschließen konnte. Sein Blick trübte sich und ihm wurde schwindelig.

Wenn er nicht die Kontrolle verlieren wollte, sollte er sich beeilen. Er riss die sterile Verpackung von der Spritze und rammte die Nadel in den versiegelten Glasbehälter. Er zog die klare Flüssigkeit auf und befreite seinen linken Arm vom überflüssigen Stoff.

Ein Seufzen kam ihm über die Lippen. Das Mittel gelangte in seine Blutbahn und hinderte die DNA seines Dämons daran, die Macht zu erlangen.

Kapitel 2

Der Dämon spürte Lenahs Sorge. Dunkle Schwaden von einladender Beunruhigung. Jace drängte ihn zurück, und endlich ließ der Inkubus sich in die Dämmerung fallen, die das Antiserum über ihn brachte.

Als Jason das Wohnzimmer betrat, schwieg Lenah trotz ihrer Neugier. »Was ist mit deinem Hemd?« Überrascht registrierte sie seinen nackten, einladenden Oberkörper.

Er neigte den Kopf zur Badezimmertür. »Ist in der Wäsche.« Er nahm neben ihr auf dem Sofa Platz. »Entschuldige, dass ich so lange gebraucht habe, Süße.« Er beugte sich zu ihr und küsste sie. Viel zu kurz berührten seine warmen Lippen ihre. »Wir müssen reden.«

Lenah erstarrte in der Bewegung. Ihre Erfahrungen mit diesen drei Wörtern gehörten nicht zu den Guten. Erinnerungen an ihren Ex-Mann stiegen auf, denn auf diesen Satz folgte stets eine Tirade, die zwischen eifersüchtigen Vorwürfen und grundlosen Beleidigungen schwankte.

Sie blinzelte. Jace saß vor ihr, nicht *Tony*. Der saß immer noch im Gefängnis. Sie fuhr sich durch die kurzen Haare und schob eine braune Strähne hinters Ohr.

»Worüber?«, fragend sah sie ihn an, weiterhin misstrauisch vor den Worten, die folgen würden.

Jasons Daumen strich über Lenahs Handrücken und das Dämonenblut pulsierte erneut unruhig. Der Inkubus spürte es, wenn seine Liebste besorgt war.

»Keine Sorge, es hat nichts mit unserer Beziehung zu tun«, sagte er, musste sich jedoch korrigieren. »Nicht direkt jedenfalls.« Tief atmete er durch, beruhigte den Dämon, der sich erneut aufbäumte. Die Injektion sollte ihn länger ruhig halten, doch in letzter Zeit wurde der Andere in ihm stärker. Er schüttelte den Gedanken an das Monster ab, um es nicht noch mehr zu bestärken.

»Den Mann eben … Kennst du ihn?« Fragend sah er in Lenahs braune Augen. Er hielt ihre Hand umschlungen und Schlag für Schlag normalisierte sich ihr Puls.

Überrascht hob sie eine Augenbraue. »Ich dachte, *du* kennst ihn?«

»Nein. Und ich möchte ihn auch keineswegs kennen lernen.« Eindringlich erwiderte er den Blick aus ihren braunen Augen. »Der Kerl ist gefährlich, Lenah. Und verrückt noch dazu! Er behauptet, dass er ein Engel ist«

»Oha, dann spinnt er ja wirklich total!« Seine Aussage bestätigte ihre Meinung zu Raphael.

»Wir dürfen uns erst einmal nicht mehr gemeinsam in der Öffentlichkeit zeigen.« Jason verengte die Augen. »Er hat mir gedroht und ich werde dich keiner Gefahr aussetzen. Ich rufe Marcus gleich an. Er soll einen Mitarbeiter vom Sicherheitsdienst vor dem Haus deiner Mutter postieren.«

Protestierend öffnete Lenah den Mund. »Nein, Jace! Du kannst niemanden vor meine Haustür stellen!« Sie entzog ihm ihre Hand und verschränkte die Arme vor der Brust.

»Lenah! Es ist zu eurer Sicherheit.« Bevor sie erneut gegen die Überwachungsmaßnahme protestieren konnte, spielte er seinen einzigen Joker aus: »Denk an Bastian.«

»Jace, das ist nicht fair!« Seufzend nickte sie. »Ich überlege es mir.« Doch wie sollte sie *nein* sagen, jetzt wo er ihren Sohn ins Spiel gebracht hatte?

»Danke.« Erleichtert entspannte sich sein Gesicht. Lenah öffnete den Mund, wollte weiter nachhaken, was der Kerl denn eigentlich von ihm gewollt hatte, doch Jace schüttelte den Kopf.

»Denk nicht weiter darüber nach. Er ist sicher nur ein harmloser Spinner.« Marcus würde Lenah und ihre Familie beschützen. Mit dieser Gewissheit versuchte er, Lenah zu beruhigen. Doch da er wusste, dass auch Dämonen und Gestaltwandler existierten, brachte ihn die Behauptung des Mannes doch ins Grübeln.

»Du hast bestimmt Recht!« Lenah streckte die Arme nach ihm aus. »Dann lass uns den Heini vergessen. Wir haben zu wenig Zeit, um diese mit einem Fremden zu verschwenden.«

Er erwiderte ihre Umarmung und hob sie auf seinen Schoß. Lenah schmiegte sich an seinen nackten Oberkörper und schloss die Augen. Dank seiner Dienstreise hatte sie ihn eine Woche nicht gesehen. Während seiner Abwesenheit hatte sie bemerkt, wie sehr sie sich in den letzten acht Monaten an ihr Leben mit ihm gewöhnt hatte.

Er stand auf und zog sie hoch. »Ich sollte dir jetzt Abendessen anbieten …«, murmelte er in ihr Ohr. Lenah schüttelte den Kopf.

»Können wir gleich zum Dessert übergehen?« Sie schlang ihre Arme um seinen Nacken. »Ich hab dich vermisst.«

»Ich dich auch, Süße.« Er küsste Lenah. »Dein Wunsch ist mir Befehl.« Er packte sie an der Hüfte, griff dort nach dem Saum ihres Shirts. Bevor er ein Wort sagen konnte, hob sie die Arme. Er zog ihr das Oberteil über den Kopf und warf es achtlos zu Boden. Während er begann Lenahs Jeans zu öffnen, unterbrach das Läuten der Türklingel die beiden.

»Mr. Meyer?« Jason erkannte den Hausmeister sofort an seiner rauchigen Stimme. Der Kerl soff Whisky wie andere Wasser und mischte sich ständig in die Angelegenheiten der Wohnungsbesitzer ein.

»Soll ich den Papierkram in den Müll schmeißen?«, schrie er so laut, dass sie ihn im Wohnzimmer deutlich hören konnten.

»Nein!« Er löste sich von Lenah und sah sie kurz an. Atemlos stand sie vor ihm. Unruhig hob und senkte sich ihr Oberkörper, und der Blick aus ihren braunen Augen bereitete ihm zittrige Knie. »Rühr′ dich nicht von der Stelle. Ich bin sofort wieder bei dir.« Er küsste sie noch einmal, bevor er an die Tür ging, um seine Papiere einzusammeln.

Der Hausmeister sah so aus, wie er sich anhörte. Die ungepflegten Haare hingen ihm bis auf die Schulter und glänzten fettig im Neonlicht der Treppenhausbeleuchtung.

»Sie sollten das Treppenhaus nicht so dreckig hinterlassen, Mr. Meyer.« Richard Parks deutete mit dem Zeigefinger auf Jason und fuchtelte hektisch mit den Papieren, die er vom Boden aufgesammelt hatte.

»Alle hier denken, sie wär′n was Besseres. Nur weil ′se in Kohle schwimmen!«, zeterte er und starrte den Besitzer des Penthouse an. Er ließ den Papierstapel demonstrativ zurück auf den Boden flattern und packte seinen Besen.

»Kommt nicht wieder vor.« Jasons Worte gingen im Genörgel des Mannes, der davon hinkte, unter. Er kniete sich hin und begann mit einer Hand die Papiere vor sich zu stapeln. Mit der anderen nahm er sein Smartphone aus der hinteren Hosentasche und wählte eine der Kurzwahlnummern.

»Marcus, ich bin′s.« Er senkte seine Stimme. »Schick jemanden zu Lenahs Haus. Ich erklär′s dir nachher, aber es ist wichtig.« Er hielt inne, wartete auf die Antwort seines Gesprächspartners.

»Wie lange? Vorerst auf unbestimmte Zeit. Aber er muss unauffällig sein. Ich möchte nicht, dass Lenah ihn bemerkt.« Er zog den Aktenkoffer näher zu sich und stopfte die Papiere hinein. Zufrieden nickte er, als sein Sicherheitschef ihm den Auftrag bestätigte und einen seiner besten Männer nannte. »Ich danke dir.« Nachdem er das Gespräch beendet hatte, stand er mit dem Koffer in der Hand, auf.

Als er zurück ins Wohnzimmer kam, stellte er den schwarzen Koffer neben dem gläsernen Wohnzimmertisch ab. Er trat an das bodentiefe Fenster, vor dem Lenah telefonierte.

»Jetzt? Aber Chef, ich ...« Sie rieb sich über die Stirn und schloss kurz die Lider. Die Müdigkeit begann, dunkle Schatten unter ihre Augen zu malen. »Ja, natürlich. Ich werde hinfahren.«

Nachdem sie aufgelegt hatte, entfuhr ihr ein lauter Seufzer. »Ich muss los.« Enttäuscht steckte sie das Handy in ihre Umhängetasche. Sie langte nach ihrem Shirt und zog es über den Kopf. »Ein kürzlich entlassener Kinderschänder wurde ermordet. Carson will, dass ich einen Artikel darüber schreibe.«

Überrascht weiteten sich Jasons Augen. »Oh, schon wieder?«

Sie nickte. »Ja, in Harlem.«

»Dort ist es gefährlich«, merkte er mit gerunzelter Stirn an. »Besonders um diese Uhrzeit. Kann er nicht jemand anderen hinschicken?«

Lenah schüttelte den Kopf. »Christian ist nicht zu erreichen und Mara hat keinen Babysitter für ihre Tochter.«

»Ach, aber du musst deinen freien Abend dafür nutzen, um in eine der gefährlichsten Gegenden der Stadt zu fahren? In der ein Killer frei rumläuft?« Unzufrieden kniff er die Augen zusammen.

Sie streckte die Arme nach oben und umschlang seinen Nacken. »Schade, ich hab mich so auf dich gefreut« Sie küsste ihn sanft.

Er legte seine Hände um ihre Hüfte und drückte sie an seinen Körper. »Ich hab dich vermisst, Lenah.« Als sie sich von ihm löste, zupfte er an einer ihrer kurzen Haarsträhnen. »Pass auf dich auf.«

»Wie immer.« Sie hing sich die Umhängetasche über die Schulter und öffnete die Tür. »Ich ruf dich an!« Sie warf ihm einen Handkuss zu, bevor sie die Tür schloss.

Müde lächelte er.

Jason sank in die flauschigen Polster der Couch. Pochend meldete sich der besitzergreifende Dämon zu Wort. Ihm gefiel es ebenso wenig, dass Lenah auf dem Weg in eine der zwielichtigsten Gegenden der Stadt war. Und Jason selbst trug die Schuld daran. Er hatte das Attentat an Aiden, einen seiner Mitarbeiter, vermittelt.

Welche Wahl hatte er schon gehabt? Der, wegen guter Führung, vorzeitig entlassene Kinderschänder stellte erneut einem kleinen Mädchen nach. Doch diesmal war der Verbrecher nicht so sorgsam vorgegangen, wie bei dem letzten Kind. Was Jason mitsamt seiner Gilde auf den Plan gerufen hatte.

Er hatte den erschreckenden Altar des Fanatikers selbst gesehen: Fotografien der Vierjährigen, eine pinke Mütze mit glitzernden Bommeln, ein verloren geglaubter Teddy.

Bevor der Mann, der jede Therapie verweigerte, sich erneut an einem unschuldigen Wesen verging, hatte er handeln müssen. Irgendjemand musste etwas Gerechtigkeit in die Welt bringen - auch wenn es außerhalb der Legalität geschah.

Die dröhnende Stimme in seinem Kopf ließ ihn zusammenzucken. Er schloss die Augen und rieb sich über das kurz geschorene Haar. Die Schattenbrut hatte Recht - er musste Lenah einen Aufpasser hinter herschicken. Um diese Uhrzeit lungerten selbst in Harlem zu viele suspekte Gestalten auf den Straßen herum. Da er nicht einschätzen konnte, wie ernst dieser Raphael seine Drohungen meinte, war er nicht bereit hier ein Risiko einzugehen.

Erneut rief er seinen Sicherheitschef an. »Lenah ist auf dem Weg nach Harlem. Ihr verfluchter Chef hat sie zum Fundort des Kinderschänders geschickt. Pass auf sie auf.«

Er beendete das Gespräch ohne weitere Floskeln. Marcus würde sie mit seinem Leben beschützen. Der Gestaltwandler hatte Jason bedingungslose Treue geschworen, nachdem dieser ihm das Leben gerettet hatte.

Endlich ließ das schmerzhafte Pulsieren in seinem Kopf nach. Mit einem Laut der Erleichterung richtete er sich auf. Der Inkubus wurde stärker, trotz der regelmäßigen Injektionen seines Wundermittels.

Es lag an Lenahs Nähe, dessen war er sich bewusst. Der Dämon war besitzergreifender als Jason selbst. Doch als einzige Alternative bot sich ihm, Lenah zu verlassen. Das würde der Dämon nie zulassen. Nur solange er in ihrer Nähe war, konnte *er* nachts in ihre Träume steigen.

Jason befürchtete, dass es in dieser Nacht erneut geschehen würde, trotz seines Versuches mit einer Injektion den Inkubus zu entkräften.

Obwohl Lenah sich beeilte, war es nach Mitternacht, als sie zuhause ankam. Leise schlich sie durch das dunkle Reihenhaus ihrer Mutter. Lenah lebte mit Bastian seit ihrer Scheidung von Tony bei ihr. Auf Zehenspitzen lief sie ins Bad, bevor sie völlig fertig in ihr Bett sank. Sie schlief sofort ein.

Warme Finger strichen über ihre Haut. Langsam lichtete sich der Schleier ihres festen Schlafes und sie blinzelte.

„Jace?", murmelte sie verschlafen.

„Viel besser ...“, versprach sein Ebenbild. Seine Hände glitten über ihren nackten Oberkörper. Mit einem Seufzen senkte sie die Lider. Leises Lachen ließ sie erschaudern. Sie genoss die Liebkosungen des schweren Körpers, der sie in ihr Bett drückte.

Lenah öffnete die Augen, als ein heißer Lufthauch über ihre Haut strich. Überrascht bemerkte sie, dass sie sich nicht mehr in ihrem Zimmer befanden. Stattdessen breitete sich ein weiter Strand vor ihr aus, mit schneeweißem Sand. Sie lag auf einer ausladenden Matratze, deren cremefarbener Seiden-Bezug ihre erhitzte Haut kühlte.

Am Himmel zeigte sich keine einzige Wolke und die Sonne strahlte gnadenlos auf sie hinab. Geblendet kniff Lenah die Augen zu. *Er* schob seine muskulösen Arme unter ihren Körper und hob sie hoch.

Mit der wertvollen Last in seinen Armen schritt er über den heißen Sand, ohne darin zu versinken. Der Dämon grinste, als er Lenahs entspannten Gesichtsausdruck sah. Er würde warten, er konnte noch wohlschmeckendere Gefühle aus ihr herauskitzeln.

Angenehm warmes Wasser umfloss Lenahs Füße. Überrascht öffnete sie die Augen und hielt sich an Jasons Körper fest.

„Wo sind wir?“ Sie sah über das blaue Salzwasser hinweg, in dem sie nun bis zur Hüfte stand. Bis zum Horizont erstreckte sich das Meer.

Er lachte. „In deinem Traum. Wo sonst.“

„Der Traum gefällt mir.“ Ihre warme Haut schmiegte sich an seine. Erneut hob er sie hoch. Hart drängte er die Zunge in ihren Mund. Mit einem heiseren Stöhnen öffnete sie die Lippen für ihn.

Erregung.

Erregung schmeckte angenehm, aber es gab noch mehr. Er musste sie nur zu ihren Gefühlen bringen. Träge streckte er seine Sinne aus, tastete damit über ihre Emotionen.

Lenahs feuchte Haut glitt über seine, als er mit den Fingern zwischen ihre Beine wanderte. Sein Mund bahnte sich den Weg über ihre Brust, die nach Salzwasser schmeckte, bis er ihre Brustwarzen erreichte. Sie zuckte zusammen, als seine Zähne sich sanft in ihr Fleisch gruben. Doch er verletzte sie nicht. Er spielte mit ihr, trieb nur ihre Lust weiter.

Als würde sie nichts wiegen, hielt er ihren Körper mit einem Arm an sich gedrückt. Er schob einen Finger seiner freien Hand in ihre Tiefe.

Sein leises Stöhnen, als das Feuer in ihr erneut aufwallte, ging in ihrem Keuchen unter. Er nahm einen zweiten Finger dazu, eine Verheißung auf mehr, dass sie ausfüllen würde. Sie stützte sich an seinen Schultern ab, als er seine Finger in ihr bewegte. Wie von selbst hob und senkte sich ihre Hüfte.

Langsam ließ er sie an sich herunter gleiten, bis er seine Finger mit seiner Erregung ersetzen konnte. Mit einem leidenschaftlichen Stoß trieb er sich in sie. Leise schrie Lenah auf. Und plötzlich stand sie bis zum Hals im warmen Wasser.

Sein Geist verschlang gierig das Gefühl der Überraschung. Vorsichtig nährte er sich von ihren Emotionen. Doch er riss sich zusammen, wenn er zuviel nahm, forderte das seinen Tribut. Und er wollte ihr wildes, süßes Temperament nicht verlieren – *noch nicht.*

Sie spürte, wie er seine Finger hart an ihren Hintern drückte, um sich tiefer in ihr enges Fleisch zu rammen. Er gab einen intensiven Rhythmus vor, den Lenah nur zu gern erwiderte. Sie schlang ihre Beine enger um seine Hüften, um seine Erektion bis zum Anschlag in sich aufzunehmen. „Oh, Jace ..." Ihr Stöhnen wurde lauter. Ihre Nägel hinterließen feine Kratzer in seinem Nacken, was ihn erregt knurren ließ.

Die Erregung vernebelte ihren Verstand, was die Schutzmechanismen in ihrem Kopf ablenkte. Lange würde sie seiner Verführung nicht mehr widerstehen können. Und danach – danach war es ein Kinderspiel ihre Seele auszurauben. Fester stieß er seinen Schwanz in sie, ihr offener Mund stöhnte hemmungslos in sein Ohr.

Lenah ließ sich von seinem Takt führen. Sie drückte sich seinen Bewegungen entgegen, hieß sein Eindringen willkommen. Bei jedem seiner Stöße wurde sie etwas aus dem Wasser gehoben. Ihre Muskeln begannen zu zittern. Trotz des Wassers um sie herum brannte die Sonne auf ihre verschlungenen Körper hinab. Das Salz des Meeres stach wie kleine Kristalle in ihre Lippen.

Ihre Zunge suchte seinen Mund, doch als er sich erneut in ihr vergrub, erschauderte ihr Körper. Tief in ihr, verkrampfte sich ihr Fleisch um seine Erregung und sie spürte, wie auch er kam.

Atemlos sackte ihr Kopf auf seine Schulter. Mit der Hand fuhr er zärtlich über ihren Hintern, folgte der sanften Kurve ihrer Wirbelsäule. Träge rutschte ihre Hand von seinem Rücken, während er sich aus ihr herauszog.

»Au«, beschwerte sie sich flüsternd. Das Salzwasser malträtierte ihre wunde Haut. Lenah kniff die Augen zusammen und ignorierte den leichten Schmerz. Sie hauchte einen Kuss auf Jasons Schlüsselbein.

Plötzlich erstarrte sie. Das zaghafte Brennen zwischen

ihren Beinen wandelte sich zu einem eisigen Lodern. Das kalte Feuer nahm den Rest ihres Körpers in Besitz. Zitternd krallte Lenah ihre Finger in Jasons breiten Schultern. Sie öffnete den Mund, doch das Eis verhinderte, dass ein Wort über ihre Lippen kam. *Jace...*

Er schob seine Hand in ihre Haare, zog daran. *Köstlich.* Wellen der Angst schwappten in ihr über. Seine Kälte machte sie regungslos, verhinderte ihre Gegenwehr. *Er* schob ihren bibbernden Leib weg und schloss genussvoll die Augen. Der letzte Hauch Erregung mischte sich mit dem zuckerigen Geschmack der Überraschung, mit der bitteren Absonderung der Panik. Wohlig stöhnte der Inkubus auf. *Herrlich.*

Jason löste sie von seinem Körper. Panisch pochte ihr Herz und verdrängte mit beißender Furcht den letzten Rest Erregung. Lenah versuchte die Arme zu heben, doch ihre Glieder widersetzten sich ihr. Es gelang ihr nicht, die eisige Kälte zu verdrängen, die sie in Besitz genommen hatte.

Nein. NEIN!

Ohrenbetäubend hallte der Gedanke in ihrem Kopf wieder.

Er ließ sie endgültig los. Mit einem hämischen Grinsen auf den Lippen sah er zu, wie Lenah im Meer versank. Das warme Wasser drückte sie nieder, ein Kontrast zur klirrenden Kälte, die sie von innen heraus zerbersten wollte. Hektisch versuchte sie einzuatmen, doch es drang nur Salzwasser in ihren Mund.

Lenah riss die Augen auf. Es dauerte einen kurzen Moment, bis sie es begriff: nur ein Traum.

»Es war nur ein Traum«, sagte sie laut, um ihr klopfendes Herz zu beruhigen. Sie griff nach der Glasflasche neben dem Bett und trank einen Schluck Mineralwasser, um den salzigen Geschmack ihrer Fantasie wegzuspülen. Sie drehte das verschwitzte Kissen um und bettete ihren Kopf auf die kühle Seite. Ihr Körper pochte, als wäre ihr Orgasmus nicht nur eine Fantasie gewesen. Sie starrte aus dem Fenster, wo die Sonne in wenigen Stunden aufgehen würde.

Lenah schloss die Augenlider mit einem Seufzer. Sie sollte schlafen, bevor Bastian am Morgen ins Schlafzimmer gestürmt kam. Sie zog die Bettdecke über ihre bloße Schulter. Die Matratze gab nach, als sie sich aufsetzte. Lenah sah an ihrem Körper herunter. *Nackt?!*

Sie hatte vor dem Schlafengehen, ein übergroßes Bandshirt angezogen, davon war sie überzeugt. Kopfschüttelnd beließ sie es dabei und sank müde ins Bett.

Kapitel 3

»Scheiße!« Der laute Fluch hallte durch das Büro. Jason fegte einen dicken Papierstapel vom Tisch. »Wenn ich diesen Bastard in die Finger bekomme! Und du bist dir sicher, Marcus?«

Der Angesprochene nickte und stand auf. »Irgendjemand hinterlässt seit zwei Tagen an unseren Tatorten Hinweise, nachdem wir die Jobs erledigt haben«, erklärte er seinem zornigen Chef. »Indizien, die auf unsere Gilde verweisen, wenn man sie richtig kombiniert. Bisher hat die Polizei einen der gravierten Dolche gefunden, und jetzt beim Pädophilen in seiner Hosentasche die Zeichnung eines Halbmondes. Glücklicherweise wissen die Bullen nicht, was das bedeuten soll.«

»Noch nicht«, knurrte Jace. Er drehte sich auf seinem riesigen Bürostuhl um und starrte in den trüben Regen. »Das gibt's echt nicht.« Er stand auf. »Du musst herausfinden, wer uns auffliegen lassen will!« Steckte da etwa auch Raphael dahinter?

Marcus versuchte ihn zu beschwichtigen, bevor Jasons Wut den Dämon an die Oberfläche trieb. Doch dieser winkte ab.

»Er ist satt«, murmelte er. Mit dem Zeigefinger rieb er sich über die Nase und schloss die Augen. »Er hat letzte Nacht Lenah besucht.«

Entsetzt sah Marcus ihn an. Mit beherrschten Bewegungen band er die langen, schwarzen Haare zu einem Zopf. Einer seiner Ahnen musste ein Indianer gewesen sein, denn auch seine dunkel getönte Haut erinnerte an einen der Ureinwohner Amerikas. »Bist du verrückt?«

»Ich?« Jason nahm erneut in seinem Schreibtischstuhl Platz und zog eine verborgene Schublade des hölzernen Monstrums auf. »Sag das bitte dem verdammten Biest. Die Injektionen zeigen kaum noch Wirkung.« Er nahm das Notebook aus dem dafür angepassten Tresor. Sobald er es aufgeklappt hatte, startete das Betriebssystem. Mit einem leisen Geräusch signalisierte es seine Bereitschaft.

»Das ist gefährlich für Lenah!« Marcus hob seine Stimme.

Finster sah Jason auf. Niemand redete in diesem Ton mit ihm. Als hochrangiger Geschäftsmann hatte er sich den Respekt der Menschen hart erarbeitet. Auch sein *kleines* Nebengewerbe bescherte ihm die Ehrfurcht derer, die davon wussten. Was nicht viele waren, doch das sprach für den Erfolg seiner Art der Attentatsvermittlung.

Aber Marcus war mehr für ihn als sein Sicherheitschef, nur deshalb ließ er ihm den vorlauten Ton durchgehen.

»Wenn der Dämon zu viel von ihr nimmt, wird er ihre Seele zerstören! Du wirst einem sechsjährigen Jungen die Mutter nehmen!«

»Das passiert nicht!« Jason hämmerte das Passwort in die Tastatur. »*Er* ist besessen von ihr. *Er* will sie beschützen.«

Ein trockenes Lachen stieg aus Marcus Kehle. »Soll das ein Witz sein? Derjenige, der ihr die Gefühle raubt und an ihrem Geist nagt, will sie beschützen? Du solltest dich nicht auf die Ritterlichkeit deines Biestes verlassen.«

Das flackernde Licht des Bildschirms betonte die harten Schatten in Jasons Gesicht. Sein Gehämmere auf der Tastatur verriet seine Anspannung. Er sah zu seinem Freund auf.

»Ich kann sie nicht verlassen.« Er hatte es versucht, bei Gott, doch er liebte Lenah zu sehr. Die entsprechenden Worte hatte er nie über die Lippen gebracht.

Marcus' Gesichtsausdruck wurde weich. »Mann, ich versteh dich doch.« Er lehnte sich über den Tisch und erwiderte Jasons Blick. »Dann bleibt dir nur eine Möglichkeit. Leg deinem Dämon Zügel an und zeig ihm, zu wem diese Frau gehört.«

Jason nickte. »Ich weiß. Das Labor arbeitet daran, die Wirkstoffe des Serums zu verstärken. Er gewöhnt sich daran, am Anfang wurde das Dämonenblut länger unterdrückt.« Seine Finger fuhren über die kurz geschorenen Haare. Dann schüttelte er den Kopf. »Wenn er sich auch an das neue Serum so schnell gewöhnt ...«

Dann wird die immer höhere Dosierung meinen Körper nach und nach zu Grunde richten. Er hob die Hand, bevor Marcus ihm eine Antwort gab. »Lass uns jetzt deine nächste Aktion fertig planen. Ich muss später noch zu einer Charity-Aktion.«

Der Gestaltwandler hob eine Augenbraue. »Das Dinner, das der Vorstand der Stadtbank organisiert? Ich dachte, das ist erst nächsten Monat.«

»Dann hast du falsch gedacht«, verneinte Jason.

Jetzt fluchte Marcus. »Shit, ich hab heute Abend niemanden mehr frei!« Er deutete aus dem Fenster. »Und ich muss später das Attentat übernehmen, sonst wird eine ganze Familie ausgelöscht.«

Jason kopierte die Details des Auftrags in die Cloud. Eine Sekunde später meldete Marcus' Handy die Ankunft der neuen Daten. Er klappte das Notebook zu und schob es in den versteckten Tresor.

»Geht schon klar. Das ist eine gut besuchte Veranstaltung, über hundert der Reichen und Schönen New Yorks werden anwesend sein. Ich komme allein zurecht. Ich habe Lenah gebeten, daheim zu bleiben.« Er tippte den Zahlencode ein, um den Safe zu verschließen.

»Ich muss noch Papierkram bearbeiten. Erledige du in Ruhe deinen Auftrag.« Die Tätigkeit als Geschäftsmann war leider nicht nur Schein. Er leitete wirklich die Immobilienfirma. Mittlerweile führte er allerdings nur die Besichtigungen der berühmtesten Kunden durch. Die anderen Interessenten übernahmen seine freien Angestellten.

Er drückte einen Knopf an seiner Sprechanlage. »Miss Heartfield?« Mit der kalten Arroganz, die er sich mühsam angeeignet hatte und von einem Mann seines Standes erwartet wurde, sprach er weiter: »Bitte bringen Sie mir die restlichen Akten zur Investment-Planung.«

Er ließ die Taste los, bevor er ihre Antwort hören konnte. Marcus verließ ohne ein unnötiges Wort Jasons Büro, um sein Zielobjekt in Angriff zu nehmen.

Lenah machte es sich gerade auf dem Sofa bequem, da stürmte Bastian durch die Küche ins Wohnzimmer. »Mamaaaaa!«, rief er. Sein strahlendes Gesicht zeigte ihr, wie sehr er sie am Vorabend vermisst hatte. Am Morgen hatte sie, zwischen Schulranzen packen und Frühstück vorbereiten, kaum Zeit mit ihrem Wirbelwind verbringen können.

»Hallo, mein Schatz.« Sie drückte ihm einen Kuss auf seinen braunen Wuschelkopf, als er sich mit weit geöffneten Armen auf sie warf. »Uff …«, stöhnte sie gespielt und kniff die Augen zusammen. »Wann bist du so schwer geworden, Basti?«

Er ließ seine Jacke auf den Boden fallen, neben seine Sporttasche. »Ich bin nicht schwer. Oma sagt, ich bin gut gebaut«, klärte der Junge seine Mutter auf. Er sank neben sie auf die braune Decke.

»Da hat sie natürlich Recht.« Lenah deutete auf die Jacke. »Und was sagt Oma, wenn sie deine Jacke auf dem Boden sieht?«

Theatralisch rutschte Bastian von der Couch und blieb reglos auf dem Boden liegen. »Ich kann nicht mehr! Der Sensei hat uns trainieren lassen, bis wir umgefallen sind.« Der Kampfsportunterricht war Lenahs Idee gewesen. Sie wollte, dass er sich verteidigen konnte. Er ging erst wenige Wochen in die Trainingshalle, doch es machte ihm Spaß.

Sie stupste ihn an und zwinkerte ihm zu. »Vielleicht darfst du nach dem Abendessen noch fernsehen.« Das verlockende Angebot zog sofort. Aus heiterem Himmel kehrten die Lebensgeister ihres Kindes zurück und er jagte mit der dunkelblauen Jacke die Treppe nach oben, wo sein Zimmer lag. Sie sah ihm mit einem Grinsen hinterher – da musste sie heute wohl mindestens eine Folge Spongebob ansehen.

Bastian kam gerade in die Küche, als sie das Abendessen zubereitete. »Wo ist Oma eigentlich?«, fragend warf sie ihm einen Blick zu.

»Sie ist bei Marlene drüben. Die stand vorm Haus, als wir heimgekommen sind.« Er sah interessiert an ihren Händen vorbei. »Sie hat was von Kuchenrezepten gesagt und zack, war Oma bei ihr.«

Fachmännisch begutachtete er, was seine Mutter zum Essen kochte. »Was gibt es heute, Mama?«

Lenah ging in die Knie. Sie griff unter seine Achseln und hob ihn hoch. Nachdem er die Nudelplatten auf der Arbeitsfläche aus Marmor entdeckte, wusste er, was sie zubereitete. »Lasagne«, rief er begeistert. Sie ließ ihn wieder auf die Fliesen sinken.

»Genau.« Sie deutete auf den Tisch. »Holst du das Besteck raus, mein Schatz?«

Er zupfte den Hemdkragen zurecht und begutachtete sein Ebenbild. »Perfekt«, sagte er zu dem schlanken Mann im Spiegel, dessen kahlgeschorener Kopf im Licht der Neonleuchten glänzte. Raphael warf der reflektierenden Fläche noch ein grimmiges Grinsen zu, bevor er die Toilette verließ. Selbst in der Sanitäranlage des Eventzentrums hatte der Inneneinrichter das edle Ambiente fortgesetzt. Schwarze Fliesen und silberne Wasserhähne.

Freundlich nickte er dem entgegen kommenden Menschen zu, setzte seine Fassade auf. Er schob das strahlend weiße Hemd am linken Arm hoch und sah auf sein Handgelenk. Das schwarze Lederband der Uhr aus der aktuellen Gucci-Kollektion schmiegte sich um seine Haut. *Fast 21 Uhr,* stellte er zufrieden fest. Noch genau sechs Minuten und der Boss der *Soultaker* war Geschichte. Er war wirklich erstaunt gewesen, als er erfahren hatte, dass der Verursacher seines Höllentrips eine Attentats-Gilde anführte. Doch das half dem Kerl jetzt auch nicht mehr weiter.

Raphael stolzierte durch die Gänge, passte sich den Schönen und Reichen an. Das *Menschsein* hatte sich als nicht ganz so leicht herausgestellt, wie er erwartet hatte.

Er schenkte der Mitarbeiterin der Serviceagentur ein Lächeln, das ihre Knie in Pudding verwandelte, und griff nach einem der schlanken Sektgläser auf ihrem Tablett. »Danke.« Seine Stimme strich über ihre Haut wie eine Liebkosung.

Um den Saal, auf dessen Tischen und Stühlen sich die Reichen New Yorks vergnügten, erstreckte sich eine Empore. Raphael betrat diese und nahm einen Schluck des prickelnden Dom Perignon. Der kühle Schaumwein hinterließ einen süßen Geschmack auf seiner Zunge. Raphael sah über die reich geschmückten Tische der Halle, auf der Suche nach nur einem Mann.

Jason Meyer. Er lächelte zufrieden, als er ihn auf seinem Platz entdeckte. Der Kerl, der in genau – er sah erneut auf die teure Uhr – zwei Minuten tot war.

»Guten Abend.« Eine charmante Stimme riss ihn aus seinen freudigen Überlegungen. Er drehte sich zu der Frau um, die ihn angesprochen hatte. Die Mittzwanzigerin trug das blonde Haar in eleganten Wellen, die über ihr meerblaues Kleid fielen. Sie hob das Glas und wies in die Richtung, aus der er eben die Treppe hinauf gekommen war.

»Sie sind mir aufgefallen.« Das brauchte sie ihm nicht extra zu sagen. Ihre neugierigen Blicke hatte er von Anfang an bemerkt. Abschätzig hatte sie ihn von oben bis unten gemustert, bis sie wohl zu dem Entschluss gekommen war, dass er reich genug aussah, um angesprochen zu werden.

Er senkte die Augenlider und sah sie an. »Ach. Bin ich das?«

Sie nickte. »Mein Name ist Jane. Und Sie sind?« Interessiert hob sie die Augenbrauen. Sie hatte den Mann noch nie zuvor bemerkt, also musste er neu in Manhattan sein. Sie kannte jeden Junggesellen, den es sich lohnt zu heiraten.

Bevor er antworten konnte, ertönte panisches Geschrei. Chaos brach unter ihnen aus. »Verflucht!«, schrie er und riss seinen Kopf herum. Er umklammerte das Geländer der Empore. Scheiße! Wegen dieser Schlampe hatte er den entscheidenden Moment verpasst!

Um ihn herum herrschte Panik. Hektisch liefen die reichen Menschen durcheinander, jeder darauf bedacht seine eigene Haut zu retten. Er suchte in dem Gewirr aus Leuten nach dem einen vertrauten Gesicht, das seine Geliebte auf dem Gewissen hatte. Er erkannte Jason an den stoppeligen Haaren, die er aus der Entfernung nur erahnen konnte. Unruhig hob und senkte sich dessen Brustkorb. *Nein!* Er atmete noch! Was war jetzt schiefgelaufen?

Er ließ das Geländer los und ballte die Hand zur Faust. Die Auftragskillerin, die er teuer bezahlt hatte, hatte versagt.

»Oh, mein Gott! Wie aufregend!« Die Blondine stellte sich neben ihn und sah hinab, die ängstlichen Schreie hallten bis zu ihnen hinauf. »Und wie schrecklich!«, fügte sie mit ungerührter Stimme hinzu. Die *Dame* gehörte zu der Sorte, die lediglich am eigenen Wohl interessiert war und nur Geld für die Dritte Welt spenden würde, wenn viele Kameras auf sie gerichtet waren.

Sein Kiefer schmerzte, so fest biss er die Zähne aufeinander. Dieser Wichser musste endlich sterben!

Er hob die Hand und legte sie auf die von Jane, die auf dem metallenen, mit Blumenranken geschmückten Gitter ruhte. Er strich über ihre Finger. Das Fehlen eines goldenen Ringes verriet ihm, dass sie unverheiratet war. Also würde sie auch kein Ehemann vermissen, während sie im Gefängnis sein würde.

Er hob eine Hand an ihr Kinn und sie sah ihn überrascht an. Als seine Augen sie fixierten, tief in sie hinein sahen, erstarb jeglicher Widerstand. Eine schwache Seele, stellte Raphael fest.

Seine Mundwinkel hoben sich und er sah der schlanken Frau zu, als sie zur Treppe lief. Sie drängte sich unbeirrt durch die aufgewühlte Menschentraube. Niemand außer ihm achtete auf sie. In ihrem festlichen Ballkleid sah sie aus wie jede andere verzogene Göre hier, deren Job aus reicher Tochter sein bestand. Deshalb fiel niemanden auf, wie sie am einsamen Büffet nach einem Tranchiermesser griff.

Vielleicht würden sie es für eine Beziehungstat halten. Eifersüchtige Frauen taten viele seltsame Dinge aus Jähzorn. Er lehnte sich gegen eine der steinernen Säulen und stöhnte plötzlich schmerzerfüllt auf. Die Wunden an seinem Rücken hatte er schon vergessen. Sofort verlagerte er das Gewicht nach vorne und das Pochen seiner Verletzung ließ nach. Doch dort, wo sein Gott ihm seine Schwingen genommen hatte, pulsierte der Schmerz weiter. Bei jeder Bewegung schmerzten die beiden Fleischwunden. Sein Vergehen war so schwerwiegend gewesen, dass sein Gott ihm die schlimmste Strafe für einen Engel auferlegt hatte: er nahm ihm die Flügel und verbannte ihn zur Erde.

Raphael schnaubte. *Zu diesen jämmerlichen, schwachen Menschen.* Bald würde er seine Rebekka suchen. Alleine dafür hatte er das Risiko in Kauf genommen, verbannt zu werden und in den verbotenen Archiven des Himmels nach dem Grund für Rebekkas Exil gesucht und ihn auch gefunden: Ihr Versagen als Schutzengel für Meyers Schwester.

Doch solange er noch seine Fähigkeiten besaß, musste er Meyers Leben zerstören, bevor er sich auf die Suche nach ihr machte.

Er lenkte seine Aufmerksamkeit wieder nach unten, wo sein Blick den kunstvollen Locken der Blondine folgte. Erneut wurde die Halle von Angstschreien durchflutet.

Die Küchentür knallte gegen die Wand und ließ einen Brocken Putz auf die Bodenfliesen bröseln. Erschrocken ließ Lenah die gläserne Auflaufform auf die Arbeitsplatte fallen und fuhr herum.

»Mama?!« Sie hob die Hand an ihre Brust. Ihr Herz raste. »Gott, erschreck mich nicht so!«

»Sofort ins Wohnzimmer!« Katelyn rannte erstaunlich schnell für ihre fast fünfzig Jahre ins Wohnzimmer, vorbei an ihrer alten Küche und dem hellen Tisch aus lackiertem Holz.

»Mama?«, fragend lief Lenah ihr hinterher. »Was ist denn los?« Katelyn antwortete ihrer Tochter nicht. Sie griff nach der Fernbedienung und schaltete den Nachrichtensender ein.

Ein vertrautes Gesicht wurde eingeblendet und Lenahs Herz drohte vor Schreck stehen zu bleiben.

»Oh Gott ...«, murmelte sie lautlos und hob die Hand zum Mund. Starr fixierte ihr Blick das Fernseh-Gerät.

»Der angesehene Immobilienmakler Jason Meyer wurde von einem bisher unbekannten Täter angeschossen. Zurzeit ist uns nicht bekannt, wie schwer der Multimillionär verletzt ist. Die Einschätzung der Situation wird dadurch erschwert, dass eine Frau, möglicherweise eine Geliebte, nach dem Schuss versucht hat, Meyer mit einem Messer zu erstechen.«

Der Nachrichtensender blendete die Außenfassade eines Gebäudes ein. Auf der Straße standen mehrere Rettungswagen und zivile Polizeistreifen, deren Signallicht unaufhörlich blinkte. Die Bilder in Lenahs Kopf wirbelten durcheinander, ihr kam kein klarer Gedanken in den Sinn.

»Jace.« Mehr brachte sie nicht hervor. Wie hypnotisiert starrte sie auf das flackernde Bild.

»Der dreißigjährige Junggeselle kam ohne seine Langzeitfreundin Lenah Caine. Ich übergebe an meine Kollegin Courtney Ashford. Sie wird ihnen ihre Theorie über das Beziehungsende verraten.« Als der Nachrichtensprecher an seine Kollegin, eine prominente Tratschkönigin, abgab, schaltete Katelyn den Fernseher aus.

»Geh schon«, sagte sie und drückte Lenahs Hand. »Ich bleibe bei Bastian.« Lenah warf ihr einen dankbaren Blick zu. Innerhalb von Sekunden riss sie den Autoschlüssel vom Schlüsselbrett und rannte zur Haustür.

Sie parkte den Wagen vor dem Absperrband des NYPD, das quer über die Straße gespannt war und den Bereich sicherte. Ohne das Auto abzuschließen, lief sie über die Fahrbahn. Bevor sie das grellgelbe Flatterband erreichte, wurde sie aufgehalten.

»Stopp!«, rief der Polizist. »Dieser Bereich ist abgesperrt!« Er deutete auf das Band, das im aufkommenden Wind flatterte.

»Ich … ich suche Jason Meyer!« In ihrem Kopf spielten sich die beängstigendsten Szenarien ab.

Der Polizist schüttelte den Kopf. Das Licht der Straßenlaterne betonte die tiefen Aknenarben und warf graue Schatten unter seine Augen. »Trotzdem können sie nicht einfach einen abgesperrten Tatort betreten, Miss.«

Als er Lenahs verzweifelnden Blick bemerkte, fügte er hinzu: »Mr. Meyer wurde schon abtransportiert.«

Scheiße. Zu spät. Sie schloss einen Moment die Augen und fuhr sich durch die Haare. Die braunen Spitzen strichen über ihre nackten Schultern. Sie schob den dünnen Träger ihres Tops zurecht. Sie sah den blonden Mann wieder an.

»Danke ...« Sie nickte dem Polizeibeamten zu, der den Kopf neigte und wieder zu seinem Posten ging. Von dort aus hielt er den Tatort von unerwünschten Besuchern frei. Das war nicht leicht, denn die blutgierige Pressemeute, Redakteure inklusive Fotografen, warteten auf neue Informationen, die sie medienwirksam ausstrahlen konnten.

Es schüttelte Lenah. Sie war genauso wie die anderen Journalisten: hungrig auf Aussagen, Blut und Panik, um die Bedürfnisse ihrer Leser zu befriedigen. Bevor die Menge sie erkennen konnte, floh sie in ihren Wagen.

Ihre Arme zitterten und sie verschränkte sie vor der Brust. Über ihr, am dunklen Nachthimmel, leuchtete der Mond, verhangen von Wolken. Sie sah auf die digitale Anzeige am Armaturenbrett. Fast 22 Uhr.

Marcus. Jasons Sicherheitschef kam ihr in den Sinn. Er würde sie möglicherweise ins Krankenhaus schmuggeln können. Sie brauchte zwei Anläufe, bis ihre bebenden Finger die eingespeicherte Nummer fanden. Mit der freien Hand umklammerte Lenah das Lenkrad und wartete auf die vertraute Stimme. Sie wusste, dass Marcus sie nicht mochte, aber sie hoffte auf sein Verständnis, in dieser ernsten Situation.

Doch er nahm nicht ab. Na klar, dachte Lenah. Er war sicher mit anderen Dingen beschäftigt. Sie startete den Motor und warf das Mobiltelefon achtlos auf den Beifahrersitz. Auf ihren Armen stellten sich die feinen Härchen auf. Sie wendete den Wagen und drehte die Heizung auf, in der Hoffnung die eisige Kälte, die sie an ihren Traum der letzten Nacht erinnerte, zu vertreiben.

Sie realisierte erst, wo sie sich befand, nachdem das Motorengeräusch erstarb. Unbewusst war sie zu Jasons Appartement gefahren und hatte den Wagen in der Tiefgarage geparkt. Aus der Umhängetasche fischte sie den einsamen Schlüssel, dann knallte sie die Autotür zu. Wenn sie schon nicht zu ihm konnte, würde sie die Nacht in seiner Wohnung verbringen, wo gestern Abend noch alles in Ordnung war. Als ihr einziges Problem ihr leidiger Chef war, der ihr nervige Aufgaben übertrug.

Sie beschloss, die Treppe zu nehmen. Oben angekommen schüttelte Lenah den Kopf und stemmte die Arme in die Hüfte. Nach Luft schnappend, stand sie vor der Tür von Jasons Penthouse. Er nahm die unzähligen Stufen jeden Morgen und jeden Abend, ohne mit der Wimper zu zucken. Als sie den Schlüssel umdrehte, hoffte ein Teil von ihr, Jace unversehrt in der Wohnung vor zu finden.

Doch das Loft war leer. Der Mond schien auf den weißen Teppichboden. Ohne das Licht anzumachen, folgte sie seinem hellen Schein. Ihre Finger wischten einen salzigen Tropfen von der Wange. Bitte, hoffte sie. *Bitte lass alles in*

Ordnung mit ihm sein. Sie umrundete die Couch und sank dahinter auf den Boden.

Unter ihr leuchteten die künstlichen Lichter der Stadt. Die Menschen ließen sich weiter treiben, die Autos fuhren unbeirrt auf den Straßen. Die Welt drehte sich weiter, auch wenn Lenahs für den Moment stehen geblieben war. Sie griff in der Hosentasche nach ihrem Handy. Super, das fehlte noch. Es lag auf dem Beifahrersitz ihres Wagens.

Ihre Arme legten sich um ihre Knie und der raue Jeansstoff kitzelte ihre Wange, als sie erschöpft den Kopf ablegte.

Sie wurde wach. Blinzelnd bemerkte sie, dass viele Lichter in der Stadt bereits ausgeschaltet waren und Dunkelheit sich über die meisten Straßenviertel gelegt hatte.

Erst, als erneut ein Geräusch erklang, wurde ihr bewusst, dass sie nicht mehr alleine war. Sie richtete sich auf, im Schlaf war sie zur Seite gesackt. Das Geräusch kam aus dem Badezimmer. Dem Klirren von Glas folgte ein schmerzerfülltes Stöhnen.

»Fick dich, Dämon!« Die Badezimmertür stand sperrangelweit offen. Lenah sah, wie Marcus über einen großen Körper gebeugt stand und eine Spritze in der rechten Hand hielt. Die Person unter ihm wehrte sich heftig, versuchte ihn wegzudrängen. Lenah entfuhr ein leiser Schrei. Sie schlug die Hände vor den Mund. Doch die beiden hörten den heiseren Laut.

Marcus riss überrascht den Kopf herum. Der Mann, den er zu Boden gedrückt hatte, nutzte seine Unachtsamkeit und stieß ihn grob weg.

»Das Mädchen ...«, schnurrte Jason. Seine grünen Augen fixierten Lenah. Sie trat einen Schritt zurück. Da war ein Funkeln in seinem Blick, das nicht zu ihrem Freund passte.

»Lenah! Lauf!«, schrie Marcus und rappelte sich auf. Jason stürzte herum und schlug ihm die Injektionsspritze aus der Hand, die ihm sein Freund in den Arm rammen wollte. Erneut schrie Lenah erschrocken auf. Was spielte sich vor ihren Augen ab?

»Marcus!« Mit weit aufgerissenen Augen stierte sie ihn an. »Was ist hier los?«

»Lauf endlich, du dummes Mädchen!« Auch die zweite Warnung erreichte Lenah nicht. Ungläubig starrte sie die beiden Männer an. Was war mit Jace los?

Ohne Lenah weiter zu beachten, warf Marcus sich auf Jason. Dieser warf seinen Oberkörper hin und her, um ihn abzuschütteln. Er stieß ein ohrenbetäubendes Brüllen aus, rammte seinen Rücken gegen die Wand, bis Marcus nach Luft schnappte und losließ.

Er hatte genau auf diesen Moment gewartet und ließ den Gestaltwandler mit dem Kopf auf das edle Porzellanwaschbecken krachen.

Stille. Das einzige Geräusch waren die schwachen Laute, die die andere Seele in seinem Kopf von sich gab.

Nicht Lenah. Zum wiederholten Male hörte *er* die Worte. Der Dämon hob den Kopf. Auf seinen Lippen formte sich ein beängstigendes Lächeln. Er leckte seinen Daumen ab, an dem noch etwas Blut klebte. Auch das einst weiße Hemd war damit getränkt.

»Diesmal ist es kein Traum, mein Mädchen.«

Kapitel 4

»Jace?« Das Zittern in ihrer Stimme verriet ihre Unsicherheit. Was war hier los? Der Mann vor ihr konnte nicht Jason sein. *So* sah er sie nicht an, niemals. Außer ... außer in ihren Träumen, diese Art von Träumen, aus denen sie schweißnass erwachte.

Sie schüttelte den Kopf. »Was ist mit dir, Jace?« Vorsichtig trat sie einen Schritt zurück, brachte die Tür zwischen den Mann und sich.

Geschmeidig stieg er über Marcus´ reglosen Körper. Die eleganten und gefährlich anmutenden Bewegungen erinnerte sie an eine Raubkatze, die auf der Jagd war. *Und ich bin die Beute.*

Er kam auf sie zu, Schritt für Schritt. Unter seinen Schuhen knirschte das zerschmetterte Porzellan. Und jeder Zentimeter, den er näher kam, sorgte dafür, dass in ihr die Panik anstieg.

Angst. Köstliche, eisige Angst drohte ihr Herz zu zerreißen. *Er* atmete genüsslich ein, bis ihr Zittern in seinen Gliedern widerhallte. Er schmeckte den bitteren Hauch von Panik heraus. Doch er wusste, was er tun musste, um noch wohlschmeckendere Gefühle zu bekommen. Endlich konnte er sich der zitternden Frau nähern, nach der er sich in seiner Gefangenschaft verzehrte.

Lenah griff im Flur nach einer Stehlampe. Mit beiden Händen umklammerte sie die improvisierte Waffe. »Bleib weg von mir!«, schrie sie und hob angriffsbereit die edle Lampe, deren Hals immerhin aus Metall bestand. Die Designer-Leuchte kostete mit Sicherheit mehr, als sie in einem

Monat für ihre journalistischen Texte bekam. Dennoch zögerte sie keinen Moment und warf mit einem Aufschrei die Leuchte nach ihm, als er näher kam. Ihr Blut pulsierte heftig durch ihren Körper und sie hastete aus dem Flur ins Wohnzimmer. Die beiden Stufen ließen sie straucheln, ihr rechter Knöchel knickte unter ihrem Gewicht weg. Sie schrie vor Schmerz auf, doch dann biss sie die Zähne aufeinander und versuchte, aus seiner Reichweite zu kriechen.

Das überdimensionale Sofa beendete ihren erbärmlichen Fluchtversuch. »Jace bitte! Du machst mir Angst!«

Er ging vor ihr in die Knie. »Ich weiß.« Die Scherbensplitter des Lampenschirms hatten ihm keinen Kratzer zugefügt, soweit sie es im Mondlicht erkennen konnte.

Er langte nach ihrem Gesicht und lachte, als sie den Kopf abwandte. »Ich will dir nichts *Böses*.« Er packte ihr Kinn und zwang sie, ihn anzusehen. »Du weißt, wie schön es mit mir ist, Lenah.«

Ein dunkler Schleier glitt über ihre Wahrnehmung, versuchte ihre Panik zu ersticken. »In deinen Träumen ...«, er fuhr mit dem Finger über ihre Schulter, schob den dünnen Träger ihres Tops herunter, »... hast du es doch genossen. Jedes Mal wenn ich dich besucht habe.«

Wie durch dicke Watte spürte sie, wie er seine Arme unter sie schob und sie mühelos hochnahm.

Er drang tiefer in ihre Gedanken ein und ihre Glieder wurden schlaff.

»Ich verspreche dir, in der Realität wird es dir ebenso sehr gefallen.«

Ach, und wie er sich auf ihren Gefühlscocktail freute. Er trug sie in das Schlafzimmer und überlegte, wie er sie heute verängstigen könnte. Ihre Angst schmeckte hervorragend. Und da er jetzt nicht im Traum handelte, würde ihre Angst wirklicher sein, tiefsitzender, als sie es im Schlaf jemals sein könnte.

Nein! Hör auf damit!

Er strauchelte unmerklich, denn die Stimme seines Wirts erklang erstaunlich laut. Das klägliche Menschenblut toste in seinen Adern, streifte sein dämonisches Ebenbild. Warum wurde der Mensch stärker? Fast verblutet, sollte der Mensch nicht mehr die Kraft haben zu denken, geschweige denn, das menschliche Blut in Wallung bringen.

Er legte die Menschenfrau auf Jasons Wasserbett ab. Mit einem wissenden Lächeln auf den Lippen begann er, das ruinierte Hemd aufzuknöpfen. Achtlos fiel es zu Boden und der cremefarbene Teppich sog gierig das Blut auf. Er öffnete gerade die Anzugshose, als ihn ein stechender Schmerz aufkeuchen ließ.

Sie gehört dir nicht! Das Menschenblut drängte sich mit aller Macht gegen die Wände seines Gefängnisses und schwappte zurück in die Blutbahn. Mit jedem einzelnen Tropfen wurde sein Bann über die Menschenfrau geschwächt.

Lenah blinzelte, erwachte aus einem seltsamen Traum. *Nur ein Traum,* dachte sie erleichtert und drehte sich um. Doch dort wo sie ihren Wecker erwartete, blinkte Jasons teure Digital-Uhr, inklusive Radio, Heizungs- und Lichtsteuerung. Innerhalb von Sekunden saß sie aufrecht im Bett. Mit aufgerissenen Augen starrte sie *ihn* an. Vor dem Wasserbett lag Jason auf dem Boden und wand sich. Das ist nicht Jace, sagte die leise Stimme in ihrem Hinterkopf.

»Lenah, bitte ...« Die Stimmlage klang endlich wieder wie Jason. »Lauf weg!« Das Grün seiner Augen wurde von seiner Verzweiflung getrübt.

»Jace!« Sie sprang auf, kniete vor seinem geschundenen

Körper nieder. »Jace, was passiert hier?« Sie versuchte, ihm aufzuhelfen.

Er wehrte ihre Hilfe mit letzter Kraft ab, so unerwartet, dass Lenah nach hinten stürzte. Ihre Finger griffen in die Luft, sie versuchte, sich festzuhalten. Sie erwischte nur einen Stapel Papiere, der auf seinem Computertisch lag. Ihr Kopf knallte auf den Teppichboden und ihr wurde schwarz vor Augen. Vor ihren Augen nahm die helle Tapete einen dunklen Grauton an. Blinzelnd drehte sie sich auf den Bauch, bevor sie versuchte auf die Beine zu kommen.

Nein, das war nicht Jace. *Ihr* Jace würde ihr niemals wehtun. Sie kroch über den Boden, in ihrem Kopf pulsierte es. Sie biss die Zähne zusammen, denn sie musste weg sein, bevor dieses *Etwas* sich wieder gefangen hatte.

Jason zitterte vor Schmerzen. Er würgte und der letzte Rest des perfekt abgeschmeckten Büffets lief ihm aus dem Mund. Dröhnend erklang die gierige Stimme in seinem Kopf und er kämpfte darum, die Oberhand zu behalten.

»Lenah ... Bitte. Lauf weg ...« Es fiel ihm schwer die Worte über die trockenen Lippen zu bringen, denn ein Teil von ihm rang weiter gegen den Dämon.

Doch er spürte, dass er den Kampf verlor. Der Blutverlust und seine Wunde schwächten ihn, ließen seinen Körper anfällig werden, für die dunkle Macht des Inkubus. Und da das Monster ein untrennbarer Teil von ihm war, spürte er trotz der pochenden Wunde, dessen Gier. Das Verlangen nach Lenahs intensiven Gefühlen. Verschwommen nahm er aus dem Augenwinkel Lenahs hastige Bewegungen wahr.

Mehr Anreiz auf eine Jagd brauchte *er* nicht, um den menschlichen Körper wieder zu übernehmen.

Ihr Fuß protestierte mit einem Knacken, als sie ihr Gewicht darauf verlagerte. Verflucht! Ein schmerzerfülltes Stöhnen stieg hervor und sie kroch mühevoll aus dem Schlafzimmer, versuchte der unbekannten Bedrohung zu entfliehen.

Er richtete den geschunden, menschlichen Körper auf. Der widerliche Geschmack von Erbrochenem hing ihm auf der Zunge und er spie auf den Boden.

Es wurde Zeit sich um das *leibliche Wohl* zu kümmern. Mit ihrem angeschlagenen Fuß hatte die braunhaarige Frau, die er so oft in ihren Träumen besucht hatte, kaum die Schlafzimmertür erreicht. Mühelos holte er sie ein, umgriff ihre Taille.

»Wo willst du denn hin?«, schnurrte er in ihr Ohr. Er ignorierte die verzweifelten Tritte und Schläge, die sie ihm verpasse. Die Sinnlichkeit seiner Stimme ließ Lenah erschaudern.

Der Dämon erkannte die Verwirrung als einen unverschämt leichten Hauch von Süße. Oh, dieses Spiel in der Realität bereitete ihm so viel Freude, dagegen waren ihre Träume nichts.

Ungerührt umfasste er ihren Körper und drückte sie an seinen nackten Oberkörper. Er legte eine hauchfeine Schicht Konfusion über ihre Gedanken. Sofort sanken ihre Fäuste nach unten und ihre Gegenwehr ließ nach. Er legte den schlaffen Körper schwungvoll auf dem Bett ab. Auf der mit Wasser gefüllten Matratze, schwankte ihr Körper auf und ab. Er zerrte die enge Hose von den Beinen und beugte den menschlichen Wirt über Lenahs Körper.

Doch der Blick aus den getrübten Augen missfiel ihm. Nein, *so* wollte er sie nicht nehmen. Nach einem Moment verschwand der Schleier über ihrer Iris und sie wusste sofort, wer da über ihr auf dem Wasserbett kniete - ohne Hose.

Sofort versuchte sie ihn wegzudrücken, doch er rührte sich keinen Zentimeter.

»*Was* bist du?« Entsetzt starrte sie ihn an. Sie ballte ihre Hand zur Faust, um ihr Zittern zu verbergen.

Doch sein süffisantes Grinsen bewies, dass er von ihrer Angst wusste.

»Ich drängte Jason oft dazu, dir von mir zu erzählen. Er hätte mich zu dir lassen sollen.« Er packte sie am Kinn, zwang sie ihn anzusehen. Ihr Blick flackerte kurz, als sie die dunklen Ringe unter seinen grünen Augen entdeckte. »Aber er will dich nicht teilen. Dann entschied ich ...« Er schob den Träger von ihrer rechten Schulter.

Ihr Körper reagierte sofort auf die Berührung und die winzigen Härchen auf ihrer Haut stellten sich auf. Ein unangenehmer Schauder lief ihr über den Rücken.

»... in meine Träume zu kommen?!«, beendete Lenah den Satz und versuchte seiner Hand auszuweichen. *Und ich dachte, ich träume von Jace ...*

»Exakt.« Er packte sie an den braunen Haaren und zog ihren Kopf näher. »Und keine Sorge: Deine Gegenwehr gefällt mir. Ich mag es wild.« Sein Blick fixierte sie und er grinste selbstgefällig.»Dann macht es mehr Spaß. Nichts ist schlimmer als ein steifes Brett im Bett.« Er drückte sie zurück ins Kissen. Unter ihnen schwappte das Wasser gegen die Plastikfolie.

»Wer bist du?« Sie trommelte mit ihren Händen gegen seine Brust, traf die frische Schusswunde, aus der sofort Blut lief. Doch er verzog keine Miene. Spürte er ihre Schläge überhaupt? Ohne die Antwort zu kennen, schlug sie weiter nach ihm. Unbeeindruckt presste er ihre Arme über ihrem Kopf ins Kissen.

»Nein! Nei-«, schrie Lenah. Er hatte sie in ihren Träumen genommen, ohne ihr Wissen. Das war schon schlimm genug, sie wollte das nicht!

Er beugte sich über sie und sein Blut tropfte auf ihr helles Shirt. Hart presste er seinen Mund auf ihren und erzwang sich einen Kuss. »Na komm schon. In deinen Fantasien hast du dich nie so angestellt.« Er zog ihr Oberteil hoch und schob ihre kleinen Brüste aus dem cremefarbenen BH.

»Fass mich nicht an!« Mit aller Kraft, die sie noch hatte, trat sie nach ihm. Unbeirrt drang seine Zunge zwischen ihre Lippen. Ohne nachzudenken, biss Lenah zu.

»Biest!«, zischte er nach einem kurzen Schmerzenslaut. Er schlug so fest zu, dass ihr Kopf zur Seite knallte. Seine flache Hand hinterließ einen dunkelroten Abdruck auf ihrer Wange. Laut schluchzte Lenah, Tränen liefen aus ihrem Augenwinkel und versanken in ihren Haaren.

Das Blut aus seiner offenen Wunde bedeckte mittlerweile nicht nur ihr Shirt und ihre Haut, sondern auch das Bettlaken.

So ein dummes Weib!

Der Dämon meinte, ein Lachen im Hinterkopf zu hören. Doch der Mensch verstummte, als er spürte, was *er* nun vorhatte. Der Inkubus grinste. Fast hatte er Lust die Verzweiflung und das Entsetzen in seinem Inneren aufzusaugen. Doch seinen Wirt zu töten, hätte ihn nur für lange Zeit zur Untätigkeit verdammt.

Also widmete er sich wieder dem braunäugigen Reh, das zitternd vor ihm lag, als wären grelle Autoscheinwerfer auf sie gerichtet. Er öffnete mit einer Hand ihre Hose und vernachlässigte die Tatsache, dass sie mit aller Kraft nach ihm trat. Die lächerlichen Versuche ihn wegzustoßen, bemerkte er kaum. Grob schob er sich zwischen ihre Beine.

Für einen Moment hielt er still, suchte einen Weg in ihre Gedanken: Verwirrung, Aufregung, Panik, um nur einige Gefühle aus ihrem chaotischen Kopf zu nennen. Er schloss die Augenlider, nahm von den Empfindungen, die sich zu einem bunten, wohlschmeckenden Bouquet vereinten.

Kälte breitete sich in Lenah aus. Sie wusste nicht, was der seltsame Kerl mit ihr anstellte, doch er hatte nichts mit ihrem Jason gemeinsam. Egal was es war, das was er tat, ließ ihr Inneres zu Eis erstarren und ihre Gegenwehr erstarb. Erschöpfung übermannte sie und sie blinzelte müde.

Als der schwere Körper plötzlich auf sie stürzte, presste er die Luft aus ihren Lungen. Leblos blieb er auf ihr liegen. Sofort riss sie die Augen auf. Befreit von dem Nebel, der auf ihren Sinnen lag, schnappte sie nach Luft.

»Marcus!« Als sie Jasons Sicherheitschef sah, durchflutete sie Erleichterung.

Er zog eine leere Spritze aus *Jasons* Schulter. Kopfschüttelnd half er ihr, den schlaffen Körper von ihr herunter zu schieben. »Hol den Erste-Hilfe-Kasten aus dem Bad«, bat er sie und drehte Jason schwungvoll auf den Rücken.

»Ich soll *was*?« Entsetzt starrte Lenah ihn an, bis sie realisierte, dass sie halb ausgezogen vor ihm stand. Sie zog ihre Jeans wieder auf die Hüfte und bedeckte ihre Brüste mit ihrem Top. Nur die Blutflecken ließen sich nicht so einfach beseitigen. »Dieses *Etwas* hat mich angegriffen und versucht mich zu vergewaltigen! Und jetzt soll ich ihm helfen?« Mit jedem Wort wurde ihre Stimme schriller.

Marcus stand auf, eine schnelle Bewegung, die sie erst wahrnahm, als er sie am Arm packte. »Dieses *Etwas* ist Jace! Und wenn du jetzt nicht deinen Arsch bewegst, wird er verbluten!« Eindringlich sah er sie an.

Das ist nicht Jace. Der Satz lag ihr auf der Zunge, aber bevor sie die Worte unbedacht aussprach, lief sie ins Bad. Sie erkannte den kostspielig eingerichteten Raum kaum wieder. Die gläserne Dusche war komplett zertrümmert, obwohl die Wände aus Sicherheitsglas bestanden hatten. Auf dem Weg zum Medizinschrank knirschte es unter ihren Schuhen. Zum ersten Mal sah sie hinein.

Unzählige unbeschriftete Ampullen standen ordentlich nebeneinander. Im obersten Fach lagen zusätzlich unbenutzte Einwegspritzen. Fassungslos starrte sie das Injektionszubehör an. Davon hatte sie nie etwas geahnt! War Jace etwa ein Junkie? War er deshalb wie ausgewechselt? Doch das würde die seltsamen Träume nicht erklären.

»Wird das heute noch was?« Marcus genervte Stimme riss sie aus ihrer Grübelei und sie griff nach dem Verbandskasten, der im untersten Regal lag. Sie gab ihm den kleinen Koffer.

»Du blutest!« Aus Marcus´ langen, schwarzen Haaren tropfte das Blut in den Teppich. »Du solltest ins Krankenhaus«, sagte sie.

Er deutete mit dem kantigen Kinn auf Jasons Körper. »Dein Freund auch«, sagte er und verteilte die Materialien aus dem Kasten um sich herum, bis er fand, wonach er suchte.

Lenah schwieg. *Ihr Freund?* Ihr Freund hätte nie versucht, sie mit Gewalt zu nehmen oder etwas zu erzwingen.

Vorsichtig tastete Marcus Jasons Oberkörper ab. Endlich

kam er dazu, ihn zu versorgen. Den ersten Behandlungsversuch hatte der Dämon erfolgreich verhindert.

»Nichts gebrochen«, stellte er laut fest. Der Schuss war glatt durchgegangen, dass ersparte ihm das Rauspfriemeln einer Kugel. Marcus war sich Lenahs Anwesenheit schmerzlich bewusst. Sie tat ihm leid, auch wenn er nur ahnen konnte, wie verloren sie sich fühlen musste. Vor Jason hatte sie seit fast vier Jahren keine Beziehung geführt, immer verfolgt von der Erinnerung an ihren Exmann.

Jace hatte seine Warnungen nicht hören wollen und was hatte er jetzt davon? Er hatte seine Geliebte dem Monster beinahe ausgeliefert.

Großzügig kippte Marcus Desinfektionsmittel über die Wunde. Irgendetwas hatte den Schützen abgelenkt, sonst hätte er die tödliche Stelle, keine zwei Zentimeter unter der Verletzung, erwischt. Glücklicherweise hatte der Täter lediglich die Schulter getroffen. Dennoch blutete sein Boss wie ein Schwein. Während er die Verletzung weiter versorgte, fing er an zu sprechen.

»Jason hätte dir die Wahrheit gerne erspart.«

In der dunklen Gasse tobte der Wind durch die Häuserschlucht und der schlanke Mann zog seinen Mantelkragen höher.

Raphael wartete. Warum hatte die Attentäterin versagt? Sein Kiefer schmerzte, so fest biss er seine Zähne aufeinander. Mit einem Knurren öffnete er den Mund. Es hatte ihn viel Geduld gekostet, diesen Auftrag zu arrangieren. Es gab nicht viele, die sich zutrauten, den Meister der ansässigen Attentatsgilde zu vernichten. Und ohne dieses Selbstbewusstsein hätte er niemanden manipulieren können. Dass er den geeigneten Attentäter in Jasons eigenen Reihen fand, war wohl Schicksal. Meyers Sekretärin, in deren Kopf e sich fast schon wie zuhause fühlte, hatte angedeutet, dass die Frau schon seit geraumer Zeit nicht mehr zufrieden mit ihrer Position in der Gilde war.

Und trotzdem lebte der selbstherrliche Wichser noch! Raphael rieb sich über das Kinn und ließ ungeduldig den Blick durch die Gasse schweifen. Traute sich die Amerikanerin jetzt etwa nicht mehr ihn zu treffen?

»Cookie«, sagte er, als er in seinem Rücken eine flinke Bewegung wahrnahm.

»So nennen mich nur meine Freunde.« Mit eleganten Schritten ging sie um ihn herum. Er sah den Handgriff ihrer Handfeuerwaffe unter ihrer kurzen Lederjacke aufblitzen. Nicht die einzige Waffe, dessen war er sich sicher.

»Freunde wie Jason Meyer?«

Sharon Peamon, alias Cookie, kniff die matschbraunen Augen zusammen.

»Warum ich diesen Auftrag angenommen habe, ist meine Angelegenheit. Dass ich versagt habe, ist mir klar. Aber ich vermassele nie einen Job, deshalb werde ich es noch einmal machen, und meinen Fehler korrigieren.« Sie verzog ihre rot geschminkten Lippen zu einem Grinsen. »Und das Beste ist: Du musst nicht noch einmal zahlen.«

Raphael schnaubte. »Hätte ich sowieso nicht.« Die Verlockung des Geldes hatte bei Cookie die letzten Zweifel ausgeräumt, die er mit seiner Gedankenmanipulation nicht hatte auslöschen können.

Selbstsicher strich sie eine halblange Locke zurück, die aus ihrem Pferdeschwanz heraus hing. Er starrte sie an. Von den eng anliegenden Jeans, bis über den grauen Pullover, der sich unter der offenen Jacke an ihren sehnigen Körper schmiegte.

Sie sah durchaus einladend aus. *Lass dich jetzt nicht ablenken!* Seine eigene Ermahnung hielt ihn davon ab, über ihren Körper herzufallen und verdrängte das Verlangen nach nackter Haut.

Doch sie hatte versagt. Eine weitere Chance konnte Raphael ihr nicht bieten. Er musste sie beseitigen, bevor Meyers Vermutung, wer hinter dem Anschlag steckte, sich bestätigen würde. Bei einer ordentlichen Prüfung der Sachlage würde Meyer auch das wunderliche Verhalten seiner Sekretärin auffallen.

»Cookie, ich bin wirklich nicht zufrieden mit deiner Arbeit. Ich lege mir einen kompetenteren Geschäftspartner zu.« Sein Gesichtsausdruck sah für eine Sekunde ehrlich bekümmert aus. Ihr Ruf war um einiges besser gewesen, als ihre Arbeit.

Sharon schüttelte den Kopf: »Das kannst du vergessen, Raphael. Ich will die zweite Hälfte meiner Kohle. Ich brauche das Geld, um zu verschwinden! Wenn Jason rausbekommt, dass *ich* auf ihn geschossen habe, bin ich tot!« Erregt unterstrich sie ihre Worte mit einer ausholenden Handbewegung.

Raphael schloss die Augen. Er spürte, wie die Wunden rechts und links neben der Wirbelsäule pochten. Als er nach vorne sprang, protestierte die verheilende Haut, an der Stelle, wo einst seine Flügel mit dem Rücken verwachsen waren.

Cookie bemerkte seinen Angriff rechtzeitig und sprang zur Seite. Doch sein schwungvoller Sprung brachte sie aus dem Gleichgewicht und verfrachtete sie auf den versifften Untergrund.

»Scheiße, was soll das, Raphael?« Sie richtete sich auf, bevor er sie auf dem Boden drücken konnte. In ihren Haaren hingen getrocknete Blätter und Dreck. Sie fluchte, als er erneut ungeschickt versuchte sich auf sie zu stürzen. Ein stechender Schmerz fuhr durch Raphaels Rücken, als die Attentäterin ihm auswich und ihn gegen einen Müllcontainer knallte. Ihm blieb für einen Moment die Luft weg und er keuchte benommen auf. Nein, das ließ er der Schlampe nicht durchgehen!

»Hör auf mit dem Scheiß!«, zischte Sharon an sein Ohr, keuchend kam sein Atem über die dünnen Lippen. Doch für einen Moment wurde sie unaufmerksam. Sie spürte, wie sich trotz – oder gerade wegen – der Situation sein steifer Schwanz an ihre Hüfte drückte.

»Du bist doch krank!« Bevor sie ihn wegstoßen konnte, drückte er seine Hände auf ihren Körper, rieb sich an ihrer Haut. Die Bedenken, die ihm zuvor halfen die Kontrolle zu bewahren, zerstreuten sich, als sie versuchte ihn angeekelt wegzustoßen. Er hätte sie mithilfe seiner Fähigkeiten manipulieren können, doch das bereitete nur halb so viel Spaß. Ihre Fingernägel kratzten über seine Wange, hinterließen brennende Striemen.

Raphael umfasste mit seiner Faust ihren Hals und drückte zu. Cookie zappelte unter dem Griff, mit der er ihr den Atem nahm. Doch er ließ ihr etwas Luft, tötete sie nicht sofort. Zuvor wollte er etwas Spaß haben ...

Lenahs aufgekratzte Sinne bemerkten sofort die schwache Bewegung von Jasons Muskeln unter der angespannten Haut.

»*Es* ...Er kommt zu sich«, warnte sie Marcus, der eine saugfähige Wundauflage auf die gereinigte Haut legte.

»Scheiße«, murmelte er. »Hilf mir mal.« Er befestigte mit Lenahs Unterstützung den Druckverband, der die Blutung stillte. Aus dem Erste-Hilfe-Koffer fischte er eine Ampulle. Er zog die Flüssigkeit in eine Spritze und injizierte seinem Boss das Mittel. Lenah wandte sofort den Blick ab. Sie hasste Nadeln.

»Ist das wieder seine Droge?«, Lenahs Stimme brach. Niemals hatte sie zuvor Jason in Verbindung mit Drogen gebracht.

»Drogen?« Der langhaarige Kerl schüttelte den Kopf. »Wie kommst du auf diese absurde Idee? Das ist ein Schmerzmittel.« Er zog die Nadel aus der Armbeuge und schmiss sie in den Mülleimer. »Wenn Jace jetzt zu sich kommen würde, knallt ihn der Schmerz direkt wieder weg. Der Dämon ist außer Gefecht gesetzt und kann den Schmerz nicht umleiten.«

Lenah neigte den Kopf zur Seite und seufzte frustriert. »Und du sagst, *ich* komme auf absurde Ideen.« Ein Geräusch ließ sie innehalten. Sie sah auf. Bisher hatte sie vermieden, in Jasons Gesicht zu sehen. Erschrocken hob sie die Hand an den Mund.

Er lag da wie ein Toter. Seine Blässe verriet den enormen Blutverlust. Trotz seines Verhaltens in der letzten Stunde schmerzte sie der Anblick. Sie liebte ihn – *ihren* Jace. Nicht den geistesgestörten Wahnsinnigen, der versucht hatte sie zu verletzen. Unter den Lidern bewegten sich seine Augäpfel, das einzige Anzeichen dafür, dass er lebte.

Sie beugte sich über ihn, nahm den feuchten Waschlappen in die Hand und wischte den Schweiß von der stoppeligen Wange.

»Was geht hier vor, Marcus?«, fragte sie in die Stille. Sein Schweigen hallte beinahe durch den Raum.

»Jason … sein Körper gehört ihm nicht alleine«, erklärte er nach einem Moment und fing an die verstreuten Materialien zurück in den Plastikkoffer zuräumen. »Er nimmt keine Drogen und er hat auch keine Wahnvorstellungen. Er trägt einen Dämon in sich.«

Lenahs Finger ballten sich um den Lappen zur Faust

und Wasser tropfte auf Jasons Wange. »Dämon?«, wiederholte sie ohne Gefühlsregung.

»Ich weiß, dass es durchgeknallt klingt, Lenah.« Marcus stand auf und streckte die Arme in die Luft. Sein Rücken knackte und er seufzte erleichtert auf.

»Es gibt mehr Dinge zwischen Himmel und Erde, als wir uns vorstellen können.«

So ähnlich hatte Lenah das Shakespeare-Zitat auch in Erinnerung. »Du glaubst ihm das.« Lenahs Entgegnung war eine Feststellung, keine Frage. »Nimmst du dieselben Drogen?«

Marcus Seufzen überraschte sie. Der Security-Boss zeigt sonst nie einen Hauch Schwäche.

»Lenah, es ist die Wahrheit. Keiner von uns nimmt Rauschgift! Wie erklärst du dir sein seltsames Verhalten sonst? Dieses Etwas war nicht Jace!« Er hob den weißen Koffer vom blutverschmierten Teppich auf und legte ihn auf dem Schreibtisch gegenüber dem Bett ab. »Jace würde dir nie etwas antun. Ich habe ihm schon tausendmal gesagt, er muss dich verlassen, sonst -«

»Du hast was?!« Aufgebracht starrte Lenah ihn an.

»Zu deiner Sicherheit! Er trägt eine Macht in sich, die du dir nicht vorstellen kannst. Und wie du soeben am eigenen Leib erfahren hast, hat dieser Dämon ein nicht geringes Interesse an dir.«

Marcus brach ab und erneut entrang sich ein Seufzen aus seiner Kehle. »Ich wünschte, er hätte es dir selbst erzählt.« Aber nein, er hatte die undankbare Aufgabe Lenah aufzuklären. Marcus rieb sich über die Stirn, Jasons Blut hinterließ einen schmierigen Streifen auf seiner Haut.

»Le- Lenah …« Rau kam das erste Wort, welches ihm in den Sinn kam, über seine Lippen. War sie noch da? Jason konnte die Augen nicht öffnen. Das Licht der Schlafzimmerlampe blendete ihn. Er ging jedenfalls davon aus, dass er in seinem eigenen Bett lag, das Wasser seiner Matratze schwappte unter ihm sanft hin und her.

Gott, diese Schmerzen! Einige Zentimeter über der Brust brannte seine Haut wie Feuer. Bei jedem Heben und Senken des Brustkorbes stach ein Dolch auf die Wunde ein.

»Ich …« Er hörte das Zögern in ihrer Stimme. Marcus hatte Recht gehabt. »Ich bin da, Jason.«

Dass sie ihn Jason nannte, schmerzte ihn mehr, als seine pochende Schusswunde. Doch er konnte ihr ihre Ablehnung nicht verübeln.

»Bitte, Lenah«, flüsterte er. »Bleib da, ich – ich möchte es dir erklären.« Endlich schaffte er es, seine Augen zu öffnen. Lenah stand neben seinem Bett, in ihrer rechten Hand einen Waschlappen. Das helle Top war verschmiert, ebenso ihre Haut. Die dunklen Flecken erkannte er auf den zweiten Blick als Blut. »Bitte«, flehte er, ihr Schweigen zerrte an dem, was von seinen Nerven noch übrig war. Er musste mit ihr reden, so wollte er nicht mit ihr auseinandergehen. Und dass sie ihn verlassen würde, stand nicht als Frage im Raum. Er war Realist, kein Träumer. Er hob die Hand, griff nach ihren Fingern.

Doch sie zuckte vor seiner Berührung zurück.

»Jace … Ich kann das nicht glauben.« Sie trat einen Schritt zurück, weg vom Bett, auf dem sie diesen Mann geliebt hatte.

»Ich … ihr seid verrückt. Marcus und du.« Sie schüttelte den Kopf. »Ich dachte, du gehörst zu den Guten, Jace.« Verräterisch glitzerte die Feuchtigkeit in ihren Augen.

»Lenah, lass es mich erklären …«

»Du belügst mich, Jace!« Sie warf den Lappen auf den

Nachttisch. »Ich habe genug von Männern, die nicht ehrlich zu mir sind! Und anstatt die Wahrheit zu sagen, faselt Marcus einen Scheiß von Dämonen!«

Verdammt! Sie zwinkerte den salzigen Schleier aus ihren Augen und rieb sich mit der Handfläche über die Augen. War das die Rache des Schicksals dafür, dass sie ihren Ehemann verlassen hatte? Dass sie, sobald sie sich wieder verliebte, ausgerechnet einen Drogensüchtigen auswählte?

Seine Stimme brach fast ihr Herz und stellte ihre Entschlossenheit auf die Probe. »Marcus lügt nicht, Lenah.« Jason versuchte, sich aufzurichten. Sein schmerzerfülltes Stöhnen ließ sie zusammenzucken.

»Bleib liegen!«, befahl Marcus und drückte ihn unnachgiebig in die Matratze.

»Ich muss gehen.« Lenah wandte sich ab. In ihrem Kopf wirbelten die Gedanken wie in einem sich endlos drehendem Karussell durcheinander. Sie wollte weder die irre Dämonengeschichte glauben, noch dass Jace ein Junkie war.

Sie verließ den Raum und ignorierte den stechenden Schmerz, der bei jedem Schritt in ihrem Knöchel pulsierte. Humpelnd lief sie am Chaos im Flur vorbei, unter ihren Schuhen knirschte das Glas der zerschmetterten Lampe.

»Lenah!« Marcus kam ihr hinterher. »So kannst du nicht rausgehen.« Er deutete auf ihr blutverschmiertes, grünes Top. »Zieh bitte die Jacke an.« Marcus nahm eine Sweatjacke von der Garderobe.

Ohne zu antworten, nahm sie den weichen Stoff entgegen und schlüpfte hinein. Sofort wurde sie von Jasons Duft eingehüllt und sie erwog für einen Moment, den Stoff wieder von ihrem Körper zu zerren. Doch sie wusste, dass er Recht hatte. Ihr blutverschmiertes Shirt würde unwillkommene Aufmerksamkeit auf sich ziehen.

Sie öffnete die Tür. Das unvorhergesehene Blitzlichtgewitter ließ sie erschrocken einen Arm vors Gesicht reißen. Geistesgegenwärtig schlug sie die Tür zu. »Verdammt!«, fluchte sie und kniff die geblendeten Augen zusammen. Helle Pünktchen flackerten über ihr Blickfeld.

Marcus starrte die Wohnungstür hinter ihr an. »Scheiße, wie um alles in der Welt, sind die hier rein gekommen?«

Er nahm Lenah am Arm und führte sie sanft, aber bestimmt zum Sofa. »Setz dich bitte, ich kümmere mich darum. Es dauert aber einen Moment.« Sie spürte das Mitleid in seiner Stimme, als er sich vor sie kniete und ihr in die Augen sah.

»Lenah. Egal wie deine Entscheidung ausfällt: *Jace liebt dich.* Mir ist es einerlei, ob du mir abkaufst, dass er einen Dämon in sich trägt oder nicht. Jason ist verrückt nach dir. Ich will, dass du das weißt.« Er tätschelte unbeholfen ihre Hand, bevor er aufstand und gleichzeitig sein Handy aus der Hosentasche zog.

Ein leiser Fluch kam über seine Lippen, denn der erste Anruf blieb unbeantwortet. Lenah drückte den Rücken gegen die weiche Couchlehne und schloss die Augen. Sie versuchte Ordnung in ihre wirren Gedanken zu bringen, doch es schien zwecklos.

»Aiden, ich bin´ s. Ich brauche dich dringend in Jasons Loft. Die Presse hat Wind davon bekommen, dass er nicht im Krankenhaus ist. Bring am besten jemanden mit. Vielleicht Annika.«

Lenah rieb sich über die müden Lider. Das Adrenalin in ihre Adern verflog langsam und die Anstrengung ihrer Gegenwehr forderte ihr Tribut. Ihre Muskeln protestierten, als sie den Arm hob, um sich eine Haarsträhne hinters Ohr zu klemmen. Mit geschlossenen Augen lauschte sie Marcus´

Stimme.

»Nein, Cookie erreiche ich nicht. Keine Ahnung, wo sie wieder rumhängt … Danke. Bis gleich.«

Sie hörte die schweren Schritte auf dem flauschigen Teppichboden, als er ins Schlafzimmer ging. »Jace, vor deiner Tür steht ein Haufen Paparazzi. Aiden und Annika sind auf dem Weg.«

Jasons müde Stimme erwiderte etwas, aber Lenah verstand es im Wohnzimmer nicht.

»Ja, sie ist noch hier. Sie kommt da nicht durch.«

Bevor Lenah in den traumlosen Schlaf fiel, spürte sie, wie eine weiche Decke ihren Körper einhüllte.

»Du hattest Recht«, gab Jason zähneknirschend zu. Sein Gesicht hatte nicht mehr den Teint einer Leiche und das Dämonenblut sorgte immerhin dafür, dass seine Wunde schneller heilte.

Marcus nickte. Er verschränkte die Arme vor der muskulösen Brust und lehnte sich gegen den Kleiderschrank. »Ich weiß. Aber ganz ehrlich, ich wünschte, dass ich wenigstens in diesem Punkt Unrecht hätte.« Die langen Haare hingen ihm, einem schwarzen Wasserfall gleich, über die Brust. Er starrte in die Luft, bevor er sich wieder Jace zuwandte.

»Für Lenah ist es noch schwerer als für dich, mein Freund.« Er wägte seine Worte vorsichtig ab und begegnete Jasons fragendem Blick.

»Na, sie wurde schon einmal belogen und verletzt. Von diesem Hurensohn, Bastians Vater.« Regelmäßig kontrollierte er sein Handydisplay. Aiden würde anrufen, sobald er die Paparazzi besänftigt hatte. »Dann lässt sie sich nach Jahren auf eine neue Beziehung ein und ...« Marcus zuckte mit den Schultern.

»Ich werde den Kleinen vermissen«, sagte Jason und schloss die Augen. Marcus nickte. Auch ihm war der kleine Wirbelwind ans Herz gewachsen. Er besaß keinen guten Draht zu Kindern, doch Bastian stellte eine Ausnahme da. Er hatte zwei, dreimal auf den Jungen aufgepasst, als Lenahs Babysitterin verhindert war.

Endlich vibrierte Marcus′ Smartphone. Ohne aufs Display zu sehen, nahm er den Anruf an. »Aiden?«

Er nickte Jason zu und verließ den Raum. Mit seinen langen Beinen durchquerte er schnell das Wohnzimmer. Auf der Couch schlief Lenah noch immer. Bevor er die Wohnungstür öffnete und die Sicherheitsverriegelung entsperrte, sah er durch den Türspion. Erleichtert, da er nur zwei Gestalten sah, schloss er die Tür auf.

Mit einem Kopfnicken begrüßte er die beiden Attentäter. »Was hast du Ihnen aufgetischt?« Ohne sich mit Smalltalk aufzuhalten, sah er Aiden an. Der Kerl sah aus, als wäre er einem Surfer-Magazin entsprungen. Halblange, zerzauste Haare, deren sonnengebleichtes Blond seine blauen Augen hervorragend betonten.

Aiden zuckte mit den Achseln und die kostspielige Lederjacke spannte sich über seinen breiten Schultern. Er warf den Kopf zur Seite, um ein paar überlange Ponyfransen aus dem Gesicht zu bekommen.

»Mr. Meyer weilt zurzeit in einer privaten Klinik, in der sich das bestgeschulte Personal um sein persönliches Wohlergehen und seine schnelle Regeneration kümmert.« Aiden hob die Hand und salutierte: »So wie du gewünscht hast, Boss!«

»Lass den Quatsch!« Annika rammte ihm, gar nicht ladylike, den Ellenbogen in die Seite. »Wie geht's Jason?« Die Frau mit den erdbeerroten Haaren, die ihr in unordentlichen Wellen über die weite Jacke fielen, verschloss die Tür wieder ordentlich.

Penibel, wie immer, bemerkte Marcus. Ihre deutsche Gründlichkeit hatte Annika in den fünf Jahren, die sie in der amerikanischen Großstadt verbrachte, nicht eingebüßt. Zum Glück, ihr Perfektionismus hatte ihr schon bei einigen Jobs geholfen.

»Glatter Durchschuss über dem Herzen. Die Blutung ist gestillt, aber vorher hat er viel Blut verloren. Er wird wieder gesund, aber es dauert ein paar Tage.« Er wies die beiden mit einer Handbewegung an leise zu sein, als sie an Lenah vorbeigingen.

Annikas hellgrüne Augen weiteten sich. »Sie ist noch da?« Erstaunt sah sie zu Marcus. Er zuckte mit den Schultern. »Die Paparazzi haben das Treppenhaus versperrt …«

»Mann, du siehst scheiße aus«, begrüßte Aiden seinen Gildenmeister, nachdem er ins Schlafzimmer eingetreten war. Jason verzog die Lippen: »Gleichfalls.«

»Sorry Boss, ausnahmsweise muss ich Mr. Beachboy Recht geben«, gab Annika ungern zu.

»Wo steckt Cookie?«, wandte Jason sich an den Blonden. Normalerweise arbeitete Aiden mit ihr zusammen.

»Keine Ahnung.« Er fuhr sich durch die Haare und die widerspenstigen Fransen fielen wieder in seine gebräunte Stirn. »Ihr Handy ist aus, zuhause war sie nicht.« Er zuckte mit den Schultern. »Vielleicht hat sie ein Date. Sie macht sich in letzter Zeit sowieso ziemlich rar.«

»Egal jetzt«, unterbrach Marcus den Beachboy. »Wir müssen uns überlegen, wie wir weiter vorgehen. Jemand hat es auf Jace abgesehen. Und wer sich mit ihm anlegt, hat uns alle am Hals. Annika, du kümmerst dich um die Polizeiberichte. Ich will wissen, ob den Gästen im Eventzentrum irgendetwas aufgefallen ist, was uns helfen kann, den

Täter zu finden.«

Sie nickte. »Betrachte es als erledigt.«

»Fahr′ bei Noah vorbei, er hat heute Abend keinen Auftrag. Er soll dir helfen.«

Annika verschwand durch die Schlafzimmertür, ohne ein Wort zu verlieren. Die blonden Haare schimmerten ebenso rötlich wie das Licht der aufgehenden Sonne, die sich am Horizont zeigte.

»Du bleibst hier«, wies Marcus Aiden an.

»Geht klar.«

»Und was machst du?« Jason richtete sich trotz der Schmerzen auf.

»Mich um dein Liebchen kümmern. Lenah muss nach Hause. Und selbst fahren lasse ich sie in ihrem Zustand sicher nicht.«

Erleichtert sank Jason wieder in die weichen Kissen. »Danke.«

Müde flatterten seine Lider, bis er endlich der Erschöpfung nachgab und sie schloss. Lenah war in Sicherheit. Mit dieser Gewissheit konnte er wenigstens für den Moment loslassen, trotz seiner Schmerzen.

Unangenehm hing die Stille in Lenahs Wagen zwischen ihr und Marcus, nur das gleichmäßige Brummen des Motors ertönte. Der Dreißigjährige hatte darauf bestanden ihren Wagen zu fahren und ließ sich von ihrer Widerrede nicht beirren. Lenah stopfte die Sachen, die vom Sitz gerutscht waren, wieder in ihre Umhängetasche. Ein einzelner Schlüssel fiel ihr in die Hand. Für ein paar Sekunden starrte sie das silberne Metall an, das kalte Material erwärmte sich langsam. Sie krümmte die Finger um ihn, dann hielt sie ihn ihrem Fahrer hin.

»Gibst du den bitte Jason?«

Er warf nur einen kurzen Blick auf ihre Hand. Als er erkannte, um was es sich handelte, schüttelte er den Kopf. »Oh nein, das kannst du schön selbst machen. Oder bist du zu feige dazu?« Er runzelte die Stirn. Lenah starrte nach vorne, wo der Scheinwerfer die vielspurige Straße erhellte. Den Schlüssel steckte sie in die Hosentasche.

»Wir sind keine Junkies, Lenah.« Marcus setzte den Blinker und nahm die nächste Ausfahrt so rasant, dass Lenah sich instinktiv am Türgriff festhielt.

»Das … ist die falsche Ausfahrt.« Lenah starrte ihn entsetzt an. »Was machst du jetzt mit mir?« Sie sah sich schon tot in einer dunklen Gasse liegen, weil sie Marcus und Jasons Drogensucht aufgedeckt hatte.

»Ich werde dir zeigen, was Shakespeare mit seinem Spruch meinte.«

Zehn Minuten später hielt er den Wagen an einem Waldstück außerhalb der Stadt. Dicht standen die Bäume beieinander, als versuchten sie den Nebelschwaden zu entfliehen, welche die kalte Nacht mit sich gebracht hatte.

Unsicher stieg Lenah aus. Sie zog Jasons Jacke fester um ihren Körper. So früh am Morgen verirrten sich nicht einmal joggende Fitnessfreaks hierher. Sie sah zu Marcus, der den Wagen umrundete. »Und das musst du hier machen?«

»Wenn ich nicht in der ganzen Stadt Panik verbreiten will, ja.« Marcus zog sein T-Shirt über den Kopf.

Lenah schloss die Augen. »Und ausziehen musst du dich dazu auch?« Na herrlich. Wahrscheinlich bekam er von seinem Trip Wahnvorstellungen.

»Jepp.« Sie hörte das Geräusch des Reißverschlusses und kurz darauf rauen Jeansstoff, der über seine Haut glitt. Er schwieg, sie spürte, wie er für einen Moment den Atem anhielt. »Jace wird mich umbringen. Dennoch wäre es vorteilhaft, wenn du hinsiehst.«

Mit einem Seufzer öffnete sie die Lider. Wie von selbst folgten ihre Augen den sehnigen Armen, bis hin zu seinem flachen, durchtrainierten Bauch. Erst als ihr Blick auf die dunklen Haare unter seinem Bauchnabel fiel, wurde ihr bewusst, was sie da tat. Sie riss ihren hochroten Kopf nach oben und starrte in Marcus' Gesicht.

»Und nun?« Sie verbarg ihre Scham unter einem genervten Unterton.

»Ich zeige dir ein Beispiel von dem, was es *zwischen Himmel und Erde* gibt.« Er pausierte. Dann warf er Lenah die Autoschlüssel zu. »Falls ich dir zu sehr Angst mache. Aber fahr bloß vorsichtig.«

Der Schlüsselbund fiel vor ihren Füßen in den erdigen Waldboden. Sie bückte sich und umgriff das Schlüsselband mit dem Namensaufdruck ihrer Lieblingsband *Desperation*. Ja, jetzt zuhause sitzen und sich die volle Dröhnung an Musik geben, das wäre es. Aber nein, sie musste mitten in der Nacht mit dem nackten Junkie im Wald stehen.

Abwartend verschränkte sie die Arme vor der Brust. Marcus' Klamotten lagen auf einem unordentlichen Haufen vor einem vertrockneten Baumstumpf.

Ungläubig blinzelte sie, als vor ihr ein Schauspiel begann, dass sie nie zuvor gesehen hatte. Sie hob eine Hand an ihre Brust und ihre Augen fixierten die Gestalt vor ihr.

Marcus entfuhr ein lautes Ächzen, als sich sein Körper krümmte. Seine Finger umklammerten das Beutelchen, das um seinen Hals hing. Er spürte, wie die Rabenfeder sich erhitzte. Das dünne Leder sonderte ein übernatürliches Licht aus, als der Rabe durch den Beutel in seine Haut drang.

Er sackte zu Boden. Lenahs erschrockener Aufschrei riss ihn für einen Moment aus der Konzentration. Dürre Zweige bohrten sich in seine Haut, als er sich auf dem bemoosten Waldboden wand.

Die Knochen verbogen sich, der Schmerz pulsierte mit seinem Blut durch seine Adern. Rasant schrumpften seine Gliedmaßen und seine Haut prickelte, als schwarze Federn sie durchbrachen. Der kurze Schmerzensschrei, als der Schnabel durch seinen Kiefer brach, wurde zu einem unmenschlichen Krächzen. Er spreizte die Schwingen und genoss den Lufthauch, der durch die schwarzen Federn strich.

Lenah schwankte zwischen Faszination und Furcht. Wie gebannt starrte sie auf die, im Licht der aufgehenden Sonne, metallisch grün schimmernden Rabenflügel. Sie konnte ihren Blick nicht abwenden. Allein der Kleiderhaufen im Hintergrund erinnerte sie daran, dass der große Vogel Marcus war. Sie ging in die Knie, sah ihm in die Augen.

»Verstehst du mich?«

Der Rabe legte den Kopf schief und gab ein lautes *Kra* von sich. Sie wertete das als ein Ja.

»Ich rede mit ´nem Vogel.« Sie setzte sich auf den Waldboden und verengte die Augen. »Oder ich wurde auch unter bewusstseinsverändernde Stoffe gesetzt.«

Kra kra.

Es klang, als würde er sie auslachen. Mit staksigen Schritten kam der Rabe auf seinen schwarzen Beinen näher.

»Darf ich?« Lenah hob die Hand, wartete auf eine Regung. Als er erneut den Kopf neigte, strich sie mit den Fingerspitzen über die glänzenden Federn. Unter ihrer Haut fühlten sich die dunklen Schwingen unnachgiebig an, und doch schmiegten die Federn sich sanft an ihre Finger.

Sie streckte die Hand in Richtung seines Kopfes, doch der Rabe pickte mit seinem spitzen Schnabel nach ihrem kleinen Finger.

»Ist gut, ich hab´s verstanden.« Lenah zog die Hand zurück, bevor er zuschnappen konnte. Sie stand auf und klopfte die Erde mit der Handfläche von ihrer Hose.

»Wie machst du das rückgängig?«

Ja, sie redete mit einem Raben. Vielleicht sollte sie sich einweisen lassen.

Kapitel 5

Die darauffolgende Woche verging wie im Flug. Lenahs Blutergüsse heilten ab und offenbarten wieder makellose Haut. Wenn sie nicht zuhause war, arbeitete sie unermüdlich. Beinahe täglich berichtete sie über den Meuchelmörder, der Kinderschänder und ähnliches Gesindel umbrachte.

Obwohl die zuständige Polizeidienststelle jeden verfügbaren Mann an den Fall angesetzt hatte, tappten die Ermittler weiterhin im Dunklen. Auch aus ihrer sonst zuverlässigen Informationsquelle erhielt Lenah nur widersprüchliche Auskünfte. Der Cop vermutete, dass es sich um mehrere Täter handelte. Die Eintrittswinkel der Schüsse variierten an den Opfern, was auf unterschiedliche Personengrößen hinwies.

Sie versuchte nicht an Marcus´ Wandlung zu denken, die er zum Besten gegeben hatte. Die Morde, über die sie Artikel schrieb, lenkten sie von Jasons merkwürdigem Verhalten ab – und von Marcus´ Behauptung, dass er einen Dämon in sich trug.

»*Dämon*«, knurrte sie und stopfte ihren Notizblock in die Tasche. »Wenn ich nicht gleich Feierabend mache, werde *ich* zum Dämon.«

Christian warf ihr einen Blick zu.

»Was?« Irritiert kniff er die Augen zusammen. Das Sonnenlicht spiegelte sich auf seinem Computermonitor und blendete ihn. Genervt fuhr er das Gerät in den Standby-Modus.

»Ich muss los. Carol will heute Häuser besichtigen.« Er verzog unwillig das Gesicht.

Lenah zuckte mit den Schultern. »Du solltest ihr einfach sagen, dass du kein Haus kaufen willst.«

»Bist du verrückt? Dann darf ich mir für den Rest unserer Beziehung Vorwürfe anhören.« Er schob den Stuhl unter den Schreibtisch. Seine neue Lebensabschnittsgefährtin war, wenn man der Gerüchteküche glauben durfte, noch mit einem der einflussreichsten Männern der Stadt verheiratet. Für eine kurze Affäre ziemlich risikoreich, befand Lenah.

»Wo wir gerade bei Beziehung sind, was ist bei dir los? Du bist die ganze Woche kein einziges Mal früher nachhause. Wartet dein Multimillionär nicht auf dich?«

Sie erstarrte für eine Sekunde, dann räusperte sie sich kurz.

»Er muss sich erholen.« Die Schießerei beim Charity-Event war eindeutig ein Attentat auf Jasons Leben gewesen, darin waren sich die Polizisten einig. Weshalb danach eine, ihm fremde Frau, mit einem Tranchiermesser auf ihn losging, dafür hatten die Cops keine Erklärung. Die Medien stürzten sich gierig auf die Story und Lenahs Chef hatte versucht, Einzelheiten aus ihr herauszukitzeln.

Erst als sie zuhause war, setzte der Schmerz ein. Für gewöhnlich kam das Verlangen nach Jace nachts, wenn sie einsam in ihrem Bett lag. Doch allein in dem großen Haus ihrer Mutter fühlte sie sich verloren. Katelyn war mit Bastian unterwegs. Der kleine Mann fragte diese Woche oft nach Jason und Lenah hatte keine Ahnung, was sie ihrem Sohn erzählen sollte. Vorerst beließ sie es dabei, dass Jace krank war und Erholung brauchte.

Sie starrte auf den ausgeschalteten Fernseher, der gegenüber von ihrem Bett stand. Die Dämmerung brach herein und in ihrem Zimmer wurde es dunkel. Was wohl noch existierte, außer Gestaltwandlern und *Dämonen*?

Marcus zu glauben bedeutete, dass ihr gesamtes Weltbild auf den Kopf gestellt wurde, ihr geregeltes Leben würde einem riesigen Haufen von Fragen weichen. Aber wie sollte sie dem *Gestaltwandler* nicht glauben, nach der unwirklichen Demonstration seiner Kräfte. Auf der Rückfahrt hatte er ihr erklärt, dass durch seine Adern winzige Spuren indianisches Blut floss, mit schamanischen Kräften. In seinem seltsamen Beutel trug er unscheinbare Relikte mit sich, die ihm ermöglichten die menschliche Gestalt zu verändern. So konnte er sich in Tiere verwandeln. Außer dem Raben konnte er sich in einen Tiger wandeln, da er einen kleinen Fetzen Fell in seinem Beutel herumtrug. Mehr hatte Marcus ihr nicht verraten, als hätte er Angst, dass Lenah sofort einen Artikel darüber verfassen würde.

Lenah schnaubte, zog die Decke enger um sich. *Gestaltwandler und Dämonen im Herzen Manhattans.*

Bei so einer Schlagzeile würde Carson sie hochkant rausschmeißen.

Es fiel ihr leicht, ihre Aufmerksamkeit für wenige Momente auf ein anderes Thema zu richten, doch die Ablenkung war nur von kurzer Dauer.

Ein Dämon. Ihr Jace.

Letzte Nacht hatte sie geträumt, wie der *Andere* in ihm sich über sie beugte und gewaltsam versuchte, sich zwischen ihre Oberschenkel zu drängen. Lenah hatte genug gehört, von Dämonen und Menschen, die ihre Gestalt wandeln konnten. Um diese unfassbare Wahrheit zu verdrängen, war es jedoch zu spät.

Ihr Freund war kein Mensch. Jedenfalls nicht nur. *Er ist ein Dämon. Oder so ähnlich.* Lenah schüttelte den Kopf und starrte die schwarze Mattscheibe an.

Und doch - sie liebte Jace. Seit sie Tony vor 8 Jahren in einem Café kennen gelernt hatte, hatte sie sich nicht mehr so geborgen gefühlt. Jason gab ihr das Vertrauen in eine heile Welt zurück.

Doch wie konnte sie behaupten, ihn zu lieben, wenn sie ihn in dem Moment alleine ließ, in dem er sie gebraucht hatte? Sie sah Jace vor sich, wie er die Finger nach ihr ausstreckte und wie er zusammenzuckte, als sie seiner sanften Berührung auswich. Das schlechte Gewissen ließ sie leise aufschreien, als sie einen Laut hörte. Ihre Schlafzimmertür schwang auf und Bastian verjagte mit seiner Fröhlichkeit die Vorwürfe ihrer inneren Stimme.

»Mama! Warum sitzt du denn im Dunkeln?«, rief er laut und betätigte den Lichtschalter.

Lenah blinzelte geblendet.

Raphael knurrte und nahm seine Klamotten aus der Waschmaschine. Das Hemd hatte er mit Bleichmittel retten können, doch aus seiner Jeans gingen die eingetrockneten Blutflecken einfach nicht raus. Der Plastiksack raschelte, als er die Hose hineinstopfte. Die kleine Schlampe hatte er zur Bestrafung ausbluten lassen. Sie hatte ihr dürres Knie mitten in seine Eier gerammt, was er ihr nicht durchgehen lassen konnte. Er warf den Müllsack vor die Tür und verließ den Waschraum der Parkmitarbeiter. Später würde er ihn entsorgen. Ebenso wie er ihre Leiche entsorgt hatte. Das Meer war nicht wählerisch.

Er befürchtete zwar nicht, dass ihn Polizisten oder Jason hier finden würden, doch er wollte auf der sicheren Seite sein. Wer würde ihn schon auf Coney Island vermuten? Außer Freizeitparks und billigen Imbissen gab es hier nichts.

Zufrieden setzte er sich an den Tisch im Pausenraum.

Der Plastiktisch wackelte, als er einen Ordner aufschlug und seine Notizen studierte. Die Kaffeemaschine lief und der aromatische Geruch von Kaffee erfüllte den Raum. Raphael hatte das Gerät im Schrank unter der Spüle gefunden. Alles hatten die Betreiber nach der Schließung des Freizeitparks nicht mitgenommen. Billige Metallstühle mit hässlichen Plastikbezügen gab es jede Menge. Auch unter den Kaffeetassen hatte der Glatzköpfige die Qual der Wahl: Er wählte die größte Tasse, die er fand. An der Spüle stehend füllte er das Werbegeschenk bis an den Rand, danach balancierte er sie vorsichtig zum Tisch. Er nippte an der nachtschwarzen Flüssigkeit.

Sein Blick fiel auf die ordentlich abgehefteten Akten und er schlug die oberste auf. Meyers Assistentin hatte ihm die Unterlagen auf einen USB-Stick kopiert. In den offiziellen Aktenschränken in Jasons Firma waren diese Papiere garantiert nicht auffindbar.

Die Seele der Tippse war äußerst aufgeschlossen gegenüber seiner mentalen Manipulation gewesen. Ihr labiler Geist hatte den gefallenen Engel beinahe dazu eingeladen, sich in ihren Hirnwindungen zu vergnügen.

Und günstige Gelegenheiten sollte man nicht ausschlagen, so lautete ein Sprichwort der Menschen. Er konnte sich doch sehr gut anpassen, dachte er und strich einen Namen auf einem Notizzettel unordentlich durch.

Sharon Peamon.

Er musterte die Aufstellung, die ihm Linda handschriftlich gegeben hatte, und ging die Namen durch. Sämtliche Mitglieder von Jasons Attentatsgilde, fein säuberlich aufgelistet, inklusive deren favorisierte Aufenthaltsorte, soweit diese der Sekretärin bekannt waren. Die Mitglieder hielten sich auch bei ihr bedeckt. Dennoch hatte sich das Wissen von Jasons Angestellter jetzt schon als unbezahlbar erwiesen. Raphael umkringelte einen Namen mehrmals.

Noah Baker.

Nachdem er Cookie aufgeschlitzt hatte, hatte er beschlossen, seinen Plan zu ändern. Da Jason nun gewarnt war, würde er nicht direkt an ihn rankommen.

Er würde sich quer durch Meyers Attentäter morden. Zuerst musste er sich jetzt in die Materie einarbeiten. Denn er konnte nicht damit rechnen, dass er die anderen Mitglieder ebenso leicht umbringen konnte wie Cookie. Doch zuerst musste er einen Waffenladen aufsuchen. Zum Glück hatte sein Gott ihm die mentalen Kräfte nicht gänzlich genommen. Ohne die Fähigkeit Gedanken zu kontrollieren, würde es ihm hier auf der Erde schlecht ergehen.

Zu Schade, dass er nicht auf die Hilfe seines Gottes zählen konnte. Doch Raphael würde ihm zeigen, dass er auch wunderbar ohne seine Hilfe zurechtkam.

Lenah wartete. Sie wusste nicht worauf, doch sie saß in ihrem kleinen Wagen vor dem Hochhaus. Jasons Wohnung war das Loft im obersten Stockwerk. Die Fenster waren unbeleuchtet. Kein Wunder, es war kurz vor Mitternacht.

Unentschlossen trommelten ihre Finger auf das Lenkrad. Sie liebte Jace, das stand außer Frage. Aber konnte sie mit einem Mann eine Beziehung führen, der ein Biest in sich trug? Welches er offenbar nicht unter Kontrolle hatte? Gut, gestand sie sich ein, es war eine Ausnahmesituation gewesen, in der der Dämon sich auf sie gestürzt hatte. In Jasons Zustand hatte dieser Andere leichtes Spiel gehabt.

Zuvor hatte sie Jace nie etwas angemerkt, hatte nie gespürt, dass etwas nicht stimmte. In ihr kämpfte die Zuneigung zu ihm mit ihrer Angst. Sie starrte den Wohnungsschlüssel auf dem Beifahrersitz an. Dann griff sie nach ihm.

Ausnahmsweise nahm Lenah die Treppe. Stufe für Stufe kam sie Jace näher. Das schmerzhafte Ziehen in ihrer Brust wurde mit jedem Stockwerk, dass sie überwand, gemindert. Jetzt war sie sicher, dass sie das Richtige tat. Dennoch stand sie reglos vor der Wohnungstür, bis der Bewegungsmelder das Licht ausschaltete. Sie umklammerte das Stück Metall. Kein Laut drang heraus, wahrscheinlich schlief er längst.

Mit zitternden Fingern schob sie den Schlüssel in das Schlüsselloch und drehte ihn um. Im Flur schaltete sie das Licht an. Fast erwartete sie das Chaos, das beim Verlassen der Wohnung geherrscht hatte. Doch das Appartement strahlte wieder in seinem alten Glanz. Die moderne Lampe, die sie zerschmettert hatte, war gegen eine Stehlampe ausgetauscht worden. Ihr Schirm bestand aus vielen halbdurchsichtigen Stofffetzen, die bis zum Boden reichten. Sie betätigte den Tretknopf der Leuchte.

Warmes Licht strömte durch den Flur und beleuchtete auch den offenen Wohnbereich.

»Stehen bleiben!«

Mit einem leisen Aufschrei stolperte Lenah zurück. Vor ihr tauchte aus dem dunklen Teil des Wohnzimmers ein durchtrainierter Mann auf. Der Dunkelhaarige deutete mit einer entsicherten Pistole auf sie. Lenah hob automatisch die Hände.

»Lenah?« Ryan ließ die Beretta sinken.

»Was machst du hier?« Er sicherte die Waffe und steckte sie in das dazugehörige Halfter. »Blöde Frage. Ich kann mir ja denken, zu wem du willst.« Er trat aus dem Durchgang und ließ Lenah das dunkle Wohnzimmer betreten.

»Warum bist du hier?«, fragte Lenah den Angestellten von Marcus. Er schob sich ein Minz-Kaugummi in den Mund, bevor er antwortete.

»Jace wurde angeschossen. Irgendjemand will ihn aus dem Weg räumen. Und ich sorge dafür, dass dieser jemand ihm nie wieder so dicht auf die Pelle rückt.«

Die letzten Worte sprach er mit solch einer Inbrunst, dass Lenah annahm, Ryan wünschte sich die Konfrontation mit dem Täter herbei.

»Habt ihr schon einen Hinweis?«, Lenah sah ihn fragend an und legte die Hand auf die Türklinke zu Jasons Schlafzimmer.

Die Falte zwischen seinen Augen vertiefte sich. »Suchst du etwa ´ne neue Story?« Ryan fixierte sie mit seinen blassblauen Augen und ein Schauder lief ihr über den Rücken.

Wütend erwiderte sie seinen Blick: »Natürlich nicht!« Es schmerzte sie, dass er so etwas annahm. In den acht Monaten ihrer Beziehung mit Jace, hatte sie nie etwas, dass die Öffentlichkeit nicht erfahren durfte, nach außen getragen. Und das, obwohl Carson versucht hatte, sie mit einer Gehaltserhöhung dazu zubringen etwas auszuplaudern. Sobald er durch den Tratsch in der Redaktion mitbekommen hatte, dass Lenah in einer Beziehung mit dem Jason Meyer war, hatte er sie in sein Büro gerufen.

Um Ryan zu entgehen, öffnete sie die Schlafzimmertür. Doch er folgte ihr.

»Jace?«, wisperte Lenah. Ihre Augen gewöhnten sich rasch an das schwache Licht des Mondes, das durch das breite Fenster in den Raum schien. Sie erkannte eine Gestalt, die am Schreibtisch saß und über einem Papierstapel zusammengesackt war. Leise schlich sie durch den düsteren Raum und schaltete die Nachttischlampe an. Sanft erhellte die Leuchte das Schlafzimmer. Erstaunt hob Lenah die Augenbrauen.

In der Woche, die sie nicht da gewesen war, hatte der

Raum eine Radikalkur bekommen. Der hoffnungslos ruinierte Teppich war gegen helle Holzdielen ausgetauscht worden. Perfekt passten diese zu dem neuen Metallbett. Auf dem Nachttisch entdeckte sie leere Ampullen, die aussahen wie die aus dem Medizinschränkchen. Doch sie wandte den Blick ab und sah Jason an.

Es ist die richtige Entscheidung, sagte sie sich selbst und ging zum Schreibtisch. Sie ging in die Knie.

»Jace?« Sie legte die Hand auf seinen Arm. Seine Wärme ließ ihre Finger kribbeln. Es dauerte einen Moment, bis er den Kopf hob.

»Lenah?« Er starrte sie an. »Träum´ ich noch?« Jason sah sie erstaunt an, ihre Anwesenheit war das Letzte, was er erwartet hatte.

Ein leichtes Lächeln glitt auf ihre Lippen. Sie schüttelte den Kopf. »Nicht dass ich wüsste.« Sie deutete auf die zerknitterten Papiere vor ihm, über denen er eingeschlafen war.

»Nennst du das Ausruhen?«, tadelte sie ihn streng.

Er richtete den Oberkörper auf, ein Schmerzenslaut kam über seine Lippen und er griff sich an die linke Brust.

»Ah«, zischte er.

»Noch so schlimm?« Lenah half ihm dabei, aufzustehen. Ryan stand stumm in der Tür und sie spürte seinen misstrauischen Blick.

Jace nickte nur und kniff die Lippen aufeinander. Als sie ihm ins Bett half, verbarg die Dunkelheit seine auffallende Blässe nicht mehr.

»Warum bist du hergekommen?«, wagte er zu fragen, während er vorsichtig die Decke über seine Beine legte. Er traute kaum sich Hoffnungen zu machen, dass sie bei ihm bleiben wollte. Doch Jace verstand sie. *Er* war gefährlich.

»Wahrscheinlich um Infos für ihren gierigen Boss zu bekommen«, mischte sich Ryan ein. Er stand an der Tür, die von oben bis unten tätowierten Arme vor der Brust verschränkt, und musterte sie finster. Demonstrativ nestelte er an seinem Pistolen – Halfter herum.

»*Raus.*«

Jace schlug einen Ton an, den Lenah nie zuvor von ihm gehört hatte. Eisiger Zorn stand zwischen Ryan und ihm. Seine grünen Augen fixierten den bewaffneten Mann. Doch der Angestellte gehorchte der Autorität seines Chefs und verließ das Schlafzimmer, nicht jedoch ohne die Tür lautstark ins Schloss zu schmeißen. Lenah zuckte zusammen.

Jace zog die Decke bis über seine Brust. Sie sah den Verband unter seinem offenen Hemd durchblitzen.

»Warum du wirklich hier bist, interessiert mich allerdings brennend, Lenah.«

Lenah. Nicht *Süße*. Es war ungewohnt ihren Namen aus seinem Mund zu hören.

Sie schluckte. *Jetzt oder nie.*

»Auch wenn es Dinge zwischen Himmel und Erde gibt, die man nicht erklären kann …«

Sie legte sich die folgenden Wörter sorgfältig zurecht und nahm auf der Bettkante Platz. Die Matratze gab unter ihr nach.

»Ich ... weiß nicht, ob ich mit dieser *Dämonensache* auf Dauer klarkomme, Jace. Aber ich möchte es versuchen. Ich habe gesagt, dass ich dich liebe und das waren keine leeren Worte.«

Sie sah von ihren nervösen Fingern, die an ihrer Jeans herumknubbelten zu Jace. Sein maskulines Gesicht war von klassischer Schönheit, nichts deutete in seinen Gesichtszügen auf das Monster, dass er mit sich trug. Ihr entging nicht, wie er hart schluckte. Hastig sprach sie weiter.

»Aber was ist das für eine Liebe, wenn ich mich jetzt aus dem Staub mache? Ich meine: Hey, was ist schon ein Dämon, der nach meinen Gefühlen giert?« Sie hob die Schultern, in dem Versuch der Situation etwas von ihrer Ernsthaftigkeit zu nehmen.

Sein Blick verharrte auf ihrem Gesicht, er suchte nach Unsicherheit in ihren Augen. Er beugt sich vor, nahm ihre kleine Hand in die Seine.

»Ich war froh, dass du gegangen bist«, gestand er. Sofort wich ihr ermutigendes Grinsen einer ausdruckslosen Grimasse.

»Was?!«

Beruhigend drückte er ihre Finger.

»Nicht so wie du jetzt denkst.« Er rutschte zur Seite und klopfte neben seinem Oberschenkel auf die Matratze. Sie folgte seiner Einladung und rutschte neben ihn, ließ ihre Füße von der Kante baumeln.

»Ich war beruhigt, dass du von *ihm* wegkommst«, sagte Jace.

Lenah spürte die Wärme seiner Finger auf ihrem Knie. »Wenn du mich nicht regelmäßig siehst, kommt der Dämon nicht in deine Träume«, erklärte er weiter.

»Hast du dir das gut überlegt?«

Sie nickte.

»Ich hab´ dich vermisst, Süße.«

Sie ließ den Kopf auf seine Schulter sinken. »Ich dich auch.« Tief atmete sie seinen warmen Geruch ein. Und wie sie sich nach ihm gesehnt hatte!

Sie starrten aus dem geöffneten Fenster, durch die Wolkendecke leuchtet nicht ein Stern zu ihnen hinab. Lenah fasste sich ein Herz. Sie brauchte Antworten – da kam die Journalistin in ihr hervor. Auch auf die Gefahr hin, dass sie ihn mit ihren direkten Fragen verjagte.

»Bist du schon immer so?« Sie drehte den Kopf zur Seite. Er erwiderte ihren Blick, seine tiefgrünen Augen bohrten sich in ihre. Ihr wurde warm. Sie kannte diesen liebevollen Gesichtsausdruck, den er nur bei ihr zuließ.

»Kann ich dir das ein andermal erzählen? Morgen früh vielleicht, beim Frühstück?« Seine Augenbraue hob sich. Ihre Gedanken schweiften kurz ab, sie dachte an Bastian. Doch der Gedanke, dass sie die ganze Woche für ihn da gewesen war, beruhigte ihr Gewissen.

Bevor sie nickte, stellte sie ihm noch eine wichtige Frage. »Was ist mit *ihm*?«

Mit einem Stöhnen drehte Jace sich auf die Seite. Diese Frage hatte er bereits erwartet, es war klar, wen Lenah meinte.

»Ich bin vollgepumpt bis oben hin mit Schmerzmitteln und meinem Antiserum.«

Er legte den Kopf auf ihren Bauch und lauschte dem Rauschen ihres Blutes. Tief horchte er in sich hinein. Der Dämon war hungrig, doch außer einem unterschwelligen Ziehen bemerkte er nichts von seiner Anwesenheit.

»Ich glaube, er kann gerade nicht hervorkommen«, sagte er. Doch hundertprozentig sicher konnte er das nicht versprechen. Sein Verlangen Lenah bei sich zu haben, war stärker als seine Vernunft. Sie hätte wegbleiben müssen, doch nun, wo sie wieder bei ihm war, konnte er sie nicht abweisen. Er war zu schwach dazu.

Ihr Nicken sah er nicht, er spürte nur, wie sie die Hand hob und zwischen seine Schulterblätter legte. Sie fuhr über die Kurve seines Halses bis zu den kurzen Haaren. Sanft strichen ihre Fingerkuppen über die Stoppel, die dank der Woche Bettruhe länger waren, als sie es jemals gesehen hatte.

Jason seufzte leise auf. Er hatte ihre sanften Berührungen so sehr vermisst. Er drehte sich um und sah sie an. In Lenahs braunen Augen sah er sein Gesicht, doch ihm war egal, dass er total k.o. aussah. Die Wunde machte ihm noch zu schaffen, aber er musste sich weiter um die Firma kümmern. Seine illegalen Aktivitäten hätte er nur seiner Nummer 2 anvertraut. Doch Marcus verabscheute Papierkram zutiefst.

Wie schon zuvor am Abend, als er alleine gewesen war, kam ihm das seltsame Verhalten seiner Sekretärin in den Sinn. Linda begann Fragen zu stellen, über Themen, die sie in den letzten 3 Jahren nicht interessiert hatten. Die dralle Chinesin war ihm vom Rat empfohlen worden. Aufgrund ihrer Diskretion war sie die ideale Sekretärin, auch für seine nicht gesetzestreuen Aktivitäten. Außerdem konnte Linda viele Aufgaben, die in der Chefetage anfielen, selbstständig erledigen. Jason nahm sich vor, die junge Frau in den nächsten Tagen auf ihr seltsames Auftreten anzusprechen. Nur ungern würde er einer so fähigen Mitarbeiterin kündigen.

»Woran denkst du?«, Lenah riss ihn mit ihrer Frage aus ihren Gedanken.

»Nur an die Arbeit.«

»Soll ich jetzt sauer werden? Ich bin bei dir und du denkst an deine Firma?« Ihre Augen funkelten ihn verwegen an.

Jace räusperte sich. »Glaub mir, ich denke noch an ganz andere Sachen.« Er wackelte mit einer Augenbraue.

Dass dazu das Verschwinden einer seiner Attentäterinnen gehörte, konnte er ihr nicht sagen. Er rang seit einiger Zeit mit sich, ihr von seinem *Nebengewerbe* zu erzählen. Aber er brachte es nicht über sich. Vor allem nicht jetzt, nachdem sie von seinem Dämon erfahren hatte. Doch wie viel Geheimnisse konnte eine Beziehung ertragen?

Später in der Nacht, als Lenah in einem weiten Shirt von ihm, neben ihm lag, hing er diesem Gedanken weiter nach. Er legte den Arm um ihre Taille und vergrub sein Gesicht in ihren schulterlangen Haaren.

Sie hielt ihn für einen von den Guten. Lenah wusste, dass sein Erzeuger im Knast saß. Ein brutaler Mann, der nicht einmal vor der eigenen Frau Halt gemacht hatte. In einem schwachen Moment hatte er Lenah von dem Monster erzählt, das seine Mutter erschlagen hatte.

Damals nahm sie seine Hand in ihre und ihre Worte trafen ihn tief im Herzen. Denn er belog sie.

»Ich bin froh, dass du kein Krimineller bist, so wie dein Erzeuger.« Jace bestand darauf, dass der Mann nur so genannt wurde, denn er verband mit ihm keine schönen Erinnerungen.

Doch Lenah ahnte nicht, wie sehr sie mit ihrer Einschätzung über ihn daneben lag. Er stand auf der falschen Seite des Gesetzes, egal, aus welchem Licht er seine selbstauferlegte Aufgabe besah.

Aber was für ein Monster wäre er, wenn er zuließ, dass Menschen sich an Kindern vergriffen oder ihre Familien mit in den Tod rissen? Denn er besaß die Macht, solche Geschehnisse zumindest teilweise zu verhindern. Dennoch wusste er, dass Lenah diese Art von Justiz nicht akzeptieren würde.

Jason erledigte die Jobs nicht mehr selbst, er agierte nur noch als Vermittler. Der Rat leitete die Aufträge an die passenden Außenstellen weiter. Alles, was an den Großraum

New York ging, gab Jason an einen seiner Leute weiter. Die Erfolgsquote lag bei 100 %.

Dass er Schuld daran trug, dass seine kleine Schwester in der geschlossenen Abteilung einer Nervenheilanstalt verweilte, gehörte zu den Dingen, die an seiner Substanz nagten. Er konnte Lenahs grenzenloses Entsetzen bereits vor sich sehen, wenn er ihr von Dana erzählen würde. Doch all das vor Lenah zu verschweigen, schien ihm falsch zu sein.

Er schloss die Augen. In dieser Position pochte die Wunde, doch er brauchte das warme Gefühl ihrer Nähe. Die Verstärkung des Antiserums hatte er bereits im Labor seines Vertrauens in Auftrag gegeben. Die neuen Injektionen mussten unbedingt wirken, bevor der Dämon Lenah noch einmal zu nahe kam. Erst als der Morgen am Horizont schon rötlich dämmerte, schlief er ein.

Kapitel 6

Raphael las interessiert die vor ihm liegenden Notizen noch einmal durch. Es würde nicht leicht sein, Noah Baker zu töten. Der ehemalige Söldner hatte schon im Irak-Krieg gekämpft und war ein Meister im Nahkampf.

Er tippte mit dem Kugelschreiber auf das Zeichen der Gilde, dass er vom nackten Körper der blonden Schlampe abfotografiert hatte. Ein Halbmond überkreuzt von einer geschwungenen Klinge, darunter der lateinische Name von Jasons Gilde. Bei Cookie hatte er es auf dem rechten Schulterblatt entdeckt.

Wenn weitere Leichen mit dem Symbol auftauchten, zog sich die Schlinge um Jason enger, bis diesem keine andere Wahl blieb, als sich mit ihm zu befassen. Falls der Dämon ihn nicht vorher selbst erledigte.

Raphael hatte die Präsenz des Inkubus sofort bemerkt. Jason wäre nicht der Erste, dessen Dämon die Macht über den Menschenkörper übernehmen würde. Nach dem Erwachen wurden sie Jahr um Jahr stärker. Spätestens mit Ende 30 wurden die Betroffenen entweder wahnsinnig oder nahmen sich das Leben.

Raphael hatte das überirdische Pulsieren gespürt, als der Bastard ihn an die Wand gepresst hatte. Der Dämon lauerte dicht an der Oberfläche. Das Mittel, von dem Cookie Wind bekommen hatte und von dem sie ihm erzählt hatte, konnte den gierigen Inkubus anscheinend nicht mehr ganz verdrängen. Er würde sich auf die Suche nach dem Labor machen, in dem Meyer das Serum unter Einsatz von jeder Menge Kohle herstellen ließ.

Doch zuerst würde er seine Aufmerksamkeit Mr. Noah Baker widmen. Raphael schnürte seine Springerstiefel und langte nach dem ebenso schwarzen Rucksack. Phase 1 konnte beginnen.

Denn glücklicherweise kannte er jemanden, der jemanden kannte. Und derjenige konnte ihm besorgen, was er braucht, um Baker aus dem Hinterhalt zu ermorden. Anders würde er ihn nicht umbringen können, der Kerl war eine Nummer zu hoch. Vor allem da seine mentalen Kräfte langsam nachließen.

Jason Meyer und seine Speichellecker konnten sich auf etwas gefasst machen.

Lenah nutzte das Frühstück gnadenlos aus. Sie löcherte Jason mit Fragen, an die er nie einen Gedanken verschwendet hätte.

»Was passiert, wenn er sich an einem vollfrisst? Wird ihm schlecht?« Lenah biss herzhaft in ihr Brötchen. Jace erstarrte, die Hand mit der Kaffeetasse, sank kraftlos auf den Tisch. »Was?«

»Na, wenn er sich an mir überfressen hätte. Ich hab versucht etwas über ... Inkubusse ... Inkuben ... zu googeln« Sie verzweifelte an der Mehrzahl.

»Inkubi.« Jace antwortete automatisch. Plötzlich sah er aus, als hatte sie etwas Falsches gefragt. Unruhig tippten seine langen Finger auf den Henkel der Kaffeetasse.

Lenah beobachtete ihn über den reich gedeckten Frühstückstisch hinweg. Noch bevor sie aufgestanden war, hatte Jace Essen liefern lassen. Da er noch angeschlagen war, hatte er keine Lust gehabt, sich in die Küche zu stellen und überraschte sie mit dem monströsen Angebot. Sie saßen vor der riesigen Fensterfront, draußen war es bewölkt. Die gesamte Stadt hing in dunklem Grau.

»Also ... was passiert, wenn Inkubi sich vollfressen?« Lenah lenkte seine Aufmerksamkeit wieder auf sich. Er versuchte, den Gedanken an Dana abzuschütteln. Doch seine Schwester ließ ihm keine Ruhe.

»Lass mich von vorne anfangen«, bat er und nahm einen Schluck aus seiner Kaffeetasse. Er genoss den bitteren Geschmack, der sich mit dem der süßen Marmelade auf seiner Zunge vermischte. Er wollte seine Geheimnisse nicht mehr für sich behalten müssen.

»Ich habe den Dämon zum ersten Mal gespürt, als ich fast siebzehn war.« Aufmerksam lauschte Lenah seinen Worten. Sie vergaß sogar das belegte Brötchen auf ihrem Teller.

»Iss.« Jason erinnerte sie an das Frühstück. In der kurzen Zeit, die sie voneinander getrennt waren, hatte sie abgenommen. Er machte sich Sorgen um ihre Gesundheit. Doch wahrscheinlich sollte er seine Besorgnis auf ihre Reaktion verlagern, wenn sie erfuhr, was für ein Monster er wirklich war. Erst nachdem sie wieder in ihren Bagel biss, sprach er weiter.

»Ich wurde von dem Dämon überrannt. Als ich das erste Mal Sex hatte, knockte er mich komplett aus. Glücklicherweise hat sich das Mädchen sofort aus dem Staub gemacht, bevor er sich gefangen hatte.« Sein Blick wanderte zum gekippten Fenster. Die Kleine musste ihn für einen totalen Irren gehalten haben.

»Ich wusste nicht, was mit mir passierte, ich ging davon aus, dass mir jemand Drogen untergejubelt hatte. Es schien eine einmalige Sache gewesen zu sein, bis …«

Er hielt inne, starrte in die graublaue Wolkendecke. Langsam drehte er Lenah wieder den Kopf zu. Er musste einen erschreckenden Anblick abgeben, denn sie zuckte zusammen. »Bis zu dem Tag, an dem meine Schwester wahnsinnig wurde. Und ich bin daran schuld.«

Lenah ließ das Brötchen auf den Porzellanteller sinken. Dass sich Jasons Schwester in einer Anstalt für psychisch Kranke aufhielt, wusste sie. Verstehen konnte sie seine letzte Andeutung jedoch nicht.

»Du?« Sie schob die Hand über den Tisch, legt sie auf seine kalten Finger. »Das kapiere ich nicht.«

Als ihre warme Haut auf seine traf, huschte ein winziges Lächeln über seine Lippen, das so schnell wieder verschwand, dass sie es für Einbildung hielt.

»Ich erwischte Dana, wie sie mit einem ihrer ständig wechselnden Freunde Dope rauchte.« Sein Gesicht glich einer steinernen Maske, als er versuchte Lenah die Geschichte zu erklären.

»Ich habe es geschafft das Dämonenblut zurückzuhalten, bis ich den Bastard aus dem Haus geworfen hatte. Dann stand Dana vor mir.« Jace erinnerte sich nach all den Jahren noch genau an ihren Anblick. Ein abgeschnittener Jeans-Mini, der gerade so ihren Hintern bedeckte und ein hautenges, neonfarbenes Top. Knallpink war ihre Lieblingsfarbe gewesen. In ihre dunkelbraunen Haare hatte sie sich dünne Strähnchen in der Farbe machen lassen.

»Sie schrie mich an, dass ich nicht ihr Vater sei und dass ich ihr nichts zu sagen hatte. In diesem Moment konnte ich das Dämonenblut nicht zurückdrängen.«

Seine Worte wurden leiser. »Manchmal träume ich von Dana.« Er zog seine Finger unter ihrer Hand weg. Mit der anderen Hand knetete er seine Gelenke.

»Zuerst nahm er ihre Freude. Ich konnte praktisch dabei zusehen, wie ihre Lebenslust verschwand. Ihre Augen wurden ausdruckslos, ihre Lippen zu einer schmalen Linie.« Er hob die Schultern.

Lenah zuckte zusammen, als er sie mit einem hilflosen Blick bedachte.

»In diesem Moment war es noch nicht zu spät. Aber der Dämon war nach all der Abstinenz gierig. Nach ihrem süßen Geschmack der Glückseligkeit hatte er Blut geleckt. Ich konnte nichts tun. Meine Schreie kamen nicht über meine Lippen, ich hatte meinen ganzen Körper nicht unter Kontrolle. Dana zitterte, ihr war eisig kalt.«

An dieser Stelle nickte Lenah. Diese innere Kälte kannte sie. Jedes Mal wenn der Dämon sich ihr näherte, nahm die alles andere als erfrischende Kälte ihren Körper in Beschlag.

»Nachdem er endlich mit ihr fertig war, stand sie still da. Nicht ansprechbar. Unantastbar. Und sie kann bis heute keine fremde Berührung ertragen. Dann bekommt sie eine Art hysterischen Anfall.«

Er verschränkte die Arme vor der Brust. Lenah neigte den Kopf zur Seite: »Du bist nicht schuld.«

Sein Auflachen klang gequält. »Oh, doch. Und wenn mein Labor es nicht schafft, das optimale Gegenmittel zu entwickeln, muss ich dich früher oder später auch in der Irrenanstalt besuchen.«

Seine harten Worte trafen sie. Die Hand, die sie gehoben hatte, um ihm über den Arm zu fahren, ließ sie unverrichteter Dinge wieder sinken.

»Wie geht es Dana jetzt?«, fragte sie stattdessen. Sie rutschte auf dem Stuhl rum. Sie meinte die Antwort auf ihre Frage zu kennen, doch sie musste es aus seinem Mund hören. Dana war nicht ohne Grund auch heute noch in einer geschlossenen Anstalt.

Jace nahm die Kanne in die Hand und füllte mit sorgfältigen Handgriffen erneut Kaffee in seine Tasse. Er warf ihr einen fragenden Blick zu, doch Lenah schüttelte den Kopf. Noch mehr Koffein und sie würde keinen Moment mehr still sitzen können.

»Dana … Sie lebt in ihrer eigenen Welt. Sie redet zwar wieder, aber niemand versteht den Sinn dahinter. Sie bastelt und malt gerne, ihre Werke sehen aber aus wie von einem Kindergartenkind. Außer dem Aussehen hat sie nichts mit einer 25-Jährigen gemein.«

»Du liebst sie sehr.«

»Natürlich tue ich das.« Er hob die Tasse an den Mund und nahm einen Schluck. »Umso mehr macht mich die Gewissheit fertig, dass sie wegen mir, nie ein richtiges Leben haben wird.« Er setzte die Kaffeetasse heftig ab und der Inhalt ergoss sich auf die blütenweiße Tischdecke.

»Shit!« Er tupfte den dicken Stoff mit einer Papierserviette notdürftig ab.

»Jace, du kannst doch nichts dafür!« Lenah stand auf und umrundete den Tisch. Sie stützte ihre Unterarme auf seine breiten Schultern ab und küsste ihn auf den Kopf.

»Und … Warum bist du so? Warum trägst du diesen Inkubus mit dir herum?«

Jace neigte den Kopf in den Nacken. Der Blick aus seinen grünen Augen bescherte Lenah eine Gänsehaut.

»Weißt du eigentlich, wie sehr ich dich liebe, Lenah?« Er schloss die Augen und lehnte den Kopf an ihren. Ein leichtes Lächeln legte sich auf ihre Lippen und ihre Finger strichen über sein erschöpftes Gesicht. »Ich liebe dich auch.«

Ohne das Lenah ihre Frage wiederholen musste, beantwortete er diese.

»Ich habe keine Ahnung.« Jace gab sein Unwissen zu, die Unzufriedenheit war ihm deutlich anzusehen. »Egal wo ich recherchiert habe, es gab keine Antworten. Jedenfalls keine Zufriedenstellende, die nicht zwanzig neue Fragen aufgeworfen hätte. Marcus habe ich kennengelernt, ohne von seinen Fähigkeiten als Gestaltwandler etwas zu ahnen.

Er half mir einen Arzneimittel-Hersteller zu finden, der sich gegen eine großzügige Bezahlung der Herstellung eines Antiserums annahm.«

Lenah nahm auf seinem Schoß Platz. Sein nackter Oberkörper bot sich einladend an und sie fuhr mit dem Finger über die Tätowierung am Oberarm. Jace hatte ihr erzählt, dass der Halbmond das Auf und Ab des Lebens symbolisierte: Leben und Tod. Über dem Mond befand sich ein geschwungener Dolch, von dessen Bedeutung er ihr aber nichts gesagt hatte.

»Aber es wirkt nicht mehr?« Sie spielte auf die vielen Ampullen an, die sich auf dem Nachttisch stapelten.

Mit einem grimmigen Gesichtsausdruck nickte er. »Der Dämon scheint sich daran zu gewöhnen. Früher hat ihn eine Ampulle gute zwei Tage unterdrückt, jetzt reicht es nicht mal mehr für eine Nacht.«

Bevor er fortfahren konnte, klingelte Lenahs Handy. *Carson*. Sie stöhnte. Na herrlich, das war der Letzte, mit dem sie telefonieren wollte. Da sie aber an ihrem Job hing, der wenigstens genug Geld abwarf, um Bastian und sie über die Runden zu bekommen, nahm sie das Gespräch an.

Lenah fuhr direkt zu dem Ort, an dem ein Auto explodiert sein soll.

Carson hatte am Telefon nicht viel gesagt, nur dass er sie bei der Story benötigte. Ihr Einsatz in den letzten Tagen muss ihm gefallen haben, denn normalerweise gab er die großen Storys an Kollegen ab, die keine Kinder hatten und viele Überstunden machten.

Jace hatte sich kaum von ihr losreißen können. Nach dem Geständnis über seine Schwester hatte er ihre Nähe gebraucht. Lenah hoffte, dass er sich nun etwas ausruhen würde.

Das Lächeln auf ihren Lippen verschwand, als sie den Block erreichte, an dem Polizisten die Journalisten davon abhielten, am Tatort rumzuschnüffeln. Sie rümpfte die Nase. Sie konnte die aufdringlicheren Mitarbeiter ihrer Branche nicht ausstehen.

Kopfschüttelnd über solche Respektlosigkeit suchte sie nach einem Parkplatz. *Hoffnungslos*. Erst zwei Blocks weiter, fand sie einen Parkplatz, auf dem sie ihre Klapperkiste gefahrlos abstellen konnte. Tief atmete sie aus und hängte die Tasche über ihre Schulter. Zum Glück hatte sie bequeme Schuhe an, denn nun durfte sie die zwei Blocks zurücklaufen.

Endlich am Ort des Geschehens angekommen, grabschte sie nach ihrem Notizblock und nahm den Kuli aus dessen Ringbindung. Sie lauschte dem Pressesprecher des New York Police Departments und kritzelte die Informationen schnell auf das karierte Papier. Unleserlich war keine Bezeichnung für ihr Gekrakel.

Lenah ignorierte das Gebettel der anderen Journalisten nach weiteren Informationen und richtete ihren Blick auf den zerstörten Wagen. Die Wucht der Explosion, laut dem Pressesprecher von einer Ladung C4 Plastiksprengstoff ausgelöst, hatte die Fenster aus dem Wagen gesprengt. Auch das Schaufenster einer angrenzenden Boutique hatte Schaden genommen. Doch daran war der Mann, der von den anwesenden Pathologen auf Mitte dreißig geschätzt wurde, nicht gestorben.

Augenzeugen berichteten, dass der Mann ausstieg und wohl noch in den Coffee-Shop gehen wollte. Die aus dem Rahmen gerissene Autotür hatte den armen Kerl erschlagen.

Lenah senkte den Blick, als sie unter einer schwarzen Plane nahe dem Auto, eine männliche Leiche ausmachte.

Warum trug Carson ihr nicht einmal freudige Ereignisse auf? Sie gab sich die Antwort selbst: Die Leser wollten über schlechte Ereignisse lesen, das erhöhte die Verkaufszahlen.

Sie näherte sich einem der Polizisten. Er stand etwas abseits und beobachtete die Meute. Sie steckte den Block weg und hoffte, dass niemand der Anwesenden auf sie achten würde.

»Kannst du mir was geben?«, murmelte sie leise und senkte den Blick etwas. Sie lehnte sich an das Treppengitter, das zu einer Unterführung führte. Der kleine Mann sah sich schnell um, doch seine Kollegen waren mit den Journalisten und den Gaffern beschäftigt. Er neigte den Kopf.

»In fünf Minuten.« Sein Blick wanderte zu dem Polizeitransporter, der außerhalb der Absperrung stand. Ohne darauf zu antworten, lief Lenah an ihm vorbei, als wäre sie zufällig an dem Blonden vorbei gelaufen.

Sie zog ihre Strickjacke enger um sich und sah in den trüben Himmel. Die dichten Wolken sahen aus, als würde der nächste Regenschauer nicht lange auf sich warten lassen. Aus den fünf Minuten wurde letztendlich eine halbe Stunde, die Lenah auf der anderen Straßenseite verbrachte. Sie wollte keinem der anderen Beamten auffallen.

Um sich wenigstens etwas zu tarnen, holte sie sich im nächstgelegenen *Starbucks* einen großen Karamell Macchiato und eine Tageszeitung der Konkurrenz, die *New York Times*, über deren Rand sie dauernd zum Transporter schielte. Endlich nahm ein Mann mit übergroßem Hoodie neben ihr auf der Bank Platz, eine Schirmmütze mit dem Aufdruck seiner Lieblingsfootballmannschaft, tief in die Stirn gezogen. Er hielt einen Pappbecher in den breiten Fingern.

»Dieser Mord hängt mit dem Fund einer Leiche zusammen. Heute morgen haben meine Kollegen aus dem Hudson River eine junge Frau gefischt.«

»Was ist die Verbindung?«, fragte Lenah direkt und nahm einen Schluck ihres Kaffees. Der süße Geschmack von Karamell hing auf ihrer Zunge. Er schob sich die Kappe tiefer ins Gesicht und beugte sich vor.

»Wir wissen nicht, wer die Zwei sind. Es gibt keine Eintragungen im Sozialversicherungsregister oder in der NYPD-Datenbank. Aber was hier viel interessanter ist: Beide haben dieselbe Tätowierung.«

Oha, das versprach, eine Story für die Titelseite zu werden. Carson würde vor Begeisterung die fetten Arme ausstrecken und versuchen sie an sein schweißnasses Hemd zu drücken. Bisher war sie jedes Mal erfolgreich entkommen. *Gott sei Dank.* Schon bei dem Gedanken an seine massigen Schwimmringe konnte einem übel werden.

»Kannst du mir sagen, wie es aussieht?«

Flynn zögerte kurz, doch selbst nach vier Jahren war sein schlechtes Gewissen präsent. Er verzieh sich nie, dass er seinen Freund Tony nicht aufgehalten hatte, als dieser seiner Ehefrau das Leben zur Hölle machte.

Lenah tat es nicht gerne, doch sie nutzte seinen Status als Polizist aus, um an wichtige Informationen zu kommen. Schließlich gab er sein wertvolles Wissen preis.

»Es ist ein Halbmond, detailliert ausgearbeitet, über dem eine Stichwaffe ruht.«

Lenahs Augen weiteten sich. Sie ließ fast den Pappbecher fallen. »Eine Stichwaffe? Ein Dolch?«

Irritiert hob Flynn den Blick. So genau wollte sie es sonst nie wissen. Er nickte.

»Ein geschwungener Dolch. Wir haben begonnen die Tattoo-Studios abzuklappern, aber niemand will das Teil gestochen haben.« Er zuckte mit den Achseln. »Mehr kann ich dir echt nicht sagen, Lenah.«

Die beiden Blocks zu ihrem Auto legte Lenah beinah komplett im Laufen zurück. Ihr Karamell-Latte hinterließ einen bitteren Geschmack im Mund und sie hatte ihn sofort nach dem Gespräch mit Flynn entsorgt. Alles in ihr drängte danach, sich in den Wagen zu schwingen und schnell den Weg nach Midtown zurückzulegen, wo sich Jasons Appartement befand. Sie sank in den Fahrersitz.

Doch Carson würde sie auf der Stelle feuern, wenn sie ihren Artikel nicht schrieb, denn er wollte ihn noch in der Nacht drucken lassen. Mechanisch lenkte sie den Wagen durch den dichten Großstadt-Verkehr. Es grenzte an einem Wunder, dass sie heil ankam, denn ihre Gedanken kreisten um die mysteriöse Tätowierung.

In der Redaktion schrieb sie den Artikel runter und arbeitete alles Wissenswerte in den Text ein. Doch obwohl sie Jasons Tattoo vor Augen hatte, vermied sie es, darüber zu schreiben.

Es war schon Nachmittag, als sie die PDF per Mail an ihren Chef schickte und ihm eine ausgedruckte Version auf den Tisch klatschte.

»Ich muss mir für den Rest des Tages freinehmen.« Sie wartete nicht auf eine Antwort und stürmte sofort aus dem muffigen Büro des Chefredakteurs.

Raphael sah dem Schauspiel vor dem Schaufenster zu. Er saß in einem kleinen französischen Café und war dort so fehl am Platz, wie ein Vegetarier im Schlachthaus. Sein dunkles T-Shirt ließ die tätowierten Arme frei, und er trug dazu eine schwarze Cargohose mit vielen Taschen.

Er spürte den irritierten Blick, den ihm die Bedienung zuwarf. Seine Fähigkeit, Menschen zu manipulieren, half ihm dabei in ihren Kopf zu sehen. Doch es war nicht nötig sie einer Gehirnwäsche zu unterziehen, sie hielt den Mann mit der Glatze nur für einen harmlosen Spinner.

Er nahm die zarte Porzellantasse am Henkel und schlürfte lautlos den Tee. Er verzog das Gesicht und zwang sich den Schluck herunterzuwürgen. Der grüne Tee, den er bestellt hatte, schmeckte bitter. Er widmete seine Aufmerksamkeit lieber wieder dem Schauspiel vor dem Café. Vom *Petite Maison* aus, hatte er einen perfekten Überblick über die hektischen Bullen, die sich erst um die Leiche scharrten und dann versuchten die neugierigen Berichterstatter vom Tatort fernzuhalten. Überrascht beugte er sich vor. Der fragile Tisch protestierte mit einem Knirschen, als er sein Gewicht darauf verlagerte. Diesen braunen Haarschopf kannte er doch!

Auf der gegenüberliegenden Straßenseite huschte Lenah Caine in die Starbucks-Filiale. Er starrte den Eingang an, bis Meyers Freundin wieder heraustrat. Ihre unruhigen Blicke in Richtung des explodierten Autos verrieten ihm, dass irgendetwas sie beunruhigte.

Interessant. Er verschränkte die Arme und beobachtete Lenah. Obwohl, wenn man den Medien Glauben schenkte, war sie bereits Meyers Ex-Freundin.

Er spielte mit dem Gedanken sie anzusprechen, aber nach der Szene, die Meyer ihm vor seiner Wohnung gemacht hatte, wollte er ihre Aufmerksamkeit nicht noch mehr auf sich ziehen.

Noch nicht. Lenah Caine würde er sich aber noch widmen, versprach er sich selbst. Er glaubte nicht an die Trennungsgeschichte der Medien und somit war die kleine Journalistin Meyers Achillesferse. Die Attentäter, die er umbringen würde, waren nur Bauern. Aber Raphael hatte vor den König *und* die Königin zu vernichten.

Sein nächster Zug würde Meyers gesamte Aufmerksamkeit erfordern - und seine Dämonenschlampe ins Jenseits befördern. Die blonde Ablenkung, die er organisiert hatte, war erstaunlich leicht zu beeinflussen gewesen ...

Er nahm eines der fondantüberzogenen Petite Fours und verspeiste es mit einem Bissen. Raphael kniff die Augen zusammen.

Wie widerlich süß! Der verstoßene Engel hatte von der Menschheit mehr erwartet, als zuckriges Gebäck und Blocks voller Hochhäuser. Sein Gott sicher auch.

Kapitel 7

Lenah hatte keine Zeit, um Jason sofort zur Rede zu stellen. Es konnte doch kein Zufall sein, dass er dasselbe Bild in die Haut gestochen hatte, wie die beiden Toten. Sie hatten auf den ersten Blick scheinbar nichts gemein, außer einem Halbmond und einem Dolch.

Geistesabwesend half sie Bastian bei seinen Mathe-Hausaufgaben und spielte mit ihm ein Brettspiel, bevor sie ihn ins Bett brachte. Die Gutenacht-Geschichte die Lenah ihrem Sohn vorlas, brachte ihn innerhalb weniger Minuten zum Schlafen. Sie gab ihm einen sanften Kuss auf die Wange, bevor sie sich aus seinem kleinen Zimmer schlich.

»Mama?« Sie steckte den Kopf ins Schlafzimmer ihrer Mutter, wo diese auf dem Bett saß und einen dicken Wälzer las. Katelyn hob den Blick von den schwülstigen Sätzen ihrer Lektüre und sah sie über die ovale Lesebrille hinweg an.

»Ja, mein Schatz?«

Lenah lächelte leicht. »Achtest du auf Basti? Ich muss nochmal los.« Katelyn nickte. Natürlich würde sie das tun, sie vergötterte ihren einzigen Enkel regelrecht. Lenah warf ihr eine Kusshand zu, dann lief sie zu ihrem Auto.

Sie wunderte sich nicht über das Service Fahrzeug der ansässigen Telekommunikations-Firma und auch der, ihr nur zu gut bekannte Mann am Steuer, entging ihr in der Hektik.

Tony verzog das Gesicht zu einem gehässigen Grinsen. Der Schlampe würde er zeigen, was es hieß, sich mit ihm anzulegen. Vor ihm würde sie auf Knien um ihr Leben betteln dürfen. Er würde seinen Schwanz in ihren Rachen stoßen, bis das Miststück entweder daran verreckte, oder er nahm sie mit Bastian mit, an einen Ort, an dem weder die Bullen, noch ihr neureicher Macker sie je wieder finden würden.

Da im Haus sowieso nichts Interessantes passieren würde, startete er den VW-Bus und wendete, nachdem Lenah die Auffahrt verließ. Er folgte Lenahs staubgrauem Auto in sicherer Entfernung. Die frühzeitige Entlassung, war das Beste was ihm hatte passieren können.

Die Gestalt, die aus dem Schatten eines Baumes trat, bemerkte er nicht.

Diesmal versuchte Lenah es auf moderate Art und Weise: Sie kündigte ihre Ankunft mit Klopfen an. Als auch auf das Klingeln niemand reagierte, schloss sie die Tür mit ihrem Schlüssel auf. Das Appartement war leer. Offensichtlich hatte Jace das Hochhaus verlassen. Sie murrte leise. Der Kerl sollte sich doch ausruhen.

Plötzlich fand sie sich im Schlafzimmer wieder. Als ihr Blick auf den Schreibtisch vor dem Fenster fiel, packte sie die Neugierde. Er verheimlichte ihr etwas.

Zuerst zögerlich, dann aber ohne Rücksicht, durchwühlte sie die Papiere auf dem Schreibtisch.

Fehlanzeige. Alles nur langweilige und öde Geschäftsakten, von denen Lenah ohnehin nur die Hälfte verstand. Unsicher stand sie vor dem Tisch aus dunklem Holz. Sie griff nach dem Messingknopf der obersten Schublade, doch sie zögerte. Es fühlte sich nicht gut an, was sie hier tat.

Entschlossen zog sie die Schublade auf. Nichts. Mit einem Hauch von Erleichterung musterte sie die langweiligen Büromaterialien. Tacker, Locher und Kugelschreiber, neben einem teuren *Mont-Blanc* Füller.

Was erwartete sie denn überhaupt zu finden? Selbst wenn Jace zu einer seltsamen, geheimen Organisation gehörte, warum sollte er Beweise dafür in seinen Privaträumen haben?

Die nächste Schublade enthielt ebenfalls nichts Weltbewegendes. Sie war kurz davor aufzugeben, als sie die nächste Schublade aufzerrte. Sie klemmte, weshalb Lenah es mit etwas Schwung versuchte. Knarrend gab das hölzerne Fach nach und rutschte aus der Schiene. Sofort spürte sie, dass die Box schwerer war, als die vorherigen.

»Komisch«, murmelte Lenah leise, als könnte ihr jemand zuhören. Sie kippte den blendend weißen Papierstapel auf den Boden und widmete sich dem hölzernen Fach, das nicht proportional aussah. Die anderen Fächer waren tiefer.

Ihre Finger versuchten, die dünne Holzplatte herauszuheben. »Au!«, fluchte sie, als ihr der Fingernagel abbrach und einen Blutstropfen auf dem Holz hinterließ. Sie legte die Lade auf dem Boden ab und steckte sich den Finger in den Mund. Während sie das Blut herunterschluckte, suchte sie auf dem Schreibtisch nach einem dünnen und spitzen Gegenstand.

»Hervorragend.« Sie pustete die Ponyfransen aus der Stirn und hebelte mit Jasons Brieföffner den doppelten Boden heraus. Die dünne Holzplatte fiel auf den Teppich neben ihr, als sie entgeistert ihre Ausbeute anstarrte.

Nervös umklammerte sie das Kästchen. Die Waffe war in ein Stück Stoff eingewickelt, dennoch erkannte sie die charakteristischen Umrisse. Ein Magazin mit Reservemunition lag auf einem der Bankbeutel, die man bekam, wenn man große Geldbeträge abhob. Er sah prall gefüllt aus. Lenah traute sich nicht, ihn zu öffnen.

Sie richtete sich auf und nahm die Waffe in die Hand. Die Pistole war leichter als sie gedacht hatte. Sie war auch davon ausgegangen, dass solche Schusswaffen aus Metall gefertigt waren, doch zumindest diese hier, sah aus als bestünde sie hauptsächlich aus schwarzem Plastik. Sie nahm sie in die Hand, als würde sie schießen wollen und musterte die halbautomatische Pistole. *Made in Austria* war in das matte Material geprägt. Anscheinend handelte es sich um eine Glock. Ohne den Aufdruck der Firma hätte Lenah das nicht erraten.

Sie starrte noch einen Moment die Waffe an.

»Boss?« Katrinas Stimme klang seltsam belegt. Jason hielt sein Handy in der Hand und drehte sich mitsamt dem Bürostuhl. Schon ihrer Stimmlage entnahm er schlechte Neuigkeiten.

»Wir haben Cookie gefunden.«

Er schloss die Augen. Verflucht! Nur Minuten zuvor hatte ihm das NYPD mitgeteilt, dass einer seiner Geschäftswagen in die Luft geflogen war. Noah war tot. Cookie ebenfalls. Doch das waren nicht die einzigen beschissenen Nachrichten, die Katrina für ihn hatte.

»In ihrer Kleidung wurde eine Waffe gefunden, die dasselbe Kaliber hat, wie die Kugel die Marcus aus deiner Schulter geholt hat.«

»Was willst du damit andeuten?«, entgegnete Jason scharf und rieb sich mit der freien Hand über die Stirn.

»Der Gerichtsmediziner der Bullen hat Reste von Schmauchspuren an ihren Fingern gefunden.« Miguel mischte sich ein. Er und die unnachgiebige Frau waren Partner. Natürlich nur in beruflicher Hinsicht, auch wenn Jason nicht entging, wie sehr die Funken zwischen den beiden sprühten. Dennoch wies er ihnen dieselben Aufträge zu, denn er hatte nicht das Gefühl, das sie ihren Job vernachlässigten.

»Das ist nicht euer Ernst, oder?« Doch mit ihren Worten ergab Cookies seltsames Verhalten in letzter Zeit einen

Sinn. Sie hatte versucht, ihn zu ermorden.

Gut, er hatte die schöne Blondine mehr als einmal abgewiesen, aber er hätte nie gedacht, dass sie ihn deshalb umbringen wollen würde!

»Wir glauben, sie hatte einen Auftraggeber, der nicht zufrieden war.« Erneut Miguels Stimme.

»Sie musste sterben, weil ich ihr Attentat überlebt habe?«

Die Bürotür öffnete sich und Linda trat herein. Mit einer hastigen Handbewegung bedeutete er ihr, dass sie ihn alleine lassen sollte. Seine Assistentin wusste, wer ihr Arbeitgeber war und dennoch hatte er das Gefühl in letzter Zeit ihr nicht mehr vertrauen zu können. Noch eine Sache, der er unbedingt auf den Grund gehen musste.

»Sieht so aus, Boss.«

»Kümmert euch um die Bestattungen. Ich übernehme alle Kosten.« Cookie hatte keine Verwandte, von Freunden wusste er auch nichts. Noah hinterließ eine Freundin, die allerdings kaum etwas verdiente.

Er knallte das Handy auf den Tisch und massierte sich mit den Fingern die Kopfhaut. *So eine Scheiße!* Er schob das Smartphone in die Hosentasche und stand auf.

»Linda!«, rief er in das Vorzimmer, als er daran vorbeiging. Doch Linda saß nicht an ihrem Platz. Stirnrunzelnd ging er weiter. Zwei Zimmer weiter erklang das charakteristische Geräusch des Kopieres.

»Linda«, er öffnete die Tür des Kopierzimmers. Ertappt zuckte die rundliche Chinesin zusammen.

»Oh, Mr. Meyer«, stammelte sie und schob einige Papiere zu einem unordentlichen Haufen. »Ich, äh, kopiere nur gerade ein paar Akten«, sprach sie schnell weiter, ohne dass er gefragt hatte.

Er nickte mit hochgezogener Augenbraue, doch nach

dem Verdacht von Katrina und Miguel über Cookies Ableben, hatte er keine Muse sich jetzt noch um Linda zu kümmern. Er ahnte nicht, dass er das bereuen würde.

Stattdessen beschloss er, erstmal nach Hause zu fahren. Seine Wunde pochte und bestrafte ihn dafür, dass er seine Bettruhe vernachlässigte.

Jace bekam fast einen Herzinfarkt, als er sein Schlafzimmer betrat.

»Lenah?« Entgeistert fixierte er ihre schlanke Gestalt. Sie wirbelte herum, seine Waffe in der Hand.

»Was machst du hier?«, blaffte er sie an. Doch dann bemerkte er ihren verwirrten Gesichtsausdruck und hob beruhigend die Arme nach oben. »Leg die Pistole bitte hin.«

Sein Blick wanderte über das Chaos auf dem Schreibtisch und die Schublade, deren doppelter Boden herausgebrochen war. Wie hatte sie Verdacht geschöpft? Resignation durchströmte ihn. Wenn sie etwas ahnte, musste er ihr den Rest seiner Geschichte erzählen - und schon wieder riskieren, dass sie sich von ihm abwandte.

Lenah senkte die Waffe.

»Ich weiß nicht mal, wie man so was benutzt.« Sie legte die Glock auf dem unordentlichen Schreibtisch ab.

Ihr vorwurfsvoller Blick traf Jason tief in seinem Inneren. Er spürte, wie der Dämon sich regte, nach Lenahs aufwallenden Emotionen hungerte.

»Hast du bei irgendwas die Wahrheit gesagt?«

Jace trat näher, doch Lenah ging auf Abstand. »Was meinst du?«

»Was ich meine? Das musst du doch wissen!«, warf sie ihm vor.

Die Tatsache, dass sie Recht hatte, streckte beinahe seine

Selbstbeherrschung nieder. Das gefährliche Blut in ihm schwappte über, versuchte die Herrschaft über den menschlichen Körper zu erlangen. Jace reagierte sofort und griff nach einer vollen Ampulle auf dem Nachttisch. Er krempelte den rechten Hemdärmel hastig hoch und ohne Rücksicht auf seine gequälten Adern zu nehmen, rammte er die frisch aufgezogene Spritze in die Ellenbogenbeuge.

Aus den Augenwinkeln sah er, wie Lenah den Kopf abwandte.

»Tut mir leid.« Er zischte die Worte zwischen zusammengepressten Lippen hervor. Sie hatte ihm von ihrer Abneigung gegenüber Nadeln erzählt, was der Grund war, weshalb sie ungeimpft durch die Gegend lief.

Er zog die Nadel aus dem Arm. Ein winziger Blutstropfen lief seine Armbeuge hinab. Bevor er auf den neuen Teppich vor seinem Bett tropfen konnte, fing er ihn mit dem Saum seines Shirts auf.

Als die Stille zwischen ihnen andauerte, hob Jace den Kopf. Er blieb auf dem Bett sitzen und sah zu Lenah. »Also, was hat dich dazu gebracht, wie eine Wahnsinnige meinen Schreibtisch zu durchsuchen?«

Lenah lehnte sich an die Fensterbank, nicht bereit auf ihn zu zugehen. »Das Tattoo.« Sie verschränkte die Arme vor der Brust. »Die Tatsache, dass es innerhalb von wenigen Tagen zwei Mordopfer gibt, die dasselbe Tattoo haben wie du.« Ihre Stimme wurde lauter.

Scheiße. Sie wusste von Cookie und Noah – und von der Gilden-Tätowierung, die Marcus für die *Soultaker* entworfen hatte und jeder seiner Attentäter trug.

Er fuhr sich mit beiden Händen übers Gesicht und schloss die Augen. *Was nun?* Sollte er wieder eine Lüge erzählen, die durch einen dummen Zufall ans Tageslicht kommen würde, oder die Wahrheit, damit sie endgültig die Flucht ergriff?

Sie konnte wohl Gedanken lesen, denn sie forderte: »Die Wahrheit, Jace!« Lenah biss sich auf die Unterlippe.

Seine Hand wanderte in den Nacken und er strich sich nervös über die stoppeligen Haare.

»Lenah, ich …« Wenn sie die Tatsachen kannte, brachte sie das in Gefahr. Er öffnete seine grünen Augen und sah der Frau, die er liebte, ins Gesicht.

»Ich vermittle Attentate.« Endlich sprach er es aus. Plötzlich durchströmte ihn Erleichterung. Er hatte es nie für möglich gehalten, doch er fühlte sich befreit, jetzt wo er das letzte Geheimnis zwischen ihnen aus dem Weg räumte.

»Attentate?« Ungläubig hob sie eine Augenbraue. Ein zynisches Lachen konnte sie sich nicht verkneifen. Lenah schüttelte den Kopf: »Willst du mich verarschen?«

Sie stieß sich von der Fensterbank ab und durchschritt das Schlafzimmer.

»Was machst du?« Mit einem leisen Stöhnen folgte ihr Jace. Seine Wunde pochte.

»Ich verschwinde.« Sie packte ihre Wolljacke, die sie unachtsam auf den gläsernen Wohnzimmertisch geworfen hatte. »Ich habe deine beschissenen Storys satt. Dämonen, Attentate. Was erzählst du mir als Nächstes?«

»Lenah!« Jace packte sie am Arm und riss sie herum. Sie fand sich gegen die Wand gelehnt wieder, wo er sie mit sanfter Gewalt festhielt. »Es ist die Wahrheit!«

Sie presste die Lippen aufeinander. Ihre Finger ballten sich zu Fäusten. Feuchtigkeit sammelte sich in ihren Augenwinkeln trotz ihrer Wut. Sie glaubte ihm.

Warum? *Warum nur?* »Warum, Jace?« Sie hob die Hände, wollte mit ihnen auf seine harte Brust trommeln, doch sie sanken kraftlos auf die angespannten Muskeln. »Warum kannst du nicht normal sein?«, flüsterte sie kaum hörbar.

Unter ihren Fingern versteiften sich seine Muskeln noch mehr. Das hatte sie nicht sagen wollen. Sie presste die Lippen aufeinander.

»Es tut mir leid.« Leise strichen seine Worte über ihre Haut.

Eine salzige Träne hinterließ eine nasse Spur auf ihrer Wange und landete auf dem Arm, mit dem er sie festhielt.

»Ach, verdammt!«, fluchte er entsetzt und hob Lenah auf seine Arme. Sie leistete keinen Widerstand.

»Lass es mich erklären«, bat er und trug sie zur Couch. Lenah ließ zu, dass er sie auf dem weichen Kunstleder absetzte.

»Warum, Jace?«, wiederholte sie.

»Warum ich so bin?«

»Nein. Warum vermittelst du … Attentate?«, Lenah zog die Knie an ihren Körper und legte den Kopf darauf ab. Sie sah Jace an und wirkte etwas gefasster. Doch der Anschein täuschte. Der Dämon spürte das Durcheinander ihrer Emotionen.

»Als mein Vater in den Knast kam, brauchte ich einen Job, mit dem ich Dana und mich durchbringen konnte.« Jace blieb vor ihr auf den Knien, hielt ihre Hand und konnte sich nicht durchringen, ihre Finger loszulassen.

»Um ihr einen gewissen Lebensstandard zu bieten, musste ich, außergewöhnliche -« *Illegale.* »-Jobs annehmen.« Er zuckte mit den Schultern.

»Aber ich habe nie jemandem geschadet, der es nicht verdient hatte.« Es war ihm wichtig, dass sie das wusste, deshalb betonte er seine letzten Worte noch einmal.

»Ich habe keine Unschuldigen getötet.«

Lenah schluckte die Tränen hinunter. Warum musste bei ihr alles so kompliziert sein? Nein, dem Schicksal reichte nicht, dass Lenahs Ex-Mann ein eifersüchtiger Stalker war, nein, dann war ihr Freund ein Dämon. Aber das war immer noch nicht genug: Jetzt vermittelte er noch Attentate, also Morde. *Danke, liebes Schicksal!*

»Und … du machst das wegen dem Geld? Du lässt Menschen ermorden, um dich daran zu bereichern?« Sie verschränkte ihre Knie zum Schneidersitz.

Hastig schüttelte Jace den Kopf und stand auf. Seine Kniescheibe knackte leise. »Nein! Wie denkst du von mir?«

Er zog den Sessel heran, wollte ihr bei diesem Gespräch in die Augen sehen. Es wollte wenigstens versuchen, sein Handeln zu erklären.

»Mein Geld mache ich wirklich mit meiner Immobilienfirma. Die Attentate bringen zwar auch einiges an Kohle ein, aber davon bezahle ich meine Angestellten. Der Rest geht an einen Fonds für Opfer von Gewalttaten.«

Er schob die Beine auseinander und stützte seine Unterarme darauf. »Ich nehme nur Jobs an, bei denen es um Gewalttätige geht, Kinderschänder beispielsweise, oder Mörder, die ihre Familien auslöschen wollen.« Er wusste, dass seine Aussage nichts an der Tatsache änderte, dass es trotzdem Menschen waren, die starben.

Lenah hob den Blick und sah ihn an. Obwohl ihr nur eine einzelne Träne aus dem Augenwinkel gekullert war, hatte sie immer noch feuchte Augen. Angestrengt blinzelte sie die salzige Flüssigkeit weg.

»Gewalttätige? Aber woher weißt du das?«

Jason bleckte die Zähne. »Der Dämon spürt es, wenn jemand lügt. Und wenn wir einen begründeten Verdacht haben, ermitteln meine Mitarbeiter, bevor sie das Ziel ausschalten.«

»Die zwei Toten … Waren *Mitarbeiter* von dir? Attentäter?« Sie konnte sich die Frage nicht verkneifen.

Jace beobachtete, wie Lenahs Finger unruhig den Wollüberwurf des Sofas knetete. Er nickte. Bevor sie weitere Fragen stellen konnte, griff er nach ihrem Kinn und hob sanft ihren Kopf, um ihr in die rehbraunen Augen schauen zu können.

»Lenah. Alles, was ich dir erzähle, muss unter uns bleiben«, ermahnte er sie. Wenn nur ein Wort an die Öffentlichkeit kam, würde der Rat sich darum kümmern und dafür sorgen, dass Lenahs Wissen nicht an die Oberfläche drang.

Wütend riss sie den Kopf zurück. »Was glaubst du denn?«, zischte sie. »Dass ich sofort in die Redaktion renne und einen Artikel über Manhattans Attentäter schreibe?« Lenah starrte ihn kopfschüttelnd an. »Ich dachte, du vertraust mir.«

Lautlos seufzte Jace und rieb sich mit dem Fingerknöchel über die Schläfe. »Ich vertraue dir mehr, als ich jedem anderen Menschen vertraue.«

Sein Smartphone begann, lautstark auf der Glasplatte des niedrigen Couchtischchens zu vibrieren. Er warf dem Gerät einen flüchtigen Blick zu, dann widmete er seine Aufmerksamkeit wieder Lenah.

»Ich … Ich wollte nur nochmal auf Nummer sicher gehen.« Eine dürftige Erklärung, das wusste er selbst. Erneut störte sein Handy die Unterhaltung.

»Geh schon dran.« Lenah zog sich die Decke über die Beine. »Ich lauf schon nicht weg.«

Noch nicht, dachte Jace. Er griff nach seinem Handy und nahm das Gespräch an. »Marcus, schlechter Zeitpunkt.« Er stand auf. Doch die Nachricht, die seine Nummer 2 ihm übermittelte, ließ den Tag noch beschissener werden.

»Was?«, schrie er in den Hörer, so laut, dass Lenah zusammenzuckte und aufgeschreckt aufsah. »Das kann nicht sein! Scheiße, verdammt! Natürlich komme ich vorbei!«

Seine Knöchel traten weiß hervor, als er die Hand zur Faust ballte. Er beendete das Gespräch mit einem aufgebrachten Schnauben.

»Jace?« Trotz ihres Entsetzens über seine Tätigkeiten war sie bestürzt über seinen wütenden Gesichtsausdruck. »Reiß dich zusammen!«, bat sie ihn und stand auf. Sie war noch während seines kurzen Telefonats aufgestanden. Jetzt trat sie näher heran und legte beruhigend eine Hand auf seine Schulter, die sich unruhig hob und senkte.

Verflucht! Erneut stieß er eine Verwünschung aus. Der Dämon drängte sich gegen seine Haut, wollte von Jasons Zorn kosten, den er spürte. Jace zuckte zusammen, als er das Verlangen des Dämons bemerkte. Doch die Wärme von Lenahs Hand half ihm dabei, sich auf den Feind in seinem Inneren zu fokussieren. Langsam wurde das Pochen des Dämonenblutes schwächer.

»Das neue Serum.« Er schloss kurz die Augen. »Das Labor hatte es fast fertiggestellt. Alle Testsubstanzen sind vernichtet. Jede Aufzeichnung wurde mit unzähligen Musikordnern überspielt. In jedem ist derselbe Song.« Die Arbeit von sieben Monaten. Einfach ausgelöscht.

»Rammstein. Engel«

Raphael.

Trotz der fortgeschrittenen Uhrzeit fuhr Jace sofort zum Labor. Lenah begleitete ihn. Er hatte sie darum gebeten, warum wusste er selbst nicht genau. Sie hatte ihm eben geholfen, den Dämon zurückzuhalten. Falls er sich erneut nicht unter Kontrolle hatte, half ihm ihre Anwesenheit vielleicht dabei seine Fassung nicht zu verlieren.

Das Labor war ein typischer Neubau der Stadt, eines dieser Schickimicki Büros mit großen Fensterfronten. Um diese Uhrzeit war das Gelände hell erleuchtet. Jace fuhr wortlos direkt vor den Eingang.

Vor dem breiten Gebäude wartete Marcus. Erstaunt wanderte sein Blick von Lenah zu Jason. Er sagt nichts, sondern runzelte nur die Stirn.

Besser so, dachte Jace und konnte sich ein entnervtes Knurren nur schwerlich unterdrücken. Er nickte Marcus zur Begrüßung zu. Im selben Moment meldete sein Handy erneut einen Anruf. Nachdem er einen Blick auf das Display warf, verhärteten sich seine ohnehin angespannten Gesichtszüge noch mehr. Er steckte das Gerät weg, ohne ihm weitere Aufmerksamkeit zu widmen.

Lenah befürchtete, auch dieser Anruf gefiel Jace nicht. »Alles Okay?« Sie sah ihn von der Seite an, während sie auf die gläserne Drehtür zu liefen. Neben dem wutentbrannten Multimillionär und seinem stillen Security-Chef mit den langen, schwarzen Haaren, fühlte Lenah sich wie ein Gänseblümchen neben zwei eindrucksvollen Rosen. Dennoch trat sie entschlossen durch die Drehtür in den Empfangsbereich. Sie durfte an Jasons Seite keine Schwäche zeigen, denn diese würde von Außenstehenden als die Seine interpretiert werden.

»Das Zeug ist einfach verschwunden«, erklärte Marcus den beiden und nickte dem Wachmann zu. Der Mann war um die 20 und saß hinter dem Empfangstresen. Während er ein gutes Dutzend Monitore im Blick hielt, schlürfte er an einem Energydrink, dessen neonorange Farbe Lenah erschaudern ließ.

»Sein Kollege hatte gestern Nacht Wachdienst. Ist heute

Mittag nicht zur Arbeit erschienen und unauffindbar. «

»Er hat sich schmieren lassen«, raunzte Jace und beschleunigte seine Schritte.

»Es muss doch irgendwelche Aufzeichnungen geben! Back-ups oder Akten, irgendetwas in der Richtung?«

»De Nada.« In akzentfreiem Spanisch antwortete der indianischstämmige Mann und deutete auf eine Tür. »Ich warte hier und passe auf, dass du freie Bahn hast.«

Freie Bahn? Lenah runzelte die Stirn. Was hatte Jason vor?

»Bleibst du bitte bei Marcus?«, bat Jason sie. Er wollte nicht, dass sie ihn da drin erlebte. Es konnte sein, dass er den Dämon herauslocken musste, um die Antworten zu bekommen, die er benötigte. Lenah öffnete den Mund, um zu widersprechen. Als sein bittender Blick auf sie fiel, lehnte sie sich an die Wand und verschränkte die Arme vor ihre Oberkörper.

»Danke.« Er schenkte ihr ein kurzes Lächeln, dass seine Anspannung aber nicht verbergen konnte, dann riss er, ohne anzuklopfen, die Tür auf.

Stille hing zwischen Lenah und Marcus. Sie musterte ihn aus dem Augenwinkel. Zugegeben: Er hatte echt tolle Haare. Was für ein Stuss, ermahnte sie sich selbst. Als wäre seine seidige Mähne jetzt wichtig.

»Also.« Sie räusperte sich. »Sagst du mir, was das Tattoo bedeutet?« Gespannt beobachtete sie ihn, wartete auf seine Reaktion. Doch der Gestaltwandler ahnte nicht, dass Jace reinen Tisch gemacht hatte - gezwungenermaßen.

Irritiert hob er den Kopf. Seine Haare umrahmten das kantige Gesicht und hier, in diesem schummrigen Gang, erinnerte er Lenah noch mehr an seine indianischen Ahnen.

Er sah sie an und zog einen Mundwinkel hoch.

»Warum fragst du nicht Jace? Er hat dasselbe.« Er hob sein dunkelgraues T-Shirt hoch. In die gebräunte Haut unter seinem muskulösen Bauch, direkt über dem Bund seiner Hose, war dasselbe Bild verewigt wie auf Jasons Oberarm. Bei seiner Show im Wald, war es ihr gar nicht aufgefallen.

»Hab ich. Aber was es mit dem Dolch auf sich hat, erzählte er mir nicht.«

Marcus ließ den weichen Stoff wieder sinken. »Dann liegt es nicht an mir, dir die Bedeutung zu erklären.«

»Ich will es aber wissen. Bevor du angerufen hast, hat er mir von ...« Lenah brauchte einen Moment um sich an die Namen der Toten zu erinnern. »... Cookie und Noah erzählt.«

Als sie die Namen seiner Kollegen erwähnte, riss er den Kopf herum. Sie fuhr fort: »Er hat mir von seinem *Nebenjob* erzählt.« Sie zog eine Grimasse.

»Was? Aber warum?« Marcus riss die Augen auf. Seine Zähne gaben ein Knirschen von sich, als er den Kiefer zusammenpresste.

Geschrei ertönte aus dem benachbartem Raum. Lenah zuckte erschrocken zusammen und starrte zur Tür. Was tat Jace den Labormitarbeitern nur an? Sie trat auf die geschlossene Tür zu, doch bevor sie die Klinke berühren konnte, packte Marcus ihre Hand und schob sich vor sie.

»Keine Sorge.« Auf seinen Lippen erschien ein süffisantes Grinsen. Ihre Unsicherheit schien ihm zu gefallen. »Er wird den Laborratten nichts tun. Schließlich braucht er sie noch.«

Er schob das dichte Haar zurück und lehnte sich neben der Tür an die Wand. Er grunzte genervt, als ihm das Schild neben der Tür in die Schulter drückte, doch dann schloss er ergeben die Augen. Lenah trat zurück. An Marcus kam sie sowieso nicht vorbei.

»Ich dachte, du passt auf?« Lenah starrte den langen Flur hinab. Unzählige, klinisch weiße Türen gingen von dem Abschnitt ab, von denen jede eine nummerische Bezeichnung trug. Lautlos begann sie, dank ihrer berufsbedingten Neugier, den Gang hinab zu schreiten.

»Was glaubst du, was ich hier mache? Wenn du mir gerade nicht auf die Nerven gehst«, antwortete er, ohne die Augen zu öffnen. »Und bleib hier. Ich habe keine Lust dich zu suchen, nur weil du ungeduldig wirst.« Langsam drehte Lenah sich um. Er hatte die Lider geschlossen.

»Wie machst du das?« Lenah kam zurück.

»Was?«

»Na, bemerken, was ich tue, obwohl du die Augen zu hast.« Sie postierte sich an der anderen Seite der Tür. Seine Antwort war ebenso kurz, wie mysteriös und ließ Lenahs Frage unbeantwortet.

»Ich spüre es.«

»Na, klar«, murmelte sie. »Wie auch sonst.«

Die Tür flog auf. Lenah zuckte zusammen und stieß sich von der Wand ab.

»Nicht mal Back-ups in diesem Sauladen!« Jason stürmte aus dem Zimmer und fluchte laut. Er sah von Lenah zu Marcus.

»Ich komm mir vor wie in der Steinzeit: keine Papiere, keine digitalen Kopien. Aber was sage ich da? In der Steinzeit wäre es wenigstens in Stein gehämmert worden!«

Am liebsten hätte er den ganzen Laden verklagt, doch was hätte er den Geschworenen auftischen sollen? Dass er dringend ein Serum brauchte, um seinen inneren Dämon zu beherrschen? Oh sicher, dann wäre er innerhalb kurzer

Zeit Zimmernachbar seiner Schwester. Obwohl sie in der luxuriösesten Einrichtung untergebracht war, die er in den Staaten hatte finden können, war er nicht scharf darauf, ebenfalls den Rest seines Lebens dort zu verbringen.

»Was jetzt?« Marcus holte Jace ein und blieb neben ihm.

»Na was wohl? Ich bin auf diese inkompetenten Schwachköpfe angewiesen, also muss ich ihre unfähigen Köpfe auf ihren Körpern lassen.«

Jace griff nach Lenahs Hand. Der Dämon presste sich gegen sein Inneres und verpasste der menschlichen Hülle einen blauen Fleck nach dem anderen. Er musste dringend nach Hause. Er musste mit seinem ehemaligen Wundermittel dem Inkubus Einhalt gebieten.

»Ich muss nachhause.« Er zog Lenah mit zum Ausgang. Marcus folgte den beiden nach draußen.

An seinem Wagen angekommen, öffnete Jace für seine Freundin die Beifahrertür. Ohne, dass er etwas erwähnen musste, sprach sein Sicherheitschef die Worte aus, die er gerade gerne hören wollte:

»Katrina und Miguel werden sich um den Wachmann kümmern.«

»Bringt ihn zu mir. Ich muss herausfinden, ob Raphael ihn wirklich bezahlt hat.« Doch der Hinweis mit dem Rammstein-Lied war eigentlich nicht von der Hand zu weisen.

»Aber ...« Lenahs unsichere Stimme unterbrach die beiden. Sie sah erst Marcus an, dann Jace, der mit dem Rücken gegen den Wagen lehnte. »Ihr werdet ihm doch nichts antun?«

Marcus betätigte die Fernbedienung für seinen Geländewagen. Als er Lenahs Worte hörte, verengte er die Augen.

»Aber das ist doch, was Attentäter tun, meine Liebe.« Ohne auf ihren schockierten Gesichtsausdruck zu achten, stieg er in sein Auto. Sie starrte dem davonbrausenden Fahrzeug hinterher.

»Das meinte er jetzt nicht ernst, oder?« Ihr Blick wanderte zu Jace und sie war sich nicht sicher, ob sie die Antwort hören wollte.

Jace hob die Achseln. »Kommt drauf an, wie Mr. *Ichruiniere-Forschung-im-Wert-von-100.000-Dollar-und-verpissmich* auf den Besuch von Katrina und Miguel reagiert.«

Ihre Augen verdunkelten sich und sie kletterte in den BMW. Lautstark schlug sie die Tür zu. Sie wusste nicht, ob Jace Spaß machte, oder ob er das ernst meinte.

Bedeutete ein Menschenleben für ihn nichts, wenn es seinem Ziel im Weg stand?

Jason verzog das Gesicht. Musste sie es an seinem Wagen auslassen? Er stieß sich ab und umrundete das Auto. Er öffnete die Wagentür, doch das Gefühl beobachtet zu werden, ließ ihn innehalten. Für einen Moment wagte er Lenahs Gezeter auszublenden und erlaubte dem Dämon seine Fühler auszustrecken.

Süße Verwirrung und gleichzeitig Entsetzen strömte aus Lenah. In ihr konnte der Dämon lesen, wie in einem offenen Buch. Jason drängte ihn ab, lenkte ihn an ihr vorbei, ließ den Inkubus weiter ausströmen.

Eine widerliche Gestalt erweckte seine Aufmerksamkeit. Er streckte die Schattenfinger nach ihm aus, nur ein Hauch, der über die Schulter des kleinen, aber muskulösen Mannes wehte. Die Berührung war kaum spürbar, doch der Kerl zuckte sofort zusammen.

Jace schmeckte Zorn und Verachtung auf der dämonischen Zunge. Der Inkubus stöhnte lüstern auf und gierte nach den Emotionen. Bevor Jace in die Gedanken des Typs eindringen konnte, musste er seinen Dämon zurückrufen.

»Shit.« Jace rieb sich mit dem Fingerknöchel über die Augen und blinzelte. Nur langsam verschwand der rote Schleier, der sich in diesen Situationen über sein Blickfeld legte.

»Was ist los? Der Dämon?« Lenah beugte sich über den Sitz, stützte sich mit ihren Händen auf dem samtweichen Kunstleder ab.

Jace nickte knapp und stieg ein. »Irgendjemand beobachtet uns.« Er nickte in Richtung des weißen Lieferwagens, mit dem Aufdruck einer lokalen Telekommunikationsfirma und startete den Motor. »Ich weiß aber nicht warum, ich musste den Dämon zurückrufen.«

Lenah warf dem Wagen einen kurzen Blick zu. Vage meinte sie sich an den Lieferwagen zu erinnern, doch sie schüttelte den Gedanken ab. Es hätte auch jeder andere Transporter gewesen sein können, der sie an diesen hier erinnerte. Diese typischen Kastenwägen standen hier an jeder Straßenecke.

»Sehe ich zum ersten Mal.« Sie zog die Wolljacke enger um ihren Körper. Der Nächte wurden immer kühler.

»Soll ich … Soll ich dich zuhause absetzen?«, fragte Jace. Er befürchtete, dass sie mit zu ihm kommen und ihn weiter über sein Monster ausfragen wollte.

Natürlich schüttelte Lenah den Kopf. »Oh nein, wir sind noch nicht fertig miteinander, Jason Meyer.«

Als er laut seufzte, rammte sie ihm den Ellenbogen in die Seite. »Fahr schon los.«

Nur die Straßenlampe beleuchtete das winzige Schlaf- und Wohnzimmer, indem neben der Schlafcouch gerade genug Platz für einen Flachbildmonitor war. Raphael quetschte sich an dem kleinen Computertisch vorbei und ließ sich auf die durchgelegene Couch fallen. Wer auch immer vor ihm dieses mickrige Ein-Zimmer-Appartement bewohnt hatte, musste winzig gewesen sein. Doch es kostete ihn nichts außer der Manipulation eines Hausmeisters, deshalb wollte er sich nicht beschweren. Die Technikräume im Freizeitpark waren zwar relativ gut ausgestattet, doch einen Platz zum Schlafen hatte er dort nicht gefunden.

Raphael streckte die langen Beine aus und verschränkte die Arme unter dem Kopf. Er starrte die Decke an, wo riesige Wasserflecken von einem Rohrbruch zeugten.

Zwei dieser Mörder hatte er beseitigt. Ihm stellte sich die Frage, ob er weiter die Bauern vernichten sollte, oder in der Rangordnung aufsteigen sollte.

Die Bauern gaben ihm die Chance seine Vorgehensweise zu optimieren, aber letztendlich war jeder von ihnen auch ein Hinweis auf ihn, falls ihm ein Fehler unterlief.

Er zog die dicke Decke über seinen Körper. Die Manipulation des Hausmeisters konnte leider nicht ändern, dass die Heizung des Appartements abgestellt war - bis eine Zahlung auf dem Konto der Wohnungsgesellschaft eingehen würde.

Raphael schloss die blauen Augen. Seine Gedanken wanderten zu dem Paradies, das den menschlichen Wesen verborgen war. Die Parallelwelt der Toten, die in ihrem Leben gutherzig waren, war ein wunderschöner Ort.

Hätte er nicht wegen seiner Liebsten in Dingen herumgeschnüffelt, die ihn nichts angingen, könnte er zufrieden auf einem Wölkchen sitzen und Schutzengel herumkommandieren. Nicht dass es dort Wölkchen gab, das war nicht wörtlich zu nehmen.

Doch jetzt, da er auf diesem stinkenden Planeten verharren musste, wusste er, was ihm fehlte.

Er vermisste den Schein der goldenen Sonne, die dort ununterbrochen schien und der Gedanke an das trübe Herbstwetter auf der Erde jagte ihm einen Schauder über den Rücken. Raphael zog die Decke enger um sich.

Schon allein das störte ihn: Schlafen zu müssen. Es stahl ihm so viel Zeit. Im Himmel musste er das nicht tun. Dort erschöpfte seine Magie niemals.

Das Manipulieren von Menschen fiel ihm in diesem Körper schwer. Er musste sich sehr konzentrieren und es erschöpfte ihn jedes Mal mehr – als würde er seine Fähigkeiten langsam aber sicher aufbrauchen.

Raphael stutzte und riss die Augen auf. Verdammt, was wenn er zu einem richtigen Menschen wurde? Sein Kiefer schmerzte, so fest biss er die Zähne aufeinander.

Niemals, schwor er sich. Niemals würde er auf diesem abartigen Planeten bleiben und niemals würde er einer dieser ignoranten Sterblichen bleiben. Vorher würde er sterben.

Er musste sich beeilen, um Jason Meyer aus dem Weg zu räumen. Erst dann durfte er sich der Suche nach Rebekka widmen - und die konnte ewig dauern ...

Er murmelte einen leisen Fluch. *Das dauert viel zu lange!*

Doch dieser Körper, zu Fleisch und Blut geworden, forderte seinen Tribut. Inmitten seiner Überlegungen und Rachegedanken begannen seine Augenlider zu flattern und seine Augen fielen zu.

Kapitel 8

»Wer bezahlt denn für diese Attentate?« Lenah scheute sich davor, es Morde zu nennen. Sie umschloss ihre Teetasse und schaute aus dem Fenster. Die Lichter Manhattans unter ihr faszinierten sie immer wieder aufs Neue. Von Jasons Penthouse hatte man einen wunderbaren Ausblick.

Das geschäftige Treiben im Viertel ließ selbst nachts nicht nach. Lenah drehte ihr Handgelenk und sah auf die schmale, silberne Uhr. *Fast 24 Uhr.*

Jace sah auf, legte den Papierstapel zur Seite, den er gerade gelesen hatte. Am Rand hatte er einige Anmerkungen notiert.

»Das ist keine leichte Frage.« Er nahm sein Glas vom Couchtisch. Es hinterließ dort einen feuchten Abdruck. Bevor er seine Papiere ausversehen darauf schob, wischte er die Feuchtigkeit mit einem Taschentuch weg.

»Es ist so«, begann er und er lehnte sich zurück. »Es gibt eine Versammlung, die nennen wir den Rat. Sie besteht aus hochrangigen Mitgliedern der Gesellschaft, mit viel Einfluss und Geld. Diese Ratsmitglieder spenden einen geringen Teil ihrer Geschäftseinnahmen an einen Fonds, der irgendwo in der Karibik auf einem Offshore Konto liegt. Davon bezahlen wir unsere Attentäter.« Er zuckte mit den Schultern. »Niemand macht so einen Job ohne Bezahlung.«

Lenah umrundete die Couch und nahm neben ihm Platz. Sie zog die nackten Füße auf die Couch und stellte ihren Tee neben seinem Whiskeyglas ab. Ihr nackter Arm strich über seine Haut.

»Aber warum? Wer überlässt euch denn freiwillig sein Geld? Was sind die Beweggründe?«

Jace zuckte mit den Schultern. »Wir haben genug Geld.

Es tut uns nicht weh. Und viele Ratsmitglieder haben schon Erfahrungen mit Kriminellen gemacht. Es klingt idealistisch, aber auf unsere Weise versuchen wir die Welt ein kleines Stückchen besser zu machen.«

Lenah nickte. Sie verstand ihn. Nicht dass sie gut heißen konnte, was er tat, nein, dazu hatte sie ein anderes Verständnis von Moral als Jace. Dennoch konnte sie seine Motive nachvollziehen. Bereits in früher Kindheit hat er von seinem Vater Gewalt erfahren, die dieser auch auf seine Mutter projizierte hatte.

Und dass dieser Mistkerl seine Mutter getötet hatte, ohne dass Jace etwas dagegen tun konnte, belastete ihn immer noch. Obwohl er ständig den starken Geschäftsmann markierte, spürte Lenah auch ohne einen Dämon, dass er daran immer noch zu knabbern hatte.

»Ich verstehe, warum du das tust, Jace.« Lenah legte den Kopf in den Nacken und sah ihn mit schräg gelegtem Kopf an. »Aber trotzdem finde ich es nicht okay. Es ist die Aufgabe der Polizei und der Richter ihren Job zu erledigen und diese Menschen hinter Gitter zu bringen.«

Jasons Schnauben hallte durch den offen gestalteten Raum. »Die sind sowieso alle korrupt«, eröffnete er ihr und verzog das Gesicht, als würde ihm etwas weh tun.

Lenah hob die Augenbraue. »Aha?«

Er zuckte mit den Schultern und lehnte sich zu ihr.

»Es ist eine Tatsache. Sobald persönliche Interessen ins Spiel kommen, wie Einfluss, Geld oder Kontakte, ist so gut wie jeder bestechlich. Und Beamte sind nun wirklich nicht dafür bekannt, loyal und unbeeinflussbar zu sein.«

Sie musste ihm Recht geben und nickte. »Du hast Recht.« Ihr Fall war vor Gericht zum Glück fair ausgegangen, Tony hatte zwar versucht den gesamten Gerichtssaal gegen sie aufzuhetzen, doch es hatte nicht funktioniert.

Doch regelmäßig las man von wieder aufgenommen Verfahren, die erneut verhandelt wurden, aufgrund möglicher Befangenheit der damals involvierten Personen.

»Aber ihr könnt doch nicht einfach durch New York streifen und Menschen töten!«

Jason versteifte sich. Die Wendung, die dieses Gespräch nahm, gefiel ihm nicht.

Er beugte sich nach vorne, seine entspannte Haltung war Vergangenheit. Wie eine Raubkatze lauerte er, doch seine Beute war nicht aus Fleisch und Blut, sondern ihre Worte. Seine angespannten Unterarme stützte er auf die nackten Oberschenkel. Die dunklen Boxershorts bedeckten nur das Nötigste.

»Lenah. Ich werde nicht zulassen, dass irgendwelche Perverse sich an kleinen Kindern vergreifen, die sie zufällig im Central-Park gesehen haben.«

Er richtete seinen Blick auf sie und sah ihr zu, wie sie nervös über ihre dunklen Haare strich. Der Dämon spürte ihren inneren Kampf, sie ließ sich von Moral und Zuneigung verwirren.

»Ebenso werde ich niemanden seine Familie abschlachten lassen, nur weil seine Frau sich vielleicht von ihm getrennt hat. Wenn der Staat es nicht auf die Reihe bekommt, die Schwachen zu beschützen, werden wir das weiterhin erledigen.«

Er nahm sein Glas vom Tisch und trank einen Schluck der goldfarbenen Flüssigkeit. Das Klirren der Eiswürfel unterbrach die Stille. Langsam stellte er das Glas zurück. Sorgfältig legte er sich die nächsten Worte zurecht. Was er nun sagen wollte, konnte ihre Beziehung beenden. Endgültig.

Er drehte sich zu ihr um und sah sie an.

»Ich liebe dich.«

Als sie den Mund öffnete, um ihm zu antworten, hob er einen Finger an ihre Lippen, um sie zu stoppen.

»Ich weiß, dass mein Handeln nicht zu deiner Vorstellung von Gerechtigkeit oder deiner anerzogenen Moral passt. Davon bin ich auch nie ausgegangen.«

Seine Hand wanderte von ihrem Mund zu einer wirren Haarsträhne. Er genoss das Gefühl ihres weichen Haares und entwirrte den Knoten vorsichtig.

»Aber, trotz meiner Zuneigung zu dir, werde ich die Gilde nicht aufgeben. *Nie.*« Er senkte den Blick nicht, obwohl er Angst vor dem hatte, was er nun in Lenahs Augen sehen würde.

Lenah kniff die Lippen aufeinander, bis jegliche Farbe aus ihnen gewichen war. Ihre Augen folgten seiner Hand. Er ließ die Haarsträhne los und legte sie auf sein nacktes Knie. Solche Worte hatte sie bereits erwartet. Und dennoch war sie bei ihm.

Sie war zu ihm zurückgekehrt, obwohl sie von dem gierigen Dämon in seinem Inneren wusste und auch von seinem blutigen Geschäft. Ihre Liebe zu ihm war stärker als die ethischen Vorstellungen, die sie hegte.

Und irgendwo, tief in ihrem Inneren wusste sie: Sie hätte Tony lieber tot gesehen, als dass er Bastian oder ihr etwas antat.

Sie legte ihre Finger auf seine Hand. »Ich weiß.« Lenah drückte sanft zu.

Überrascht weiteten sich seine Augen. »Wie, *ich weiß*?« Seine Stirn runzelte sich und er sah verwirrt auf ihre Hände hinab.

Lenah neigte den Kopf zur Seite. »Wir sind erst acht Monate zusammen. Aber wenn ich eines weiß, ist es die Tatsache, dass du für deine Ziele alles gibst.« Sie hob die Schultern, bevor sie weitersprach. »Und ich kann dir nicht einmal böse sein. Auf eure Art und Weise rettet ihr Leben.«

Er zog die Lippen zu einem jungenhaften Lächeln.

»Dafür könnte ich dich glatt noch mehr lieben.«

»Aber?« Herausfordernd hob Lenah die Augenbrauen.

»Geht nicht mehr«, murmelte Jace leise. Er richtete sich auf und drückte sie in die Horizontale. Seine Finger verfingen sich in ihren braunen Haaren, als er mit seinen Lippen über ihre glitt.

Mit einem leisen Seufzen schloss Lenah die Augen, genoss das Prickeln zwischen ihnen. Sie ließ sich in die Couch sinken und sein Gewicht drückte sie angenehm in die Polster unter ihr. Sie spürte, wie seine Zunge über ihren Mund strich und seinen warmen Atem, als sie diesen bereitwillig öffnete.

Als ihre Brustwarzen sich gegen den BH drängten, rieb der Stoff rau über ihre Haut. Ein leises Stöhnen mischte sich in ihren innigen Kuss. Lenah packte Jace im Nacken, drückte sich enger an seinen Körper. Gleichzeitig schlangen sich ihre Beine um seine Hüften. Er beantwortete ihre verlangende Bewegung mit einem Aufkeuchen, als sich seine Erregung plötzlich zwischen ihren Oberschenkeln wieder fand.

Seine Hand tastete nach ihrer Hose und er riss ungeduldig an ihrem Knopf herum. Frustriert knurrte er, als das silberne Stück Metall sich weigerte und dauernd durch seine fahrigen Finger glitt. Mit einem genervten Knurren riss er den Knopf vom Stoff und zerrte ihr die Hose von den Hüften.

»Spinnst du?«, Lenah sah nach unten. »Das ist meine Lieblingshose!« Sie kniff die Augen zusammen.

Langsam wandte er sich von ihrer offenen Hose ab und sah nach oben. Ungerührt hob er den Arm und ließ die Hose auf den Fußboden fallen.

»Das *war* deine Lieblingshose«, korrigierte er seine Liebste. Er schob sich nach oben und seine Lippen schlossen verlangend ihren Mund. Seine Bartstoppeln rieben über ihre Haut und hinterließen dort rote Spuren. Er umgriff ihre Taille und zog ihr schnell das Top über den Kopf. Nachdem er sich seiner nervigen Shorts entledigt hatte, sah er Lenah an.

Ihre Wangen und Lippen röteten sich dort, wo sein 3-Tage Bart die Indizien seines Begehren hinterlassen hatten. Ihre rehbraunen Augen glänzten trotz der schummrigen Beleuchtung. Zufrieden betrachtete er sie, bis sie ihn ungeduldig unterbrach und sich aufrichtete.

»Was soll das?«

»Ich genieße nur meinen Ausblick.«

Ihr leises Lachen ließ ihm einen Schauder über den Rücken laufen und er bildete sich ein, das Monster schnurren zu hören. *Unmöglich.* Der Dämon hörte nie auf, zu kämpfen.

Doch statt einen weiteren Gedanken an den Inkubus zu verschwenden, widmete er sich Lenah. Mit einem Ruck hob er sie auf seinen Schoß. Er ließ sie auf seine Beine sinken, ihre Unterschenkel rutschten neben seine Oberschenkel.

»Ah.«

Lenah stöhnte, als seine Erregung gegen ihre Mitte stieß, ohne in sie einzudringen. Jace lehnte sich zurück, und sie sank mit ihm, bis er gegen die Sofalehne stieß.

Jace packte ihren Hintern und kniff in die einladenden Backen. »He!«, protestiere Lenah, doch ihr Einspruch erstarb, als er sie in derselben Bewegung gegen seine Erregung drückte. Unwillkürlich spreizte sie ihre Beine noch ein Stückchen weiter und ließ sich auf ihn sinken.

Als er ihre Feuchtigkeit auf seiner nackten Haut fühlte, verlor er beinah die Kontrolle über sich. Am liebsten hätte er sich sofort in ihre Tiefe vergraben. Doch er riss sich zusammen und nahm stattdessen seine Hände zu Hilfe, um sie weiter zu reizen. Als der Finger ohne Widerstand in ihr verschwand, schob er einen Zweiten dazu.

Ihre Hüfte wölbte sich ihm entgegen und er ließ den dritten Finger folgen. Er spürte, wie sie sich versteifte, und zog seine Hand aus ihr heraus.

Die nassen Finger drückten sich in ihre Hüften, als er sie erneut anhob, diesmal um sich in ihr zu versenken.

Ihre ineinander verschlungenen Körper bewegten sich miteinander, während leises Seufzen und Stöhnen durch das Wohnzimmer hallte …

Unsanft wurde Lenah am nächsten Morgen aus dem Schlaf gerissen. Da sie Jace nach dem Sex noch mit Fragen bombardiert hatte, bis ihr die Augen zugefallen waren, war sie noch nicht wirklich fit.

»Bist du verrückt geworden?« Jace stand vor seinem Bett, nur in Shorts und einem Shirt am Körper. Sie zog die Decke vom Kopf und wirr standen ihre Haare vom Kopf ab. »Was ist denn los?« Sie richtete sich auf und bemühte sich die Augen aufzubekommen. Doch ihre Müdigkeit ließ sich nur schwer abschütteln.

»Was los ist?« Er verengte die Augen und warf ihr eine Zeitung hin. Verwirrt sah sie ihn an, dann griff sie mit einem Kopfschütteln nach dem Papier auf ihrem Schoß. Die *Manhattan Times*. Als sie die Schlagzeile las, die auf der ersten Seite abgedruckt war, wurde ihr schlecht.

Manhattan: Bandenmitglieder werden systematisch ermordet!

Von Lenah Caine

Lenah stutzte, als sie ihren Namen unter dem Artikel las. Eine Zeichnung von Jasons Gilden – Tätowierung war unter der Überschrift abgebildet.

Ihr Mund klappte auf. »Das war ich nicht!«

Sie sah hoch zu Jace. Doch er verschränkte die Arme vor der Brust. Seine Enttäuschung war beinahe greifbar.

»Da steht dein Name drunter, Lenah.« Er rieb sich mit der Hand übers Kinn. »Ich habe dir vertraut.« Kopfschüttelnd sah er sie an.

»Aber Jace ...«

Er ließ sie nicht ausreden. »Warum hast du das getan?« Seine Stimme nahm an Lautstärke zu.

Lenah zuckte zusammen, als er in diesem Ton mit ihr sprach. Vertraute er ihr denn gar nicht? Sie sollte ihm, dem Mörder mit dem Dämon in sich vertrauen, und er glaubte ihr nicht?

Entschlossen schob sie die Decke von ihren Beinen und erhob sich vom Bett. Das Metall quietschte leise. Lenah griff nach ihrem Shirt, das neben dem Nachttisch auf dem neuen Boden lag. Sie spürte, wie trotz seiner Wut sein Blick auf ihren kleinen, aber festen Brüsten hängen blieb.

Trotz der verblassten Schwangerschaftsstreifen hatte er ihr versichert, sie unglaublich erotisch zu finden, als er die dünnen Risse mit dem Finger verfolgte. Und derselbe Kerl drehte jetzt vollkommen ab.

»Was wird das?« Knurrend umrundete Jace das Bett.

»Nach was sieht es denn aus?« Lenah ballte die Hand zur Faust und ging an ihm vorbei. Sie warf einen Blick auf die Küchenuhr und sammelte ihre Hose ein. *Halb sieben.*

Wenn sie sich beeilte, konnte sie noch Bastian zur Schule bringen. Er hasste es mit dem Schulbus zu fahren, da dieser immer brechend voll war.

Sie schlüpfte in die Hosenbeine. Da der Knopf fehlte, schob sie ihr Top über das offene Knopfloch.

»Warum gehst du jetzt?« Jason kam hinterher.

»Ich bringe Basti zur Schule.« Sie griff nach ihrem Handy und schob es in die Hosentasche.

»Das kann auch deine Mutter erledigen. Wir sollten über diesen Zeitungsartikel von dir reden!« Jace warf die Zeitung auf den Wohnzimmertisch.

Lenah sah zu ihm auf. Ohne Rücksicht auf den Größenunterschied zwischen Ihnen zu nehmen, stieß sie ihm einen Finger gegen die Brust.

»Da gibt es nichts zu reden! Ich habe dir gesagt, ich habe diesen Artikel nicht geschrieben! Irgendjemand muss meinen Bericht umgeschrieben haben. Und wenn du *mir,* deiner Freundin, nicht glaubst, kann ich auch nichts daran ändern!«

Sie biss die Zähne aufeinander und schnappte sich ihre Wolljacke. Ohne sich weiter um Jace zu kümmern, verließ sie die Wohnung. Lautstark ließ sie die Tür hinter sich zufallen. Im Aufzug starrte sie ihr Spiegelbild finster an und nur mit Mühe beherrschte sie sich, um sich nicht ihren Frust von der Seele zu schreien.

Warum war er so …? Ah, ihr fiel nicht mal ein Wort ein, um sein Verhalten zu beschreiben. Gerade als sie auf dem Fahrersitz Platz nahm, vibrierte ihr Handy. Nachdem sie auf das Display gesehen hatte, ließ sie das Handy auf den Beifahrersitz fallen. Jason konnte ruhig spüren, dass sie gerade keine Lust auf Konversation mit ihm hatte.

Sie seufzte und ihre Finger lockerten sich etwas um das Lenkrad. Und das nach dem guten Sex gestern. Der Wagen verließ die Tiefgarage und sie fädelte ihn in den noch annehmbaren Verkehr ein.

Nach wenigen Sekunden folgte ihr ein weißer Transporter.

Kapitel 9

Jason fluchte laut. Warum ging Lenah nicht ans Telefon?

Scheiße. Warum habe ich so bescheuert reagiert? Er nahm seinen Kaffee aus dem Schacht der Kapselmaschine und öffnete die Schublade. Als er einen Löffel aus dem Besteckkasten nehmen wollte, meldete sich sein Handy.

»Fuck!« Heißer Kaffee schwappte über seine Finger und er ließ reflexartig die Tasse los. Er schloss die Augen und genoss fast den pochenden Schmerz in seinen Finger, der ihn von der Wut auf diesen Zeitungsartikel und seiner übertriebenen Reaktion darauf ablenkte.

Er hielt die geballte Faust unter den kalten Wasserstrahl seiner Edelküche, die kaum benutzt wurde. Warum, sah man ja an seinem beispiellosen Verhalten. Er trocknete die Finger vorsichtig mit einem Küchentuch ab und stopfte die Schublade mit Papiertüchern voll. Den Rest konnte seine Reinigungskraft erledigen. Seufzend beobachtete er, wie sich der Zellstoff mit seinem Kaffee vollsog.

Dann eben nicht. Er griff nach dem beschissenen Handy, welches die ganze Sauerei zu verantworten hatte, und sah nach, wer ihm seinen Morgen endgültig versaut hatte.

Amelie.

Der Name auf dem Handydisplay ließ ihn den Kaffeeteich in seiner Besteckschublade vergessen. Warum zum Teufel meldete sich seine Ex-Freundin? Sein Finger schwebte nur für eine Sekunde über dem Rückruf – Icon.

Doch statt die Furie zurückzurufen, aktivierte er die Tastensperre und bereitete sich auf einen langen Tag im Büro vor. Außerdem musste er sich von Marcus auf den neuesten Stand bringen lassen, was den verschwundenen Wachmann anging.

Raphael schlang den Hamburger herunter und versuchte die fettigen Finger an der steifen Papierserviette abzustreifen.

Seinen Plan hatte er zum positiven Verändern können. Durch die Unterlagen von Meyers Sekretärin, hatte er herausfinden können, wer seine Nummer 2 war. Unter seinen Fittichen hatte er genau zwei Stellvertreter. Marcus und Kira. Die beiden erledigten die wichtigsten Aufgaben, die im *Attentatsbusiness* anfielen, und koordinierten viele der Aufträge.

Da er in der Wohnung der Frau seit zwei Tagen kein Licht hatte brennen sehen, ging er davon aus, dass sie sich derzeit auf *Geschäftsreise* befand. Ergo: Es blieb noch der Sicherheitschef übrig, der zumindest vom Aussehen her, von amerikanischen Ureinwohnern abstammte.

Er studierte den vor ihm liegenden Bauplan, den er sich auf eine DIN A 4 Seite kopiert hatte, damit er nicht so auffiel. Trotz seiner wichtigen Nachforschungen musste er etwas Essen, sonst rebellierte der nervige Menschenkörper.

Da er noch nie in seinem Leben einen Topf in der Hand hatte, geschweige denn Lebensmittel zubereitet hatte, hatte er sich zu einem dieser Restaurants begeben, in denen die Menschen schnelles Essen bekamen. Die Vielfalt an Speisen hatte ihm die Auswahl fast unmöglich gemacht. Letztendlich hatte er in dem Kopf seines Vormannes nach dem passenden Essen gesucht und seine Bestellung einfach kopiert.

Der Bauplan von Marcus Wohnung, ließ ihm keine Ruhe. Irgendwie musste er den Kerl entführen können. Die kleine Miss Heartfield hatte angedeutet, dass der Mann für Meyer mehr war, als nur ein Angestellter. Doch dieser Kerl würde ein harter Brocken werden, deswegen bedarf es einiger Vorbereitung. Er begann sich Notizen zu machen, musste seine Gedanken ordnen. Wenn er an Marcus herankam, hatte er Jason so gut wie unter der Erde.

»*Amelie?*« Jace schloss für einen Moment die Augen. Ihre Anwesenheit hatte ihm gerade noch gefehlt. »Was willst du hier?« Er ging um die schlanke Frau herum und begrüßte Linda, die entschuldigend die Arme hob.

»Miss Dubois hat darauf bestanden auf ihre Anwesenheit zu warten, Mr. Meyer.«

»Schon okay, Linda. Ich weiß, wie *hartnäckig* Miss Dubois sein kann.« Hartnäckig war in diesem Falle nur ein anderes Wort für nervig. Wie beschissen konnte der Tag denn noch werden?

»Komm mit«, sagte er zu Amelie. Ihm blieb wohl nichts übrig als mit ihr zu reden. *Herrlich.* Selbst seine Gedanken trieften vor Sarkasmus.

Die Blondine folgte ihm, ihr sorgfältig frisiertes Haar wippte bei jedem ihrer Schritte auf und ab, ebenso wie ihr wogender Busen. Er schmiss die Bürotür hinter sich zu und mit Genugtuung sah er, wie Amelie zusammenzuckte.

Er deutete ohne ein Wort auf einen der bequemen Stühle vor seinem Schreibtisch. Er umrundete diesen und ließ sich auf seinen Sessel fallen. »Also, was willst du?«

Er spürte förmlich, wie ihre tiefblauen Augen, die in jeder Iris einen winzigen grünen Fleck hatten, über sein angespanntes Gesicht wanderten.

»Du siehst müde aus.« Ihre Antwort machte ihn noch verdrießlicher, obwohl er angenommen hatte, dass dies nicht möglich war.

»Was willst du, Amelie?« Er beugte sich vor und stützte seine Arme auf der massiven Schreibtischplatte ab. Auf ihre langwierigen Spielchen hatte er keine Lust.

»Wenn du heute Abend mit mir essen gehst, erzähle ich

es dir.«

»Kein Interesse.«

Empört riss die kleine Barbie den Mund auf. Er schüttelte ungeduldig den Kopf. »Komm zur Sache oder verschwinde. Ich habe zu tun.«

»Ihr Amerikaner seid so unhöflich! So etwas gibt es bei uns in Frankreich nicht.« Wie unbeabsichtigt ließ sie ihren französischen Akzent durchklingen, von dem Jason einst gesagt hatte, dass er ihm gefiel. Er schloss die Augen. Warum versuchte Amelie, ihn einzulullen?

»Es ist wichtig!«, beharrte sie und ihre Finger umschlossen ihre rosa Clutch aus Wildleder ein wenig fester.

»Ich geb dir eine halbe Stunde«, sagte Jace, nur um sie loszuwerden. Er brauchte dringend eine Injektion, denn der Dämon klopfte schon an die Pforte und hing in seinem Hinterkopf herum. Doch *das* musste er dem Biest vor sich nicht auf die Nase binden.

»Im *Venetian Mask*?« Amelie nannte den Namen des italienischen Restaurants, in dem sie während ihrer Beziehung gerne essen gegangen waren. Innerlich verdrehte Jason die Augen. Was hatte sie vor?

»Ja. Ich reserviere einen Tisch.« Er stand auf und ging mit großen Schritten um den Schreibtisch.

»Darf ich bitten? Ich muss arbeiten.« Er drückte die Türklinke nach unten und lautlos schwang die Tür auf.

»Jason, Jason. Warum willst du mich so schnell loswerden?« Amelie richtete sich auf, ihr legeres Kleid fiel bis kurz über ihre Knie und mit dem hellen Blauton, betonte sie ihre Augen perfekt. Die Französin wusste, wie man sich in Szene setzte. Doch Jason ließ es kalt. Sein Bedarf an kratzbürstiger Zicke war schon lange gedeckt.

Ihr Blick hing an ihm, während sie auf ihn zu ging. »Ich freue mich auf heute Abend.« Ihre Hand legte sich auf seinen Arm. Seine Zähne mahlten und er musste sich zusammenreißen, um ihren Arm nicht wegzuschlagen.

»Kann ich von mir nicht behaupten.«

Sobald sie ihren wackelnden Hintern über die Türschwelle geschoben hatte, knallte er die Tür lauter zu als nötig war. Er atmete tief durch und öffnete einen Aktenschrank, der neben der Tür stand. Er griff nach einer Ampulle und schob die Metallschublade lautstark wieder zu.

Sein Kopf sackte auf die gepolsterte Lehne seines Sessels, als das Serum ihn, wenn auch nur kurzzeitig, von dem Dämon erlöste. Mit einem Seufzen richtete er sich auf und stemmte seinen müden Körper in eine aufrechte Position. Er fuhr seinen Geschäfts-PC hoch und begann seine E-Mails zu beantworten. Missmutig überblickte er die unzähligen Nachrichten. Allein dafür würde sein halber Arbeitstag drauf gehen.

Lenah saß an ihrem Schreibtisch. Sie sah auf und ließ den Blick über ihre Kollegen in der Redaktion gleiten. Im Großraumbüro herrschte wie immer das durchdringende Geräusch von altmodischen Tastaturen, nervtötendem Telefon-Klingeln und dem Kritzeln von Kugelschreibern auf Blöcken. Nicht zu vergessen, das ständige Schlürfen von Christian. Sie warf seiner, anscheinend dauervollen, Kaffeetasse einen ungeduldigen Blick zu und drehte sich dann wieder ihrem Bildschirm zu.

Ob ich Carson auf den umgeschriebenen Artikel ansprechen soll? Sie biss sich auf die Unterlippe. Den abrupten Abgang am Morgen, bereute sie mittlerweile, denn die Unstimmigkeit bereitete ihr einen flauen Magen. Ihr Frühstücksbrötchen lag noch unangebissen in ihrer Umhängetasche.

Sie war aber immer noch der Meinung, dass Jace es in diesem Moment nicht anders verdient hatte. Warum glaubte er ihr nicht? Sie hatte noch nie etwas getan, was ihn an ihrer Loyalität hätte zweifeln lassen und dann sein ernüchtertes Gesicht am Morgen. Das war wie ein Schlag ins Gesicht: unerwartet und enttäuschend.

Schon allein deswegen musste sie Carson auf den Zahn fühlen. Entschlossen schob sie den Stuhl zurück und drehte sich um.

»Oh Gott!« Sie griff sich an die Brust. Carson stand direkt hinter ihr. »Sie haben mich erschreckt, Chef.« Sie ließ die Hand von ihrem pochenden Herzen sinken. »Aber ich wollte sowieso gerade zu ihnen.«

»Mitkommen.« Ungewohnt wortkarg drehte er sich um und ging los, ohne sich zu vergewissern, ob sie ihm folgte.

Irritiert folgte sie ihm. Normalerweise benutzte der faule Sack für solche Anweisungen das Telefon. Er legte nie einen Meter mehr zurück als nötig, was man ihm auch deutlich ansah. Er wartete an seiner Bürotür auf sie und ließ den Blick argwöhnisch über seine Mitarbeiter schweifen, bevor er die Tür schloss.

»Lenah, ich muss dich Rausschmeißen.« Carson eröffnete ihr sein Anliegen, bevor sie sich setzen konnte. Bei dieser Neuigkeit konnte sie sich nicht einmal darüber wundern, dass er sie plötzlich duzte.

»Was?« Mit aufgerissenen Augen starrte sie ihn an. Was war denn jetzt los? »Aber …« Ihr fiel nichts dazu ein. Wie sollte sie ihren Anteil an den Nebenkosten zahlen? Bastians Kleidung und Schuhe finanzieren? Benzin für ihren Wagen kaufen?

Wie ein nasser Sack ließ sie sich auf die durchgesessene Couch fallen, deren schlammbraune Farbe schon bessere Tage gesehen hatte. Kein Geld. Scheiße verdammt! Sie musste doch so schon an allen Ecken sparen und jetzt das noch?

»Warum?« Ihre Stimme klang kraftlos, als sie zu Carson aufsah, der nervös seine schwitzigen Hände knetete.

»Ich kann es dir nicht sagen.« Wieder guckte er unruhig um sich, obwohl sie alleine in seinem Büro waren. Er kam näher, so nah, dass sie Schweiß und sein Aftershave riechen konnte.

»Ich habe keine Wahl. Er erpresst mich, Lenah«, flüsterte er an ihr Ohr, als befürchtete er, abgehört zu werden.

»Was? Aber wer?« Entsetzt sah sie auf. Ihre Finger verschränkten sich miteinander und nervös knubbelte ihr Daumen an der Narbe unter ihrem Handgelenk herum, die sie stets an Tony erinnerte.

»Derselbe, der verlangt hat, dass ich deinen Artikel umschreibe. Ich weiß nicht warum, aber wenn ich nicht tue, was er will-«, er machte eine hastige Schnittbewegung über seinem Hals, der gut verborgen unter einem Doppelkinn lag. » -bin ich am Arsch.«

»Ich fasse es nicht! Ich habe ein Kind verdammt!« Fluchend stand sie auf.

»Es ist ein Mann mit Macht, Lenah!« Er senkte die Hände, versuchte sie mit der Geste zu beruhigen.

Sie fuhr herum, seine Handbewegungen, die besänftigend wirken sollten, brachten sie noch mehr gegen ihn auf. »Was hast du ausgefressen, dass er etwas gegen dich in der Hand hat?«

Doch Carson schnaubte nur. »Glaubst du, das werde ich *dir* noch auf die Nase binden, Mädchen?«

Er ging zur Tür, sein Mitgefühl für seine nun ehemalige Mitarbeiterin war bereits erschöpft: »Pack deine Sachen. Ich will dich hier nicht mehr sehen.« Er hielt die Tür auf.

Lenah hätte ihm am liebsten eine in sein fettes Gesicht gescheuert. Diesem Scheißkerl war es total egal! Ihm ging es nur darum, seine eigene wabbelige Haut zu retten!

Doch statt ihm eine in seine Visage zu geben, sammelte sie alles, was sie noch an Vernunft in sich trug zusammen und schritt hoch erhobenen Hauptes aus dem stickigen Kabuff.

Ihre sieben Sachen waren schnell eingesammelt und sie stopfte die beiden Tassen, ihre Lieblingskulis und zwei noch eingepackte Schokoriegel zu dem Bild von Bastian und ihren privaten Notizen.

»Was wird das denn?«, Christian streckte seinen Kopf über die dünne Plastiktrennwand, die ihre Arbeitsplätze voneinander trennten. Lenah nahm ein paar Zettel und Bilder von ihrer Pinnwand, bis der Kork leer war. Auch die wanderten in den Karton, der mit der Werbung einer Druckerpapier-Firma versehen war.

Ohne viel Aufhebens zu machen, teilte sie ihm die Nachricht mit. »Ich wurde gefeuert.«

Lenah zog nochmal jede Schublade auf, um sicherzugehen, dass sie nichts vergaß. Dieser Depp würde sie hier nie wieder sehen.

»Wie bitte?« Christian sprang von seinem Schreibtischstuhl auf und kam auf ihre Seite. »Warum das denn?«

Sein ehrlich betroffener Blick berührte Lenah und sie war versucht die gefasste Fassade fallen zu lassen, doch ein Blick in Richtung von Carsons Büro hinderte sie daran.

Nein, sie würde hier keine Szene abliefern. Bevor sie hier noch in Tränen zusammenbrach, weil ihre Existenz gerade bröckelte, musste sie verschwinden.

Lenah zuckte mit den Schultern. »Keine Ahnung.«

Sie hob den Karton hoch und hinterließ einen leblosen Arbeitsplatz. So schnell geht es. Eben war es noch ihr Schreibtisch gewesen und nun war er schon bereit für den nächsten, der hier seine Artikel schreiben würde.

»Soll ich versuchen ihn umzustimmen?«, bot Christian

an und stemmte die Arme in die Seite.

»Lass mal. Das bringt nichts.« Sie ging an ihm vorbei. »Machs gut, Chris.«

»Du auch, Lenah. Wir sehen uns bestimmt!«

Lenah war danach zu lachen. Sicher. Das hatten ihre Freundinnen in der Abschlussklasse auch immer gesagt. Und was war daraus geworden? Nicht von einer hatte sie noch eine aktuelle Handynummer.

Doch sie nickte. »Bestimmt.«

Im Auto angekommen, ließ sie den Kopf aufs Lenkrad sinken. Am Morgen hatte sie einen Parkplatz direkt vor dem Redaktionsgebäude bekommen, was sie noch zu dem Gedanken verleitet hatte, dass der Tag vielleicht besser verlaufen würde, als ihr mieser Morgen. Falsch gedacht.

Positiv sehen, befahl sie sich selbst. Die Stimme in ihrem Kopf lachte. Sicher. Was war denn positiv daran?

Du hast jetzt Zeit um zu Jace zu fahren, und die Sache von heute Morgen zu klären.

Genau, weil du da so eine Lust drauf hast. Sie setzte sich auf und schnallte sich ordentlich an. Bevor sie losfuhr, warf sie einen Blick aus dem Wagen.

Der weiße Transporter, der auf der anderen Straßenseite parkte, kam ihr bekannt vor, doch Lenah wusste nicht, wo sie ihn einordnen sollte. Sie setzte den Blinker und fuhr aus der Parklücke hinaus.

Doch Jace war beschäftigt.

Seine Sekretärin, eine kleine pummelige Chinesin namens Linda, teilte ihr mit, dass er sich in einem wichtigen Gespräch befand und sie ihn nicht unterbrechen durfte. Lenah überlegte zu warten, doch sie hatte jetzt keinen Nerv dafür still zusitzen. Sie dankte Linda für die Auskunft und verließ trotz des netten Angebots für einen Kaffee die Geschäftsräume. Wieder in ihrem Wagen sitzend, fixierte sie die Fassade des Hochhauses. Was nun?

Natürlich würde Jace ihr Geld geben wollen. *Falls er ihr glauben würde, dass sie mit dem Artikel nichts zu tun hatte.*

Doch das konnte sie nicht annehmen. Sie war nicht der Typ Frau, der sich das Leben bezahlen ließ. Nie wieder wollte sie von einem Mann dermaßen abhängig sein. *Oh nein. Nicht noch einmal das Spiel.*

Tony hatte das Geld verdient, Tony hatte entschieden, wofür es ausgegeben wurde. Doch seine und ihre Definition von wichtigen Ausgaben für Haushalt und Kind hatten sich deutlich voneinander abgegrenzt.

Eine blonde Frau trat aus den weit geöffneten Türflügeln. Sie warf ihre langen Haare theatralisch über die Schulter, als würde sie gefilmt werden. Die Herbstsonne ließ die hellen Strähnchen in ihrem blonden Haaren leuchten.

Lenah verdrehte die Augen. In einem blauen Kleid stolzierte die Blondine über den Gehweg, als handelte es sich um einen Laufsteg.

Lenah verstand nicht, wie manche Leute ständig so perfekt aussehen konnten. Ihre Haare waren schon fünf Minuten nach dem Föhnen wieder so zerzaust, als besäße sie keinen Kamm.

Am Klügsten wäre es jetzt wohl nach Hause zu fahren und sich wenigstens heute im Selbstmitleid zu suhlen. Mit einer Riesenportion Eis.

Schokoeis. Und Schokoriegeln. *Viele* Schokoriegel.

Lenah seufzte.

Sie war satt. Pappsatt. Ein Bissen Schokolade mehr und sie würde sich übergeben müssen. Sie schaltete den Film ab, den Abspann musste sie nun wirklich nicht schauen. Die Uhr im Videotext verriet ihr, dass Bastian seit einer Stunde weg war. Er schlief heute bei seinem besten Freund. Mit ihm und seinen Eltern war er nun den neuen Disney-Film ansehen.

Ihre Mutter war auf einem Theaterbesuch. Sie hatte die Karten für die Neuinterpretation von Romeo und Julia am Morgen zuvor im Briefkasten gehabt. Anscheinend hatte sie bei einem Gewinnspiel mitgemacht, an das Katelyn sich aber nicht einmal mehr erinnerte. Da Lenah nicht in Stimmung für das dramatisch-romantische Stück war, hatte ihre Mutter die Nachbarin mitgenommen.

Sie zappte sich durch die Sender, doch nichts erweckte ihr Interesse. Ihr Bauch fühlte sich an, als wäre sie im 9. Monat schwanger und sie bedauerte fast den letzten Schokoriegel. Aber nur fast.

Gerade griff sie nach der Fernbedienung um den Fernseher auszuschalten, als Jasons Gesicht eingeblendet wurde.

Die zehn begehrenswertesten Junggesellen Manhattans.

Lenah seufzte. Daran würde sie sich nie gewöhnen können: Ihren Freund im TV zu sehen. Schließlich gab es andere Frauen, die ihn am liebsten sofort ausspannen wollten und dafür alles tun würden, was er verlangte. Wahrscheinlich würden sie sich sogar dem Dämon ausliefern, nur um bei Jace sein zu können. Bei dem Gedanken an ihn griff sie nach ihrem Handy, um zu sehen, ob er ihr geantwortet hatte.

Habe ein Geschäftsessen. Danach zu mir? Vermisse dich, J.

Sie lächelte. Das klang doch schon besser. Vielleicht hatte der Trotzkopf endlich eingesehen, dass sie die Tattoos in ihrem ursprünglichen Artikel nicht einmal erwähnt hatte.

»Zufällig haben unsere Reporter Jason Meyer heute in

einem angesagten Restaurant getroffen. Im *Venetian Mask* trifft sich die Creme de la Creme. Der attraktive Kerl war leider nicht für ein Interview bereit, doch unser Kameramann hat natürlich trotzdem ordentlich die Kamera drauf gehalten, nur für euch, Ladys!«

Lenah sah von ihrem Handy auf. Der arme Kerl. Nicht einmal beim Essen hatte er seine Ruhe. Es folgte eine verschwommene Aufnahme, die anscheinend im Laufen aufgenommen worden war. Die Kamera schien versteckt zu sein, denn keiner der prominenten Gäste, die im italienischen Restaurant saßen, protestierte.

Trotz der miesen Qualität erkannte sie Jace sofort. Ihm gegenüber saß … Lenahs Mund klappte auf. Die Tussi die sie heute Morgen gesehen hatte!

»Uns stellt sich die Frage, wo seine Freundin Lenah Caine, die kleine Journalistin ist. Wir vermuten, dass es zwischen den beiden aus ist. Oder warum sonst, isst der Mann, der mit seiner Immobilienfirma Millionen verdiente, zu Abend mit seiner Ex-Freundin?«

Sie biss die Zähne aufeinander. Geschäftsessen? Mit seiner Ex-Freundin? Wollte er sie verarschen? Oder sollte das eine Art Rache sein, weil er immer noch davon ausging, sie hätte das Detail mit den Tattoos an die Öffentlichkeit gebracht?

Danke aber auch. So viel zum Thema *Vertrauen*. Anscheinend vermisste er sie doch nicht so sehr, wie er in seiner Nachricht geschrieben hatte.

Vergiss es. Dein blondes Geschäftsessen wird zu Tode betrübt sein, wenn du sie sitzen lässt. L.

Sie widerstand dem Wunsch das Handy gegen den Fernseher zu schmettern und drückte stattdessen ihren Kopf ins Kissen. Sie schrie ihren Frust und ihre Wut hinaus. Angeekelt streckte sie die Zunge danach raus. Fuseln im

Mund. Bäh.

»Ach, verdammt!« Sie stand auf und stapfte die Treppe nach oben. Für heute hatte sie genug von der Welt. Innerhalb von fünf Minuten war sie bettfertig und hoffte auf einen schönen Traum. Wenigstens das, bat sie.

Jace griff nach seinem Weinglas. Am liebsten wäre er direkt nach dem Aperitif verschwunden. Er stürzte den Champagner hinunter, als Amelie anfing zu reden.

Oh nein. Während sie laberte, sah er sich in der Lokalität um. Das *Venetian Mask* befand sich in der obersten Etage eines Bürokomplexes in der Nähe des Central Parks. Seit er das letzte Mal hier war, hatte sich nichts verändert.

Dank dem milden Herbstabend waren die großen Panorama-Türen geöffnet und die Terrasse, eine grüne Oase über den Dächern Manhattans, war einsehbar. Einige hartgesottene Gäste genossen ihr italienisches Essen trotz des leichten Windes auf der Dachterrasse.

Amelie hatte nichts von ihrer Selbstverliebtheit eingebüßt, seitdem sie ihn verlassen hatte. Sie sprach von ihren Aufträgen als Model, ihren Luxus-Aufenthalt auf einer unbekannten Insel in der Karibik und -

Bevor sie ein neues, noch langweiligeres Thema anschneiden konnte, versuchte Jason die redegewandte Frau zu stoppen.

»Amelie, den Essen wird kalt.«

Er neigte den Kopf und deutete auf die Vorspeise. Sie hatte sich ein Carpaccio bringen lassen. Doch die dünnen Rinderfiletstreifen lagen unberührt auf dem edlen Porzellanteller.

»Ach.« Sie winkte ab. »Ich habe eigentlich gar keinen Hunger.«

Ihr Verhalten zehrte an seinen Nerven. Wann nochmal hatte er diese Frau anziehend gefunden? Es musste Jahrhunderte her sein.

Er bereute es, sich auf das Treffen eingelassen zu haben: »Dann komm bitte endlich zur Sache.«

Amelie winkte den Kellner heran und ließ sich das Weinglas auffüllen. Sie nahm einen Schluck des schwermütigen Rotweins.

»Seit wann hast du es so eilig, Jason? Sonst warst du doch immer der Letzte, der ein Lokal verlassen hat.« Sie stellte das Glas neben ihrem unangetasteten Teller ab. »Wartet etwa dein Reh auf dich?« Sie spielte auf Lenahs braune Augen und Haare an.

»Abgesehen davon, dass es dich nichts angeht: Lieber ein Reh, als eine blonde Schlange.« Jason trank sein Glas aus. »Wenn du nichts zu sagen hast, würde ich jetzt gerne bezahlen.« Er hob die Hand, um einen der Service-Mitarbeiter auf sich aufmerksam zu machen. Doch Amelie langte über den Tisch und drückte seine Hand auf die strahlend weiße Stofftischdecke.

»Warte.« Sie ließ ihre Finger länger als nötig auf seinem Unterarm liegen. Die Wärme ihrer Haut spürte er durch sein Hemd. Er zog den Arm unter ihrer Hand weg.

»Ich finde, wir sollten unserer Beziehung eine neue Chance geben«, eröffnete sie ihm und sah ihn gespannt an.

Jace hob die Augenbraue. *Was?* Beinahe verschluckte er sich an dem letzten Schluck Champagner in seinem Mund.

Was erwartete sie? Dass er ihr vor Freude um den Hals fiel? Dass er Lenah für sie verlassen würde? In Amelies Träumen vielleicht, aber auch nur da. Jason stützte die Arme auf der Tischplatte auf.

»Ach, und wie kommst du auf diesen stupiden Gedanken?« Seine Augenbrauen zogen sich zusammen. Irritiert blickte er Amelie an, die normalerweise nicht auf Aufgewärmtes stand. Sie hob die Schultern.

»Wir hatten so viel Spaß zusammen, *mon cher.*« Ihre Finger umspielten den schlanken Griff ihres Weinglases.

Warum war Amelie so nervös? So kannte er diese Frau gar nicht. Er seufzte lautlos. Jetzt hätte er seinen Dämon brauchen können, doch der Inkubus schwieg. Kein Wunder, im Wagen hatte er ihm noch eine doppelte Dosis Antiserum verpasst.

Er versuchte sich mit seinen menschlichen Sinnen auf Amelie zu konzentrieren und herauszufinden, weshalb sie so aufgedreht war.

»Ja, hatten wir. Bis ich dir von meinem … *Wesen* erzählt habe.«

Nämlich vor drei Jahren. Es schauderte ihn bei dem Gedanken, dass er diese Frau fast geheiratet hätte. Heute sah er es als glückliche Fügung des Schicksals an, dass sie ihn nach seiner Enthüllung sofort sitzen gelassen hatte.

Amelie zuckte zusammen, doch dann winkte sie ab. »Ach bitte, Jason. Was hattest du denn erwartet?«

Ihre Lippen berührten den Glasrand und der Lippenstift hinterließ einen zartrosa Abdruck. Sie sah ihn über die Tischdekoration, ein Gesteck aus zarten Blumen in einem Weidenkörbchen, an und senkte die Stimme etwas.

»Du hast mir von einem Monster erzählt! Das war nicht *mein* Jason. Ich hatte Angst vor dir.« Sie senkte den Blick und ihre Stimme. Sie verschwieg ihm etwas. Und zwar den wahren Grund für ihre Anwesenheit.

»Ich werde Lenah sicher nicht für dich verlassen.« Jason verschränkte die Arme vor der Brust und lehnte sich in seinem Stuhl zurück. Er schüttelte den Kopf. »Eine Schnapsidee.«

»Bitte gib uns eine Chance. Wir wollten doch heiraten!« Es klang für Jason wie die Verheißung der Hölle. In seiner Hosentasche vibrierte sein Handy, doch aus Höflichkeit las er die ankommende SMS noch nicht. Seine Mutter hatte ihm nicht viel beibringen können, dafür war sie zu früh gestorben. Doch allein ihrem Andenken zuliebe hielt er sich an den Knigge.

Seine Stimme wurde tiefer. »Ich habe *Nein* gesagt und ich werde mich von deiner Bettelei nicht umstimmen lassen. Wenn das dein einziges Anliegen war, werde ich jetzt gehen.«

»Diese Lenah ist doch gar nicht dein Typ! Solch ein Wohltätigkeitsprojekt wie diese arme Alleinerziehende passt nicht zu dir!« Sie wurde lauter. Zornig über seine Abweisung kniff sie die Lippen zusammen. Es fehlte nicht mehr viel und sie würde mit dem Fuß aufstampfen, wie eine verzogene Göre.

Er konnte ihr ansehen, wie es in ihrem Kopf arbeitete. Was wollte sie? Verflucht, jetzt brauchte er einmal die Hilfe seines Dämons und er war unerreichbar.

Trocken lachte er auf. »Genau, und du wärst natürlich eine bessere Partie.«

Diesmal ließ er sich nicht von ihrem Gewinsel aufhalten. Er winkte den Kellner zu sich und reichte ihm seine schwarze Amex. Der schlanke Mann verschwand mit der Kreditkarte und Jason folgte ihm mit seinem Blick.

Ein winziges Lächeln in Amelies Mundwinkel ließ ihn stutzen. Obwohl er ihr eine Abfuhr verpasst hatte, sah sie plötzlich selbstzufrieden aus. Als hätte sie etwas erreicht.

»Es ist sowieso zu spät.« Sie schob ihren Stuhl zurück und griff nach ihrer Handtasche.

»Was?« Als er keine Antwort bekam, folgte er ihr und

packte sie am nackten Oberarm. Er ignorierte das Tuscheln der anderen Gäste. »Was meinst du damit?«, zischte er sie an.

»Deine Journalistin ist Geschichte.«

Kapitel 10

Als Lenah erwachte, tränten ihre Augen. Stickige Luft füllte ihren Hals und sie musste husten. Sie rieb sich über die Augenlider, doch die Rauchschwaden in ihrem Sichtfeld entstammten keinem hartnäckigen Traum.

Grauer Qualm drängte sich unter ihrer Schlafzimmertür hindurch. »Oh Gott!« Sie sprang aus dem Bett und riss das Fenster auf. Hustend atmete sie die klare Nachtluft ein. Erst dann wagte sie es, sich umzudrehen. Sofort stieg ihr der kratzige Dunst wieder in den Hals. Verdammte Scheiße! Wieso brannte es im Haus?

Sie hastete zum Nachttisch, hob den Hörer ihres Telefons ab. Nichts. Wahrscheinlich war das Telefonkabel schon irgendwo durchgeschmort.

»Das gibt es doch nicht!«

Konnte ein Tag noch beschissener werden? Sie tastete in dem dichten Rauch nach ihrem Smartphone und sank auf den Boden, wo die Luft besser war.

Wo ist das verdammte Handy? Sie stieß mit der Hand gegen die Wasserflasche auf dem Nachtschrank. Fluchend versuchte sie, die Flasche aufzufangen. Doch sie sah kaum etwas und das Glas zersplitterte auf dem Boden. Plötzlich wusste sie wieder, wo ihr Handy lag. Immer noch im Wohnzimmer. *Scheiße. Scheiße.*

Fieberhaft dachte sie nach. Aus dem Fenster springen konnte sie vergessen. Der Gartenweg hinter dem Haus war mit grobem Kiesschotter bestreut und sie befand sich in der obersten Etage.

Sie kroch zur Tür und zerrte sich den Frotteestoff ihres Bademantels ins Gesicht, um nicht zu viel vom brennenden Rauch einzuatmen. Sie versuchte, um die Glasscherben herumzukriechen. Instinktiv sog sie tief die Luft ein, als ein großer Splitter sich in ihre nackte Haut bohrte. Obwohl die die Luft sofort wieder ausstieß, brachte der reizende Qualm sie zum Husten. Sie musste fast würgen, griff sich keuchend an den Hals.

Ich muss sofort raus hier!

Lenah schob die Tür auf, im Flur war die Luft noch stickiger. Sie hielt die Nase so gut wie möglich am Boden, um wenigstens etwas Luft zu bekommen. Mit den Fingern nach dem Weg tastend, robbte sie durch den Flur. Der Sauerstoff ging ihr aus, weshalb sie versuchte schneller zu kriechen.

»Lenah!«

Jace? Sie ließ alle Vorsicht sausen, als sie seine Stimme hörte, und richtete sich auf. Doch aus ihrem Versuch die Treppe hinunter zu laufen, wurde nichts. Der Sauerstoffmangel brachte die Welt um sie herum ins Wanken, gerade als sie die oberste Stufe erreichte. Taumelnd rutschte sie aus und ihr Körper prallte auf die Treppenstufen.

Benommen blieb sie auf dem kleinen Absatz der Treppe liegen. Als sie versuchte den Kopf zu heben, verschwand die Welt mitsamt ihrer Angst in finsterem Schwarz.

Alle Verkehrsregeln missachtend raste Jason durch die Straßen Manhattans. In seinem Kopf hallten Amelies Worte wieder. *»Deine kleine Journalistin ist Geschichte.«*

Warum hatte er nicht bemerkt, dass sie ihn nur hinhielt? Schon als er in die Straße einbog, in der sich das Haus von Lenahs Mutter befand, wusste er, dass etwas nicht in Ordnung war. Die Anwohner standen vor einem kleinen, aber gepflegten Grundstück.

»Ruf doch jemand die Feuerwehr!«, schrie eine ältere Dame, die mit den Händen auf die Rauchsäulen deutete, die aus den Fenstern im oberen Stockwerk drangen.

Katelyns Haus brannte.

Plötzlich ertönte ein lauter Knall. Erschrocken schrien die Nachbarn auf. Die Fensterscheiben brachen aus ihrem Rahmen und das Glas zersplitterte eindrucksvoll. Doch für diese makabre Schönheit hatte Jason keinen Blick.

Mit laut quietschenden Bremsen stoppte er den Wagen in der Einfahrt und sprang sofort heraus. *Lenah!*

»Stopp!« Laute Rufe drangen zu ihm, als die Nachbarn versuchten ihn aufzuhalten. Er ignorierte die Einwände und rannte zur Haustür. Doch die Vordertür war fest verschlossen und auch als er energisch versuchte die Tür aufzubrechen, bewegte sie sich nicht.

»Scheiße!« Er hämmerte gegen die Tür. Selbst jetzt machte Lenahs Exmann nur Ärger. Die Tür war extra für den Fall verstärkt worden, falls Tony Hilling eines Tages wieder auftauchen sollte.

Schnaufend ließ er die Fäuste sinken. Unter seinen Schuhen knirschte das Fensterglas, als er um das kleine Haus herumlief. Seine Hoffnung war, dass die Hintertür nicht genauso gut gesichert war.

Doch die Hintertür stand sperrangelweit offen. Er verschwendete keinen Gedanken daran warum, sondern stürmte ins Haus. Dichter Qualm ließ ihn husten und er konnte kaum zwei Meter weit sehen.

»Lenah!«, schrie er durch das Prasseln des Feuers, das im Obergeschoss wütete. »Lenah!!« Sein Mund füllte sich erneut mit Rauch und er musste innehalten. Plötzlich verschob sich seine Sicht und der rote Schleier legte sich über seine Umgebung.

Das Dämonenblut geriet in Wallung und trotz der riesigen Menge an Antiserum kämpfte der Dämon sich aus seinem trägen Zustand. »Lass mich ... sie retten ...«, meinte Jason im Hinterkopf zu hören.

Sofort ließ er alle Mauern in seinem Inneren fallen und erlaubte dem Dämon den Körper zu übernehmen. Für Lenahs Leben war das ein geringer Preis ...

Er spürte Lenahs Angst. Ohne groß nach ihr suchen zu müssen, zog ihn ihre süße Panik magisch an. Aus dem Fehlen weiterer Emotion schloss er, dass Lenah die einzige Person im Haus war.

Schattengleich durchschritt er den dichten Rauch, der ihm nichts anhaben konnte. Während er den Körper besaß, galten die üblichen Regeln der Menschheit nicht. Er musste weder atmen, noch essen, noch schlafen.

Erst als die Angst plötzlich verschwand, wurde er hektisch. War er zu spät?

Kaum eine Sekunde später barg er Lenah in seinen Armen und verließ das Haus durch die Hintertür. Er sah auf sie hinab, ihr blasses Gesicht leuchtete fast im Schein des Mondes. Das Blut, das aus einer Wunde am Kopf ihre Wange herablief, beunruhigte ihn. Er schüttelte sie sachte, doch sie erwachte nicht ...

»Toxische Lungenreizung.«

Jace unterdrückte ein Knurren, als der Notarzt Lenah berührte und sie schnell, aber gründlich untersuchte.

Er ballte eine Hand zur Faust, mit der anderen hielt er sich am Sitz fest. Der Krankenwagen raste die 7th Avenue entlang, die Lichter der Theater und Museen hinterließen nur ein flüchtiges Flackern in seinem Augenwinkel.

Der flinke Sanitäter griff nach einem Fach über der Trage, auf der Lenah lag und eine Sauerstoffmaske fiel hinab. Er legte die durchsichtige Maske über Lenahs Gesicht. An einem kleinen Monitor stellte er anscheinend die Sauerstoffsättigung ein. Seine routinierten Bewegungen beschwichtigten Jason wenigstens etwas. Nachdem er Lenah aus dem verrauchten Haus gerettet hatte, hielt der Dämon sich nun im Hintergrund. Ob ihm der Rauch oder das Feuer geschadet hatte, überlegte Jace.

Er räusperte sich. Nicht dass er die Männer unterbrechen wollte, doch Lenahs Anblick beängstigte ihn. Schlaff lag sie auf dem orangefarbenen Plastiküberzug der Trage, ihre Haut dunkel vom Ruß.

»Wird sie ... wird sie wieder gesund?«, fragte er in die eifrige Betriebsamkeit.

»Bestimmt«, beruhigte ihn der erste Sanitäter. Seiner mandelförmigen Augenform zufolge, war zumindest eines seiner Elternteile asiatisch, doch das dunkelblonde Haar, wollte nicht so recht zu den dunklen Augen passen.

»Sie haben sie gerade noch rechtzeitig herausgeholt.«

Er horchte Lenahs Atemwege ab. Gleichmäßig hob und senkte sich ihr Brustkorb wieder. »Wie auch immer sie das bei dem dichten Qualm geschafft haben!«

Gott, was für ein Glück. Und was für ein Schlamassel. Er schuldete diesem verfluchten Dämon etwas. Er hatte Lenah aus dem Haus geholt und ihm danach wieder die Oberhand über seinen Körper überlassen. Zwar nur, weil er ihr nicht weiter helfen konnte, aber immerhin.

Mühsam unterdrückte er einen Fluch. Warum war er nicht früher gekommen?

Das raue Kratzen im Hals brachte ihn zum Husten. Nach einem kurzen Blick auf Jason hielt ihm der Sanitäter eine kleine Wasserflasche aus Plastik hin.

Dankbar nahm er die Flasche an und trank sie in einem Zug aus. Das Hemd klebte dank dem getrockneten Schweiß an seiner Haut. Der heftige Adrenalinschub ließ langsam nach, seine Finger um die Plastikflasche herum zitterten.

Reiß dich zusammen, befahl er sich und starrte Lenahs stillen Körper an.

Gerade zog der Sanitäter eine dünne Decke über ihre blutigen Knie. Der Asiate tupfte die Platzwunde an ihrer Schläfe mit einem antibakteriellen Mulltuch ab. Erst als der Ruß und Dreck entfernt war, sah Jace, wie tief die Wunde war. Er biss die Zähne aufeinander und ihm wurde übel. Doch nicht wegen der Wunde: Lenah war beinahe gestorben.

»Tiefe Platzwunde«, brummte der Notarzt und griff nach Mull und Klebetape. Die Wunde hatte bereits aufgehört zu bluten und er begnügte sich damit, die Stelle abzukleben.

Lenahs Augenlider flatterten, als sie versuchte gegen die Ohnmacht anzukämpfen. Der Notarzt wies den Sanitäter an, ihr ein Schmerzmittel zu verabreichen. Sofort, nachdem der Mann das Mittel gespritzt hatte, blieben ihre Aufwachversuche aus.

Er musste ihre Mutter anrufen. Und Bastian … Gott sei Dank, waren die beiden nicht auch noch im Haus gewesen. Er vergrub sein Gesicht in den Händen. Wo hatte er Lenah nur hineingezogen?

Durchdringendes Piepsen weckte Lenah.

Sie blinzelte, aber ihre Augen gehorchten ihrem Willen nicht. Ihre Glieder fühlten sich schwer an. Sie konnte das Pochen in ihrem Kopf nicht zu ordnen. Was hatte sie nur getan, um solche Monsterkopfschmerzen zu haben?

Stöhnend drehte sie ihren Kopf. Ihr Hals war rau, als hätte sie sich eine Erkältung eingefangen. Sie versuchte etwas zu sagen, doch es kamen nur unverständliche Silben raus. »Wa ...sser«

Sie hörte neben sich ein erschrockenes Luftholen und

das Rascheln von steifem Stoff. Die warme Hand, die auf ihrem Arm lag, rutschte weg.

»Lenah, bleib liegen!«, befahl eine Stimme. Sie wusste nicht, wem sie gehörte, doch der tiefe Klang beruhigte sie. Erneut versuchte sie, ihre Lider zu öffnen. Strahlendes Weiß blendete sie und sie kniff die Augen wieder zusammen. Sie hörte, wie ein Stuhl zurückgeschoben wurde, Metallbeine rutschten auf PVC Boden zurück. Raschelnd wurden die Vorhänge zugezogen.

»Versuch es noch einmal.« Die sanfte Stimme war zurückgekehrt. Vorsichtig öffnete sie die Augen. Das grelle Weiß war durch die zugezogenen Stoffbahnen zu einem angenehmen Grau verblasst. Da diese nur bis zur unteren Fensterkante gingen, ließen sie etwas Tageslicht hinein.

Sie lag in einem kleinen Zimmer. *Im Krankenhaus?* Das durchdringende Piepsen kam von dem kleinen Monitor, der neben dem Bett stand. Unzählige Kabel führten von ihrem Körper zu dem unscheinbaren Kasten.

Doch abgesehen von dem Gerät sah der Raum nicht aus, wie ein Krankenzimmer. Die Wände waren in einem zarten Gelb gestrichen und das Mobiliar sah aus wie in einem kleinen Hotel. Der Mann, der neben ihr Platz genommen hatte, trug ein Hemd, das schon bessere Tage gesehen hatte. Grauschwarze und rote Flecken kennzeichneten das maßgeschneiderte Hemd. Er hatte tiefe, dunkle Ringe unter den Augen. Auch auf dem Kopf, wo er die Haare wenige Millimeter lang trug, hing hartnäckiger Ruß. Er passte nicht in diesen klinisch reinen Raum.

»Wo … bin ich hier?« Sie versuchte sich aufzurichten, aber der Mann drückte sie sanft in die weichen Kissen zurück.

»Bleib liegen«, bat er sie. »Zuerst muss der Arzt nach dir sehen.« Als er aufstand, registrierte Lenah, wie groß der

Mann war. Er überragte sie mindestens um einen ganzen Kopf. Irgendetwas in ihr drängte sie danach, ihn zu berühren. *Wie dumm von mir.* Solange war sie doch noch nicht Single, dass sie einen Wildfremden begehren musste.

»Der Arzt? Und wer sind sie?«

Der fremde Mann blieb abrupt stehen und drehte sich um.

»*Ich?*«

Sie nickte und ihre Finger betasteten vorsichtig die verbundene Wunde an ihrer Schläfe. »Kenne ich sie?«

Entgeistert hing der Blick des Mannes auf ihr. Hatte sie etwas Falsches gesagt?

Scheiße. Konnte noch etwas Schlimmeres geschehen?

Er rief Marcus an. Doch der Kerl ging wieder nicht an sein verdammtes Handy ran. Seit gestern Abend versuchte er in regelmäßigen Abständen ihn zu erreichen.

Jason sank auf eine Bank im Krankenhausgarten, die nahe der Tür stand. Vor ihm herrschte ein reges Treiben. Viele Patienten nutzten das strahlend schöne Herbstwetter und die wärmende Sonne für einen kleinen Morgenspaziergang. Mutlos wählte er noch einmal Marcus′ Nummer. *Tut. Tut.*

Wieder nichts.

Seufzend rief er Noahs Partnerin an. »Hallo Annika. Wie geht es Katelyn und Bastian?«

Er hatte die Deutsche kurzerhand damit beauftragt, Lenahs Mutter und ihren Sohn in eines seiner Appartements zu bringen. Annika trauerte um ihren Partner Noah, sie hatten beinahe alle Aufträge zusammen erledigt und waren perfekt aufeinander eingespielt gewesen. Jason war sich sicher, dass ihr die Ablenkung gut tat.

Die kleine Wohnung stand bereits seit 2 Monaten leer. Er

hatte sie renovieren lassen wollen, bevor er sie wieder vermietete, aber bisher nicht die Zeit gefunden die Renovierung zu organisieren. Vorerst musste das für Lenahs Familie ausreichen. Auf die Schnelle hatte er keine andere Möglichkeit gesehen, denn Katelyns Haus war unbewohnbar.

Die Feuerwehr ging davon aus, dass das Feuer in der oberen Etage gelegt worden war. Derjenige hatte es direkt auf Lenah abgesehen. Sie konnte von Glück sagen, dass sie die Treppe nach unten gestürzt war, wo die Flammen sich noch nicht ausgebreitet hatten.

Er lauschte Annikas Lagebericht. Als sie fertig war, bat er sie sich an Kira zu wenden und sie aus ihrem Einsatz zurück zu beordern. Sie musste Marcus finden. Es sah ihm nicht ähnlich, einfach so zu verschwinden.

Seufzend erhob er sich von der metallenen Bank. Sofort trat er zur Seite, um eine alte Dame mit ihrer Gehhilfe vorbei zu lassen.

Lenah hatte ihn vergessen. Er war einfach aus ihrem Gedächtnis ausgelöscht. Alles, was er ihr in den letzten Tagen gestanden hatte, alles, was sie erfahren hatte. *Weg.* Ebenso wie jegliche Erinnerung an die letzten acht Monate.

Er drückte den Knopf am Aufzug. Heute war ihm nicht danach, die Treppe zu nehmen.

Vor dem Zimmer für Privatpatienten, dass er selbst bezahlte, stand Katelyn mit Bastian. Lenahs Mutter sagte etwas, das dem Kleinen nicht gefiel, denn er verschränkte die Arme und sah trotzig zur Seite.

»Alles Okay?« Als er sich zu den beiden gesellte, reagierte der Dämon auf die Angst des Jungen. Doch bevor dieser auch nur von Bastians Gefühlen naschen konnte, drängte Jace ihn wieder zurück.

Katelyn schüttelte den Kopf. Mit der rechten Hand

schob sie ihre langen, von silbernen Fäden durchzogenen Haare über die Schulter zurück.

»Er hat Angst, dass sie ihn nicht erkennt«, erklärte sie mit einem Seufzen.

Bastian zog den Mund zu einer Schnute. »Hab gar keine Angst!«

Er schwenkte seinen Blick zu Jason. »Weiß Mama wirklich nicht mehr, wer du bist?« Mit weit aufgerissenen Augen sah er zu ihm hoch.

Jace ging in die Knie und legte dem kleinen Mann eine Hand auf den Arm. »Wer behauptet denn so etwas?«

Bevor der blonde Bub antworten konnte, mischte sich Katelyn ein. »Er hat die Ärzte reden hören!«

Ein verständnisvolles Lächeln legte sich auf Jasons Mund.

»Weißt du, Basti. Deine Mama ist hingefallen und hat sich den Kopf gestoßen. Dabei sind ihr ein paar Sachen entfallen. Aber wenn sie sich erholt hat, fällt ihr bestimmt wieder alles ein.«

Er tätschelte ihm den Rücken. »Geh rein, deine Mama wartet auf dich.«

Entschlossen nickte Bastian. »O.k.« Er stapfte zur Tür. Jasons Rede hatte ihm Mut gemacht.

»Warte!« Seine Großmutter hielt ihn auf, bevor er die Türklinke hinunter drücken konnte. »Vergiss dein Gute-Besserung-Geschenk nicht.« Sie drückte ihm einen winzigen Blumenstrauß in die Hand. »Erzähl Mama dass du ihn selbst gepflückt hast.« Sie zwinkerte ihm zu.

Sie wartete, bis er das Zimmer betreten hatte, dann schloss sie die Tür hinter ihm. Mit einem sorgenvollen Blick sank sie in einen der unbequemen Stühle.

»Was haben die Ärzte gesagt?« Jason setzte sich neben sie. Erwartungsvoll sah er sie an. Ihm hatten die Ärzte nichts sagen wollen, da er mit Lenah nicht verwandt war. Doch seine Kreditkarte für die Krankenhausrechnung nahmen sie ohne Zögern gerne an.

»Die Rauchgasvergiftung ist kein Problem. Sie wird zwar einige Tage Halsschmerzen haben, aber die klingen ab.«

»Und ihr Kopf?«, drängte Jason. Würde sie sich wieder an ihn erinnern?

Katelyns Schweigen zehrte an dem bisschen, das von seinen Nerven noch übrig war. Doch sie musste nichts sagen. Der Dämon spürte die schlechten Neuigkeiten sofort und hatte keine Hemmungen, ihn dies spüren zu lassen.

»Dazu können die Ärzte nichts sagen. Körperlich gesehen ist alles in Ordnung. Der Gedächtnisverlust wurde wahrscheinlich durch den Sturz ausgelöst. Aber warum sie ausgerechnet dich vergessen hat ...«

Sie zuckte mit den Achseln. »Habt ihr euch vorher gestritten? Die Ärzte sagen, dass auch psychischer Stress eine Amnesie und deren Verlauf beeinflussen kann.«

Jace ließ den Kopf nach vorne fallen. Die Worte von Lenahs letzter SMS hallten in seinem Kopf nach. Er fuhr sich über die Stirn und rieb sich die Augen.

»Ja«, sagte er. »Ja, haben wir.«

Eine Tüte raschelte und Katelyn holte etwas daraus hervor. »Ich dachte mir, dass du dich noch nicht umgezogen hast.« Sie deutete auf sein verdrecktes Hemd und reichte ihm ein T-Shirt. »Tut mir leid, nicht dein Standard, aber es musste schnell gehen.«

Er schüttelte den Kopf. Dankbar für ihre Geste nahm er das schwarze T-Shirt an. »Danke. Es ist perfekt.«

Erst in diesem Moment wurde ihm bewusst, wie sehr er sich nach frischer Kleidung sehnte. Und so sehr es ihn verlangte bei Lenah zu bleiben, er musste sich jetzt um seine

Angelegenheiten kümmern.

Er stand auf und legte Katelyn die Hand auf die Schultern. »Ich muss jetzt los, auch wenn ich wirklich lieber bei Lenah bleiben würde.« Er legte sich das T-Shirt über den Arm und trat einen Schritt zurück.

»Bitte ruf Annika an, wenn ihr irgendetwas benötigt, egal was.« Die Attentäterin hatte eine seiner Kreditkarten erhalten und die Anweisung jegliche Wünsche von Lenahs Familie zu erfüllen.

Er wusste, dass Katelyn der Meinung war, sein Apparte-ment war schon zu viel des Guten. Er nickte ihr noch einmal zu, bevor er der Tür zu Lenahs Krankenzimmer den Rücken zudrehte und den langen Flur zum Aufzug lief.

Kapitel 11

»Mr. Meyer.« Linda trat durch die offene Bürotür. Eigentlich hatte Jace sich nur schnell sauber machen wollen und mit dem versteckten Laptop ab nach Hause fahren wollen. Dank einem fähigen CIA-Agenten, hatte er mit dem Gerät vollsten Zugriff auf jegliche Datenbanken der Behörden. Und das, ohne dass diese Behörden auch nur ahnten, dass jemand Fremdes sich an ihrem Wissen bediente.

»Kira ist noch nicht abkömmlich. Ihr Auftrag gestaltet sich schwieriger als erwartet.«

Das gehörte nicht zu den Dingen, die Jace mitgeteilt haben wollte. »Verflucht.«

Kira war einem Serienmörder auf der Spur. Er konnte trotz seiner Sorge um Marcus nicht außer Acht lassen, dass ihr Erfolg über Leben und Tod entscheiden würde. Außerdem bezahlte der Auftraggeber gut. Diesmal hatte kein Gildenmitglied den Tod des Mannes veranlasst. Ein vertrauenserweckender Staatsanwalt, der den Mistkerl aufgrund von Verfahrensfehlern frei sprechen musste, hatte die Gilde auf den Kerl angesetzt.

»Es werden keine Aufträge mehr angenommen.«

Er schob den Laptop in seine Aktentasche und sicherte diese mit einem winzigen Vorhängeschloss. Dieser Computer enthielt alle Daten zu den Aufträgen.

»Mr. Meyer, *keine* Aufträge?«, hakte Linda nach, wie Jace es erwartet hatte.

Er nickte. »Die Suche nach Marcus hat oberste Priorität. Er hat sich seit vorgestern Nacht nicht gemeldet.«

Der Dämon regte sich, als er an Linda vorbeiging. Er streckte sich nach ihr, doch Jace drängte ihn zurück.

Er wusste nicht, was der Inkubus hoffte zu finden, doch

er ließ nicht zu, dass er von seiner Sekretärin Emotionen nahm.

»Bitte sag alle Termine ab. Nimm als Begründung einen Unfall in der Familie.« Leider entsprach dass auch den Tatsachen.

Er verließ das Bürogebäude und fuhr nach Hause, wo er begann, eine eMail zu tippen. Gerade als er das Memo an seine Attentäter versendete, vibrierte neben ihm das Handy. *Unbekannte Nummer.*

»Es ist die letzte Chance, deinen Indianer-Freund ohne Schaden aus dieser Misere herauszubekommen.«

Kalt sprach Raphael in das Einweg-Telefon. Er beobachtete den Mann mit dem seltsamen Beutelchen um den Hals, während er Jason Meyer auf die Tatsache aufmerksam machte, dass sich seine Nummer 2 in seiner Gewalt befand. Mit schmerzhaft verzerrtem Gesicht saß dieser da. Die Kabelbinder mussten unangenehm in das weiche Fleisch drücken.

»Ich will dich treffen. Du wirst dafür büßen, dass dein Dämon Schuld daran ist, dass Rebekka auf die Erde verbannt wurde.«

»Dich Dreckskerl treffen? Nur über meine Leiche. Am besten komme ich gleich noch mit Lenah an, damit du dich sofort rächen kannst?«

»Keine Sorge. Um deine Schlampe kümmere ich mich sowieso noch einmal.«

Bevor Meyer nachhaken konnte, warum er *noch einmal* sagte, sprach er weiter. »Ich werde jeden aus deinem Umfeld töten, bis du dich mir stellst. Lenah, den kleinen, blonden Jungen und natürlich Marcus, der sich hier nicht richtig wohl fühlt ...«

Als er den Sohn der Journalistin erwähnte, wurde er mit

einem lauten Fluch bedacht. Er verzog missbilligend die Lippen. Er war bereits durch sämtliche Höllen gegangen, die existierten, jede hatte sein Gott ihn nach seinem Verrat durchschreiten lassen. Doch die Erde erwies sich als Schrecklichste von allen. So viele Seelenlose, wie in der Stadt, die niemals schläft, hatte Raphael noch nie auf einem Haufen gesehen. Doch er widmete sich dem Telefonat mit Meyer.

»Glaub mir, ich habe einige überraschende Fähigkeiten auf Lager, mein lieber Dämon. Du bist nicht der Einzige mit übersinnlichen Kräften.«

Er bemerkte, wie Jasons Nummer 2 an den improvisierten Fesseln zerrte. Der Kerl gab einfach nicht auf. Diese Hartnäckigkeit war fast bewundernswert.

Raphael umrundete den winzigen Plastiktisch und schubste den Toten von dem anderen Stuhl. Als der schlaffe Körper auf dem Boden aufkam, hallte es dumpf im verwinkelten Technikraum wieder.

Den Wachmitarbeiter des Labors zu beeinflussen, war Raphael trotz seiner langsam schwindenden Kräfte wirklich leicht gefallen. Bis zum Schluss hatte der Kerl die Story von ewigem Urlaub in der Karibik geglaubt.

So naiv er auch gewesen war, er hatte sich doch als nützlich erwiesen und Marcus direkt zu ihm geführt.

Raphael nahm auf dem wackligen Stuhl Platz und legte die Waffe auf den Tisch. Marcus wütender Blick hing auf ihm. Der Sicherheitschef beobachtete ihn schon, seitdem das Betäubungsmittel nachgelassen hatte.

»Ich werde einen Scheiß tun!«, erklang Jasons grollende Stimme. Die Tatsache, dass Raphael wusste, was er in sich trug, ignorierte er einfach.

»Warum stellst du dich mir nicht wie ein Mann?« Aus dem Telefon ertönte ein wütendes Zischen. »Aber nein, stattdessen fackelst du das Haus meiner Freundin ab, du beschissener Wichser. Du solltest beten, dass ich dich nicht in die Finger bekomme!«

»Vielleicht überlegst du es dir ja noch mal.« Raphael legte das Handy auf den Tisch. Es rutschte bis zur Tischkante, dann blieb es liegen. Der Boden in diesem Raum war schief, als hätte es bei seiner Entstehung noch keine Wasserwaagen gegeben.

»Raphael? Raphael!«, erklang Jasons Stimme aus dem Lautsprecher des Handys.

Raphael griff nach der Heckenschere, die er auf dem Tisch abgelegt hatte und ging um den gefesselten Mann herum. In einem fairen Kampf hätte er ihn nie besiegen können, das gestand er sich ein. So etwas lernte man im Himmel einfach nicht.

Er löste das schmutzige Tuch, mit dem er Marcus den Mund verbunden hatte. Sonst würde der reiche Wichser am anderen Ende der Leitung, das Lied der Schmerzen nicht höre.

»Na, welchen nehmen wir denn?«, flötete Raphael, doch er hatte sich längst für die rechte Hand entschieden. Er setzte die Heckenschere an die Haut an.

Wüste Beschimpfungen ergossen sich über ihn und der Kerl zerrte weiter an den Plastikfesseln. Die Kabelbinder hielten Marcus´ rauer Kraft stand.

Das Gartenwerkzeug durchdrang Gewebe und Knochen mit Leichtigkeit. Der Schrei, der durch den Technikraum des Freizeitparks hallte, war ohrenbetäubend.

Achtlos ließ Raphael den kleinen Finger zu Boden fallen. Er wischte das Werkzeug ab und wickelte denselben Stofffetzen wieder um Marcus´ Mund. Der Kerl wand sich vor Schmerz und warf den Kopf hin und her. Doch Raphael ließ nicht locker und zog das Tuch fest, bis die Schreie nur noch stumme Rufe waren. Welch´ ein Glück, dass sie sich 5 Meter unter der Erde befanden.

»Hast du das gehört, Jason?« Der gefallene Engel nahm das Handy wieder in die Hand. Mit einem grausamen Lächeln auf den Lippen musterte er Marcus. Dessen Gesicht hatte einen fast weißen Farbton angenommen. Tiefe Augenringe hingen unter seinen Augen, die er gequält zusammenkniff.

»Ich werde deinem Indianer hier alle Finger abknipsen. Und wenn er dann immer noch leben sollte, wofür ich sorge, wird es mit seinen anderen Extremitäten weiter gehen.« Er beendete das Telefonat.

Seine Gedanken wanderten zu Tony Hilling. Lenahs Exmann hatte versagt. Es war eine glückliche Fügung des Schicksals gewesen, dass er den frisch entlassenen Häftling vor dem Haus von Lenahs Mutter entdeckt hatte. Bei ihm war es nicht mehr so leicht gewesen, die Gedanken zu manipulieren, doch letztendlich hatte er ihn dazu bringen können, das Häuschen abzufackeln.

Da Hilling seine Aufgabe allerdings nicht gründlich genug erledigt hatte, musste er sich jetzt selbst um Lenah Caine kümmern.

Der kreisrunde Konferenztisch war leer, bis Jason ein Foto auf die hölzerne Tischplatte knallte. Das verpixelte Bild hatte die Überwachungskamera über seiner Wohnungstür aufgenommen. Es war an dem Tag gewesen, als Raphael zum ersten Mal aufgetaucht war.

Raphael war darauf zu erkennen und das genügte ihm. Im Konferenzraum der Immobilienfirma standen statt seiner Makler die Gildenmitglieder. Jedenfalls die Attentäter, die noch nicht Raphaels Feldzug zum Opfer gefallen waren.

»Wir nehmen keine weiteren Aufträge mehr an«, sagte er in die Runde. Er spürte die Blicke auf sich ruhen und sah auf. Annika verengte die Augen und deutete auf das Bild.

»Ist das der Bastard, der Cookie und Noah auf dem Gewissen hat?«

»Aber hundertpro.«

Bevor Jason antworten konnte, erledigte das Miguel. Der Spanier lehnte sich in seinem Stuhl zurück und legte die Arme auf den Armlehnen ab.

»Das Arschloch schnapp ich mir!« Er sah nicht nur aus wie Enrique Iglesias, nein, auch das Temperament wies auf seine südländische Herkunft hin.

Jason nickte. »Das kannst du gerne tun.« Er hatte zwar ein persönliches Interesse an diesem Spinner, würde es aber demjenigen, der ihn tötete, nicht krummnehmen. Raphael musste aus dem Verkehr gezogen werden, egal wie. Doch er gestand sich selbst ein, dass der seltsame Kauz für seinen Dämon ein hervorragendes Fressen abgeben würde.

Plötzlich steckte sein Dolch im Tisch und nagelte das verpixelte Bild in die Holzplatte. »Marcus zu finden hat oberste Priorität. Wenn wir ihn haben, haben wir auch Raphael. Wir können uns keine Verluste mehr leisten, also seid vorsichtig!«

Sechs weitere Dolche folgten seinem und versprachen dem angeblichen gefallenen Engel den Tod. Ob dieser schnell sein würde, oder grausam, kam darauf an, welcher seiner Leute ihn zuerst in die Finger bekam.

Jace griff nach seinem sanft geschwungenen Dolch und steckte ihn in die zugehörige Scheide. »Kira kommt nach, sobald sie ihren Auftrag abgeschlossen hat. Solange wird Katrina eure Ansprechpartnerin sein.«

Die Osteuropäerin nickte und zog ihren Dolch aus dem Konferenztisch. Katrina faszinierte ihren Boss immer wieder. Mit ihren langen, braunen Locken und den dunklen Rehaugen wäre niemand auf die Idee gekommen, eine der kreativsten Attentäterinnen der Welt vor sich zu sehen. Doch sie bewies ihren Auftraggebern jedes Mal, wie seriös und unauffällig ihre Morde vonstattengingen.

Aiden zog eine Grimasse. »Liz bringt mich um.« Eigentlich hatte Jace ihm schon Urlaub für die kommenden Wochen bewilligt. Er pustete die strohblonde Haarsträhne aus seinem Gesicht und wühlte in der Hosentasche der weiten Hose nach seinem Smartphone.

»Sorry, aber wenn wir ihn leben lassen, kann jeder von uns der Nächste sein«, erklärte Jace mit Nachdruck.

»Schon klar.« Ungerührt tippte Aiden eine SMS. »Australien is´ mir eh zu warm.«

»Australien?« Ungläubig zog sein Boss eine Augenbraue hoch. »Hattet ihr euch nicht auf einen Camping-Urlaub in Frankreich geeinigt?«

Jason ließ sich in seinem Stuhl nieder. Diejenigen, die noch standen, taten es ihm gleich.

»Ja. Hatten wir.« Aiden schnaubte und klatschte sein Handy auf den Tisch. »Bis Liz eine Reportage über Kängurus und Koalas gesehen hatte.«

Er verdrehte die Augen. Seine Verlobte liebte es, zu reisen. Doch weitaus mehr als ferne Länder faszinierten sie niedliche Tiere. Sehr zum Leidwesen von Aiden, der gemütlichen all-inclusive Urlaub am Pool den Reisen durch Dschungel und Wüsten bevorzugte.

»Dann kannste ja froh sein, dass du nich´ mit musst.« Annika schob sich einen Lutscher in den Mund. Ihre geschickten Finger spielen mit der Plastikverpackung, während Kirschduft den Raum erfüllte.

Aiden nickte.

»Gut, hört zu. Marcus' Handy konnte hier zum letzten Mal geortet werden.« Jason stand auf und trat hinter den Tisch. Er deutete auf die Karte, die an der Wand hing und die er im Normalfall dazu nutzte, um Immobilienstandorte zu markieren. »Er war auf der Suche nach Walter Grey. Er ist der Wachmann aus dem Chemie-Labor.«

Er markierte mit einem schwarzen Filzstift einen anderen Ort auf dem Stadtplan.

»Das ist der Gebäudekomplex, in dem Grey wohnt.« Er winkte Miguel heran und händigte ihm eine unauffällige Umhängetasche aus.

»Kümmer dich mit Katrina um die Wohnung.«

In dem Wissen, das in der Tasche alles Nötige enthalten war, hängt Miguel sie sich über die Schulter. Katrina stand ebenfalls auf und die beiden verschwanden aus seinem Büro.

Zufrieden sah Jason ihnen hinterher. Er vertraute den beiden vollkommen und zu zweit konnten sie sich gegenseitig Rückendeckung geben. Dafür eigneten sich die Maschinenpistolen in der schwarzen Tasche bestens. Wer wusste schon, was Raphael noch auf dem Kasten hatte.

Er drehte sich den verbliebenen drei Leuten.

»Aiden, Annika. Ihr beide bildet ab jetzt ein Team.«

Die Deutsche warf dem Surfer-Boy einen Blick zu und hob die Augenbraue. Fast konnte Jason ihre Gedanken lesen. Sie befürchtete, dass ihre Effizienz unter dem verpeilten Kerl leiden würde.

Doch er war sicher, dass Annika das auch mit Aiden auf die Reihe bekam.

Lenah sah zum Fenster. Der Strauß Gänseblümchen von Bastian stand dort in der milden Herbstsonne. Obwohl er sie erst am Morgen mitgebracht hatte, ließen die Blümchen den Kopf bereits hängen.

Müde senkten sich ihre Augenlider, doch das Piepen der Überwachungsgeräte ließ sie nicht zur Ruhe kommen.

Wer war dieser *Jason*? Der hochgewachsene Mann kam ihr bekannt vor, doch in ihrem Kopf fehlte eine Schublade zum Einordnen. Die Krankenschwester, die ihren Blutdruck gemessen hatte, hatte erzählt, dass er die ganze Nacht auf dem unbequemen Stuhl neben dem Bett verbracht hatte. Außerdem hatte er ihr Leben gerettet. Behauptete jedenfalls die Krankenschwester.

Sie seufzte und rieb mit den Fingern über die Stirn. Sie hatte das Gefühl etwas Wichtiges klären zu müssen. Was es war, wollte ihr nicht einfallen. Ihre Gedanken wanderten wieder zu Jason Meyer. Dieser Mann war ein Multimillionär und einer der begehrtesten Junggesellen Manhattans. Sein Geld verdiente er mit exorbitant teuren Immobilien.

So ein beschäftigter Kerl war mit ihr, einer kleinen Journalistin, liiert?

Kopfschüttelnd sank sie zurück in die dicken Kissen. Das Zimmer-Upgrade hatte er auch übernommen, ebenso wie die Rechnung. Wenn sie an den fassungslosen Blick seiner tiefgrünen Augen dachte, bekam sie ein schlechtes Gewissen. Warum erinnerte sie sich nicht an ihn?

Grübelnd lag sie da, als die Tür ihres Zimmers aufschwang. Bestimmt schon wieder eine nervtötende Krankenschwester, dachte sie und starrte weiter die graue Wand an.

»Hallo, mein Schatz.«

Die Stimme kam direkt aus Lenahs persönlicher Hölle. Sie blinzelte und wagte es kaum den Kopf zu drehen. Doch sie überwand ihre Abscheu und sah zur Tür.

»Was … was willst du hier?« Ihre Stimme zitterte und sie starrte ihn entgeistert an. Tony schloss die Tür hinter sich. Lenah drückte sich zurück, so weit es das dicke Kissen in ihrem Rücken zuließ.

Tony kam näher, so langsam, dass Lenah Zeit hatte, den ihr verhassten Mann anzusehen. Und sie musste ihn anstarren, obwohl sich alles in ihr dagegen sträubte.

Er trug die braunen Haare wie früher, bis zu den Schultern fallend. Sein schmales Gesicht hatte etwas an Fülle zugenommen, anscheinend schmeckte das Essen im Knast gut. Er zog den Stuhl vor ihr Bett und ließ seinen langen, schlaksigen Körper darauf nieder.

»Geh.« In ihrem Kopf drohte die Angst auszubrechen und nur mit Mühe konnte sie die Fassung bewahren. Unter ihren Fingern knirschte das steife Bettzeug, als sie es umklammerte.

»Begrüßt man so seinen Ehemann, mein Schatz?« Er lehnte sich entspannt im Stuhl zurück und sah sie grinsend an.

»Exmann!«, zischte Lenah. »Und das mit gutem Grund!«

»Lenah, Lenah.« Er schüttelte den Kopf. Seine Augen fixierten sie und sein Blick wanderte über ihren Oberkörper. »Ich habe gehört, du hast Glück gehabt. Wie schade.«

Er langte nach der Wasserflasche auf dem Nachttisch und schraubte sie auf. »Wenn du gestorben wärst, wie geplant, wäre dir ein ekliger Sorgerechtsstreit entgangen.«

Lenah riss die Augen auf.

»Was?« Entsetzt hob sie die Hand vor den Mund. »Du wolltest mich töten?« Obwohl sie flüsterte, hallten ihre Worte in dem Raum wieder.

Er nickte und setzte die Flasche ab. »Ich weiß auch nicht, wie das schief gehen konnte, *Liebling*. Ich wollte doch Bastian – und dir – den Prozess ersparen.«

Lenah begann zu zittern, sie konnte es nicht verhindern.

Ihre Zähne klapperten aufeinander und sie starrte für einen Moment ins Leere.

»Verschwinde!«, schrie sie plötzlich. Aufgebracht packte sie die Fernbedienung, die neben ihr lag, und warf sie nach dem Mann, denn sie einmal geliebt hatte. Die Fernbedienung krachte gegen den Schrank und hinterließ eine Delle in dem billigen Holz.

Er sah zum Schrank. Sie nutzte den Moment seiner Unaufmerksamkeit, um an den Notfall Knopf zu gelangen. Noch bevor sie den roten Schalter betätigte, hatte Tony es geschafft, den Raum zu verlassen.

Einzig seine Worte hallten wieder. »Wir sehen uns bald wieder.«

Schluchzend sackte Lenah auf ihrem Bett zusammen.

»Lenah!« Jason stürmte durch die offene Tür in ihr Zimmer. Der Arzt stand mitten im Zimmer, zur Unterstützung hatte er zwei Schwestern mitgebracht.

»Was soll das hier?«, knurrte Jason. Wütend fixierte er die aufgezogene Spritze in der Hand des Arztes.

»Wir müssen sie beruhigen!« Der Mediziner wies auf Lenah. »Sie redet im Wahn von Mördern und ihrem Kind.«

Ihr Körper schüttelte sich und sie hatte ihre Arme um ihren Oberkörper geschlungen. Auf erschreckende Weise ähnelte sie für einen Moment seiner Schwester. Was war nur vorgefallen?

»Lassen sie mich es versuchen.« Er drängte sich an dem breiten Arzt vorbei, dessen weißer Kittel seinen Bauchansatz nicht verbarg. Lenahs Mutter hatte ihn nicht ohne Grund angerufen. Selbst Katelyn hatte Lenah nicht beruhigen können.

»Lenah.« Mit hoch erhobenen Händen trat er näher. Sie sah auf. In ihren Augen las er Angst und Verzweiflung. Der

Dämon regte sich, als er den wohlschmeckenden Mix spürte.

»Würden sie uns bitte allein lassen.« Es war keine Frage, sondern eine Aufforderung. Der Arzt zögerte. Doch als Jasons missbilligender Blick auf ihn fiel, folgte er schnell dem Wunsch. Im Krankenhaus hatte sich schließlich herumgesprochen, wer der breite Mann mit den kurz geschorenen Haaren war. Und der Arzt wollte sicher keinen Multimillionär mit jeder Menge Einfluss zum Feind haben. Also nickte er hastig und wies seine Mitarbeiterinnen an, ebenfalls den Raum zu verlassen.

»Ich werde dir nichts tun, Lenah, das weißt du.« Er trat bis zu dem Stuhl vor ihrem Bett. Ihre riesigen Augen folgten jeder seiner Bewegungen und er sah, wie ihre Muskeln sich verkrampften.

»Es ist alles Okay, Süße. Darf ich mich setzen?«

Er konnte sich nicht erklären, was mit ihr los war. Als er sie am Morgen zurückgelassen hatte, war alles in Ordnung gewesen, bis auf ihren partiellen Gedächtnisverlust. Bastians Besuch hatte sie aufgeheitert und keiner konnte sich erklären, was den plötzlichen Sinneswandel ausgelöst hatte. Als Katelyn ihn alarmiert hatte, musste er seine Leute mit ihren Aufgaben alleine lassen, doch er bezweifelte ihren Erfolg nicht. *Früher oder später.*

»Nicht auf den.« Sie murmelte die Worte so leise, dass er sie beinah überhörte.

»Okay«, nickte er und schob sich den zweiten Stuhl im Zimmer heran. Unaufhörlich schüttelte sich ihr Körper und trockenes Schluchzen kam aus ihrer Kehle. Er hing sein Jackett über die Lehne und nahm Platz.

»Er will ihn mir wegnehmen!«, brach es aus ihr hervor und sie packte die Decke so fest, dass die Haut über ihren Knöcheln weiß wurde.

Er runzelte die Stirn, denn er hatte keine Ahnung, von wem sie sprach. Jace hob die Hand.

»Darf ich sie auf deine legen?«

Er sah förmlich, wie es in Lenahs Kopf ratterte. Als sie ihn als ungefährlich einstufte und nickte, musste er sich zusammenreißen. Sie hielt ihn wieder für den Guten. Wie sollte er es schaffen, ihr noch einmal die Wahrheit zu gestehen? Er legte seine Finger auf ihre geballte Faust. Sie war eiskalt.

»Wer will *ihn* dir wegnehmen?« Er versuchte behutsam vorzugehen, sie nicht zu drängen. Dennoch kam er in seiner Frage auf den Punkt. Eine andere Vorgehensweise lag ihm nicht.

»Er ist wieder da.« Unter seiner Hand bohrten sich die Finger schmerzhaft in ihre eigene Haut.

»Er ist wieder da und nimmt ihn mir weg!« Feuchte Spuren zogen sich über ihre Wangen.

»Lenah, meine Süße«, fing er an. Er konnte sich die Kosenamen für sie einfach nicht verkneifen, so sehr war er daran gewöhnt, sie an seiner Seite zu haben.

»Niemand wird dir etwas wegnehmen. Das verspreche ich dir!«

Sie sah ihn an. Urplötzlich wechselte sie das Thema. »Warum weiß ich nicht, wer du bist?« Sie wischte sich mit der freien Hand die Tränen aus den Augenwinkeln.

»Wir haben seit acht Monaten jede freie Minute miteinander verbracht, hat mir meine Mutter erzählt.« Sie ließ den Kopf auf das Kissen sinken. »Und ausgerechnet dich hab ich vergessen.«

Jason drückte sanft ihre Hand. »Wir … Wir haben uns an diesem Tag gestritten. Die Ärzte sagen Stress kann ebenfalls ein Faktor sein, weshalb du, trotz der relativ harmlosen Kopfverletzung, einen Teil deines Gedächtnis verloren hast.«

Er sah das Funkeln in ihren Augen, dass sie immer bekam, wenn sie eine packende Story witterte. Er musste lächeln.

»Gestritten?«, hakte sie nach. Für einen Moment war ihr hysterischer Anfall nebensächlich geworden und ihre Neugierde geweckt. Er nickte.

»Ja. Ein dummer Zoff, der unnötig war.« Eine Haarsträhne fiel ihr in die Stirn, als sie ihn interessiert ansah. Er hob die Hand, doch sie zuckte vor seiner Berührung zurück. Er ließ die Finger sinken, und versuchte sich nicht anmerken zu lassen, wie sehr ihre Zurückweisung ihn schmerzte.

»Worüber?« Sie versuchte, die peinliche Stille zwischen ihnen zu übergehen.

Es fiel ihm nicht leicht, seinen Irrtum einzugestehen. »Über einen Artikel, den du geschrieben haben sollst. Jemand hat Fakten eingearbeitet, die mir schaden, und ich habe dem Zeitungsartikel Glauben geschenkt und dachte du hast ihn so geschrieben.«

Empört riss sie den Mund auf.

»Sowas traust du mir zu? Wenn ich dich wirklich so gelie -«

Wenn ich dich wirklich so geliebt habe. Er vollendete ihren Satz in Gedanken.

Sie senkte den Blick. »Es … tut mir leid. Das wollte ich nicht sagen. Ich glaube natürlich, wenn ihr mir sagt, dass wir ein Paar waren ... sind und auch glücklich miteinander waren.«

Sie zog die Schultern zusammen, als würde sie frösteln. »Aber ich kann mir einfach nicht vorstellen, warum wir beide zusammen waren. Warum *du* mit mir deine Zeit verbracht hast.«

Sie wusste selbst, dass sie gut aussah. Doch was, außer ihrem Aussehen und Verstand konnte sie einem Millionär schon bieten? Noch dazu mit ihrem Sohn, der von vielen Männern als störendes Beiwerk gesehen wurde.

Langsam wurden ihre Finger unter seiner Hand warm. Sie öffnete die Faust und verzog das Gesicht, als ihre Gelenke protestierten.

»Dummerchen.« Jason lächelte und in diesem Augenblick konnte sie etwas von der Liebe, die zwischen Ihnen war, erahnen. Ihr Herz schlug schneller.

»Weil ich dich liebe, warum denn sonst.« Er nahm ihre Hand und sie spürte seine weichen Lippen auf ihrem Handrücken.

»Aber bitte Lenah, sag mir, was dich so aufgewühlt hat«, bat er und sah sie an, mit diesen Augen, die die Farbe von dunklem Moos hatten.

Sofort verkrampften sich ihre Finger um seine. Lenah hörte seine Knöchel knacksen. »Entschuldige!« Sie wollte ihre Hand wegziehen, doch er erlaubte es ihr nicht.

»Es ist okay. Aber rede mit mir.«

Sie starrte zu dem leeren Stuhl, bevor sie wieder Jace ansah. »Tony. Er war da.«

Nach einer Sekunde wurde aus seiner Verwirrung Wut. Er biss die Zähne aufeinander. »Wie er war da? Wie kann das sein?«

Abrupt richtete er sich auf und ihre Hand fiel zurück auf die Bettdecke. Er öffnete das Fenster und atmete tief durch.

Lenah fragte sich, womit er gerade zu kämpfen hatte. Mit der Tatsache, dass ihr Exmann einfach so in ihr Zimmer gekommen war? Doch auf die Wahrheit, dass er mit dem aufgebrachten Dämon in seinem Inneren rang, der sie für sein Eigentum erklärt hatte, wäre sie nie gekommen.

Sie konnte seine Muskeln unter dem weißen Hemd nur erahnen, doch aus irgendeinem Grund wusste sie, dass sie da waren. Sie schluckte, ihr Mund wurde trocken.

»Er – er will mir Bastian wegnehmen. Und-« Sie erschauderte bei dem Gedanken an die kalten Worte. »Tony hat das Feuer gelegt.«

»Er hat was?« Abrupt drehte Jason sich um. *Raphael hat den Brand nicht auf dem Kerbholz?*

»Warum sagst du das nicht gleich?« Er schüttelte unzufrieden den Kopf, weil sie das nicht sofort erzählt hatte. »Wir müssen die Polizei informieren.«

Ihm gefiel es nicht den legalen Weg zu gehen, doch Lenah hatte alles, was er ihr über seine illegalen Aktivitäten erzählt hatte, wieder vergessen. Und selbst wenn sie sich erinnert hätte, war er sich sicher, dass sie über seine direkte Vorgehensweise keineswegs begeistert gewesen wäre. Er rieb sich über die Stirn.

»Und ich spreche mit deinem Arzt, du bist hier nicht sicher.« Er schob beide Stühle zu Seite und griff in die Hosentasche. Ohne den Blick von Lenah abzuwenden, wählte er Ryans Nummer.

»Planänderung«, sagte er ohne Gefühlsregung. Er sah argwöhnisch aus dem Fenster.

»Du holst jetzt Lenahs Mom ab, sie wohnt in meinem Hochhaus. Neunter Stock, die kleine Suite. Ihr fahrt zusammen Bastian aus der Schule abholen.« Er schwieg kurz, als Ryan ihm antwortete. »Nein, nicht nach Schulschluss. Jetzt. Keiner von beiden wird ab jetzt alleine gelassen.«

Er griff nach dem Fenstergriff und schloss das Fenster. »Du wirst bis heute Abend auf die beiden aufpassen. Annika wird dich ablösen.« Entschieden übergab er ihm den Auftrag und sein Tonfall ließ keine Widerrede zu. Er würde nicht zulassen, dass dieser gewalttätige Wichser Bastian oder Lenah noch einmal zu nahe kam. Auch wenn seine Liebste nichts mehr von ihrer innigen Beziehung wusste, sah er sich in der Pflicht sie zu beschützen. Sie gehörte zu ihm.

Er drückte ausgiebig den roten Alarmknopf und verschränkte die Arme.

»Was machst du jetzt?«, kam es zögerlich von Lenah.

»Mich um dich kümmern.« Er zuckte mit den Schultern. »Was in diesem Saftladen abgeht, ist ja unzumutbar. Wie kann dieses Arschloch hier einfach rein spazieren?« Knurrend sah er zur Tür. Wie lange brauchten die denn? Wenn es jetzt ein *richtiger* Notfall wäre, wäre er schon zehnmal tot.

»Ich werde dich mit nach Hause nehmen und dann kümmern wir uns um deinen Verflossenen.«

Oh ja. Er verzog die Lippen. Diesen Bastard würde er sich höchstpersönlich vornehmen. Doch die Polizei musste er wenigstens für den Schein einschalten. Gerade als sein diabolisches Grinsen im Gesicht hing, stürmte der Arzt ins Zimmer, als hätte er auf seinen Auftritt gewartet. Wie vom Blitz getroffen blieb der Kerl stehen, als er das sadistische Lächeln sah.

»Miss Caine möchte ihre Einrichtung verlassen.«

»Aber …«, begann der Arzt einzuwenden und strich sich nervös über die lichten Haare. Doch Jace ließ ihn nicht weiter reden. Lenah hier zu behalten, bedeutete ein großes Sicherheitsrisiko, welches er nicht eingehen würde. Wenn ihr Exmann schon einfach so zu ihr kam, war es für Raphael noch viel leichter.

»Spricht etwas an ihrem gesundheitlichen Zustand dagegen, dass sie die Bettruhe an einem anderen Ort weiterführt?« Als er die *Bettruhe* erwähnte, sah er wie Lenah den

Mund aufriss, um zu protestieren. Er hielt die Handfläche hoch. »Nein, Lenah. Wir diskutieren jetzt nicht.«

Der Arzt schob die Hände in die Taschen seines Kittels. »Es sind noch einige Untersuchung durchzuführen, die Miss Caines Gedächtnisverlust betreffen.«

»Keine Sorge, wenn sie uns einen Terminplan aufstellen, wird sie die Termine wahrnehmen.«

Doch der Arzt sah an ihm vorbei.

Lenah spürte die wässrigen Augen auf sich. Ihr behandelnder Arzt wartete wohl auf eine Aussage von ihr. Sie nickte. »Ich werde mich auf eigene Verantwortung entlassen.« Zu den Untersuchungen konnte sie ja trotzdem kommen, wie Jason es gesagt hatte.

Zögerlich nickte der Arzt. »Also gut, wenn Miss Caine ihre Entlassung wünscht. Ich werde alles vorbereiten. Sie müssen ihre Entlassungspapiere unterzeichnen, in denen sie die Haftung der Klinik für etwaige Komplikationen ausschließen.«

»Gut, danke.« Erleichtert sank Lenah in das Kissen. Endlich raus hier. Obwohl sie erst eine Nacht und einen Tag in diesem Zimmer verbracht hatte, fühlte sie sich, als wäre eine Ewigkeit vergangen. Doch – Moment. Sie riss die Augen wieder auf.

»Aber, wo soll ich denn hin?« Sie setzte sich auf und blickte Jason an.

Er lächelte und hob die Schultern. »Zu mir natürlich. Vielleicht erinnerst du dich an mich, wenn du in einer vertrauten Umgebung bist. Ich habe gehört, das kann möglicherweise helfen.«

»Danke.« Für Lenah fühlte es sich seltsam an, dass sie bei einem fremden Mann wohnen würde - auch wenn es nur vorübergehend war.

»Nicht dafür.« Er beugte sich vor und gab ihr einen züchtigen Kuss auf die Wange. Lenah senkte den Blick und ihre Haut färbte sich rot.

Den Dämon gierte es nach mehr. Doch mit großer Anstrengung drängte Jason den Vielfraß zurück. Für den Inkubus würde Lenahs Verwirrung und Angst ein willkommener Snack sein.

Er musste unbedingt ein anderes Labor finden, das Überstunden schieben würde, um sein Antiserum zu verstärken. Denn er brauchte schon wieder eine Dosis des alten Mittels. Und dass obwohl er sich kurz vor dem Treffen mit seinen Leuten eine Ampulle injiziert hatte. Auf Dauer würde das nicht mehr lange gut gehen. Seine Nieren waren die eines Menschen, und für solche Mengen seines Mittels, waren diese einfach nicht ausgelegt. Auch den anderen inneren Organen drohte das Versagen.

Er sah Lenah an. Sie trug ein schlichtes Shirt, das ihr eine Nummer zu groß war und ständig über ihre Schulter rutschte.

»Hat deine Mom dir noch andere Klamotten mitgebracht?« Obwohl die Sonne schien, war es draußen bereits herbstlich kühl.

Lenah nickte, als sie aber aufstehen wollte, um an den Schrank zu gehen, hielt Jason sie zurück.

»Nix da. Du bleibst schön sitzen.« Er ging zu dem schmalen Schrank, der eher die Bezeichnung Spind verdiente.

Gehorsam lehnte Lenah sich zurück. Sie würde ihm früh genug auf die Nerven gehen mit ihrer angeborenen Ungeduld. Mit diesem Wissen sah sie ihm zu, wie er die paar Sachen aus den Fächern im Schrank nahm.

»Sie ist einkaufen gegangen, bevor sie hergekommen ist. Es darf ja noch niemand ins Haus. Das NYPD muss den *Tatort* erst einmal aufnehmen«, sagte Lenah und zog eine Grimasse bei dem Wort, dass sie bisher nur von ihrer Arbeit kannte.

Sie sah aus dem Fenster, die graue Wolkendecke lichtete sich hier und da für ein paar mutige Sonnenstrahlen.

Ich könnte tot sein. Der Gedanke kam ihr in den Sinn, als sie die Blumen von Bastian sah, die den Kopf hängen ließen. Es faszinierte sie auf eine makabere Art, wie schnell das Leben doch vorbei sein konnte. Gleichzeitig bereitete es ihr eine Heidenangst. Rasch sah sie wieder zu Jason.

Dieser packte die billigen Anziehsachen in eine Plastiktüte, die er im obersten Regalfach gefunden hatte.

»Hier.« Er reichte Lenah eine braune Jacke, die für den Heimweg geeignet war. Später würde er eine passendere Ausstattung für Lenah und ihre Familie organisieren. Sie trug zwar sonst auch keine Markenbekleidung, doch diese Sachen passten vom Stil her einfach nicht zu ihr.

Kapitel 12

»Verflucht, überall Katzenviecher!« Miguel trat nach einem dieser verfluchten Biester. Mit einem schrillen Laut bäumte sich die Katze auf und fuhr ihre Krallen aus. *Gefährlicher wie ein Weib,* dachte Miguel und warf ihr einen finsteren Blick zu.

»Lass das!« Katrina drängte sich an ihm vorbei. Zielgerichtet lief sie die Treppenstufen nach oben. Miguel verwarf den Gedanken, die Mieze anzuknurren. Bei der Jungfrau Maria, er konnte diese Fellbündel nicht ausstehen. Er trabte die versiffte Treppe hinauf, bis er seine Kollegin erreichte. Neben ihr stieg er bis ins fünfzehnte Stockwerk. Eines war abgewrackter als das Andere.

»Warum gibt's in diesem verfluchten Haus keinen Fahrstuhl?«, schnaufte er und ärgerte sich darüber, dass dieser Aufstieg Katrina nichts ausmachte.

Perfekt wie immer schwebte sie die Treppen hinauf. Im Gegensatz zu ihren perfekten Locken fielen ihm die halblangen Haare dauernd ins Gesicht. *Wie immer.*

»Du solltest mehr Sport treiben.« Katrina sah ihn aus den braungrünen Augen an und stoppte vor einer Tür.

Er zog die Augenbrauen hoch. »Glaub mir, im Matratzensport bin ich unschlagbar.«

»Mit deiner Ausdauer?«, stichelte sie und klopfte der Höflichkeit halber an. Wie erwartet blieb die hölzerne Tür geschlossen und nichts regte sich in der Wohnung. Wortlos trat Katrina zur Seite und wies auf die Tür.

»Nach dir, Miguel.«

»Ach Trina, dafür bin ich gut genug?« Er seufzte, dann krempelte er die Ärmel des engen Pullovers nach oben. Er hatte sein Lieblingssweatshirt beim letzten Auftrag versaut.

Das wollte er diesmal vermeiden. Er sah kurz den Flur entlang, doch außer ihnen war er leer.

»Sicher, dass wir hier richtig sind?«, vergewisserte er sich und schob die hartnäckige Strähne zurück, die ihm dauernd vors Auge rutschte.

Katrina nickte. »Natürlich. Ich irre mich nie.« Beinah beleidigt über solch eine Anmaßung trieb sie ihn zur Eile an.

Ein Fauchen erklang. Miguel drehte sich um. Inmitten einem Haufen von Prospekten und aufgerissenen Mülltüten, saß eine fette Katze. Er verzog das kantige Gesicht und rümpfte die Nase. Widerwärtiger Gestank durchdrang jeden Winkel dieses Hauses.

Als die Tür aufbrach, hallte es im Flur wieder. Bevor neugierige Blicke ihnen folgen konnten, betraten sie die Wohnung. Der Blick der dicken Katze wurde wach. Ihre Schnurrhaare erzitterten, als sie den Geruch von Essbarem wahrnahm.

Hastig lehnte Katrina die Tür wieder an. Da das Schloss nicht mehr funktionierte, klemmte sie einen Stoß Telefonbücher davor. Alte Ausgaben davon stapelten sich neben der Tür, dem Anschein nach ein Ablageort für Papiermüll.

»Miguel?«, rief sie so leise wie möglich. Die Vorhänge waren zugezogen und ließen kaum Licht in die winzige Wohnung. Vorsichtig tastete sie sich durch den Flur, bis sie an einen harten Körper stieß.

»Pscht.« Er legte seinen Finger für einen kurzen Moment auf ihren Mund. Katrina spürte den Pulsschlag unter seiner Haut. Langsam, *zu langsam* trat sie einen Schritt zurück. An der Stelle, wo seine Finger ihren Mund berührt hatten, fühlten sich die Lippen an, als würden sie brennen.

Katrinas Zunge fuhr die Spur nach, die der Spanier hinterlassen hatte.

Vorsichtig durchsuchte Miguel die Wohnung. Sie war klein, aber sauber, so weit er es in dem Dämmerlicht erkennen konnte. Er sog die abgestandene Luft tief ein, der Zusammenstoß mit Katrina hatte an seiner Selbstbeherrschung gezehrt. Ihren warmen Körper zu spüren, hatte seinen zum Beben gebracht.

Er folgte dem leisen Geräusch, das ihn alarmiert hatte. Er drückte die Tür auf. Das Badezimmer. Altmodische blaue Fliesen, schmale Dusche. Als er das gekippte Fenster sah, sank die Hand, mit der er die schwarze Pistole hielt. Der Wind ließ den grauen Duschvorhang gegen die Wand schlagen.

Das war also das regelmäßige Klopfen, das er gehört hatte. Er steckte die Waffe zurück in das Holster unter der dunklen Regenjacke.

»Hier ist alles Okay!«, rief er in den Flur. Er schloss das winzige Badefenster und sah kurz hinaus. Der Himmel zog sich zu und es sah nach Regen aus. Er hörte Katrina antworten. Die Wände bestanden aus dünnem Material, so dass es fast klang, als stände sie neben ihm.

»Hier ist die Luft auch rein!«, erklang aus dem Nebenzimmer.

Als er, während der kurzen Bestandsaufnahme nichts Außergewöhnliches fand, ging er in den Raum, in dem sich der Großteil von Walter Greys Leben abgespielt hatte.

Katrina stand mit dem Rücken zur Tür und durchsuchte die Papiere auf dem Tisch. Miguels Blick wanderte über den grünen Sessel, dessen Bezug einige unerklärliche Flecken aufwies. Doch über deren genaue Herkunft wollte er sich lieber keine Gedanken machen.

Erst recht nicht, nachdem er eine riesige Pornosammlung entdeckte. Die zahlreichen DVD´s standen einsam im buchefarbenen Bücherregal. Kein einziges Buch leistete der vielfältigen Auswahl an Wichsvorlagen Gesellschaft.

Miguel verzog die Lippen. »Na du musst es ja nötig haben«, murmelte er vor sich hin.

»Was?« Katrina hob die Tastatur an, um sicherzugehen, dass sie nichts übersah. Doch außer ein paar Krümeln und einer verbogenen Büroklammer herrschte gähnende Leere unter dem Eingabegerät.

»Na, dieser Grey. Bei so einer Sammlung an Pornos.« Miguel öffnete die Türen des Kleiderschranks. Er sprang zurück, als ein dunkler Schatten auf ihn zu kam. »Shit!«

Sein Herz raste. Er atmete tief durch.

»Mann, Miguel. Das ist nur ein Haufen Klamotten!« Katrina rammte ihm den Ellenbogen in die Seite. »Du Pussy.« Ihr raues Lachen hallte durch die Einzimmerwohnung.

Seine Augenbrauen berührten sich fast in der Mitte, als er sie zusammenzog.

»Das nennt man Selbsterhaltungstrieb. Von dem du anscheinend keinen hast, sonst würdest du meine Geduld nicht so dermaßen überbeanspruchen.«

Sie tat die unterschwellige Drohung mit einem Schulterzucken ab. Als ob er ihr etwas antun könnte. Katrina hatte genau bemerkt, wie seine Muskeln sich unter der dünnen Jacke zusammengezogen hatten, als er ihre Brüste in seinem Rücken spürte. Ihrer Erfahrung nach töteten Männer die Frauen nicht, mit denen sie schlafen wollten. Höchstens nach dem Sex hatte der ein oder andere Kerl versucht, sie loszuwerden.

Mit sehr geringem Erfolg, wie ihre Existenz bewies.

Miguel ließ ein gereiztes Knurren verlauten.

»Nichts!« Er stopfte die Klamotten, die nach minderwertiger Qualität aussahen, wieder in die vollgestopften Fächer. Blau und Grau trug Walter Grey wohl am Liebsten.

Eilig knallte er die Schranktür zu, bevor der Klamottenhaufen wieder herausfiel.

»Auf dem Tisch auch keine Spur. Außer einem angebissenen Sandwich, auf dem das Tier bald wieder lebendig sein wird.« Katrina schüttelte sich. Sie konnte so einiges ab. Menschen töten, Gräber schaufeln. Sobald sie verschimmelnde Lebensmittel oder verwesende Leichen sah, wurde ihr jedoch ganz anders.

Miguel ließ den Blick trotzdem noch einmal über die Rechnungen und Gehaltsabrechnungen wandern. Der Raum sah oberflächlich ordentlich aus, doch diesem Tisch sah man an, dass er der Lebensmittelpunkt war. Abgesehen von dem belegten Toast, dass Katrina angesprochen hatte, standen noch zwei halbleere Flaschen Cola auf der Holzplatte. Der PC-Monitor war eines deutlich neueren Datums als der Röhrenfernseher. Er bückte sich nach dem Rechner und schaltete ihn an. Protestierend nahm das Gerät seinen Dienst auf und gab besorgniserregende Geräusche von sich. Miguel richtete sich auf und schob mit dem Fuß den Papierkorb hervor.

»Wie nett.« Katrina rümpfte die Nase. Sie durfte natürlich wieder die Drecksarbeit erledigen. Jedes Fitzelchen Papier hob sie mit spitzen Fingern aus dem Müll. Dank der Sammlung an Schmuddelfilmen konnte jederzeit ein versifftes Taschentuch auf sie warten.

Doch stattdessen hielt sie einen zerrissenen Ausdruck in der Hand, dass dem Datum nach vor zwei Tagen ausgedruckt wurde. Sie hielt die zwei größten Fetzen aneinander. Eine Bestellbestätigung von *American Airlines*. Ha, das war doch schon etwas!

»Egal, wer ihn bezahlt hat, die Kohle reicht auf alle Fälle für ein Leben im Süden.« Sie wedelte mit dem Beleg.

Miguel sah vom Rechner auf.

»Was ist das?« Unter der Maus knirschte es, als er sie bewegte und damit die trockenen Krümel zerdrückte.

»Trinidad. Unser Wachmann hat sich ein One-Way Ticket in die Karibik geleistet.«

»Trinidad?« Miguel zuckte mit den Schultern. »Noch nie was von gehört.«

Sorgsam legte Katrina die Fetzen übereinander und faltete sie. Sie schob das Papier in die Innentasche ihrer Kunstlederjacke. »Banause. Das liegt vor der Küste Venezuelas. Wenn Grey den Flug genommen hat, landet er auf dem *Piarco International Airport*.«

»Warum das *Wenn*?« Miguel sah sie irritiert an.

»Na«, begann Katrina und bedeutete ihm ihr zu folgen. Hier gab es keine Hinweise mehr. »Wenn *ich* jemanden engagieren würde, um etwas für mich zu stehlen, aber selbst kriminell bin. Warum sollte ich den Kerl dann bezahlen? Sobald die Drecksarbeit erledigt ist, spricht nichts dagegen ihn aus dem Weg zu räumen und die versprochene Kohle zu behalten.«

Sie zuckte mit den Schultern. »Jemand wie dieser Raphael kennt keine Skrupel. Er hat bereits zwei unserer Kollegen getötet - warum sollte ihm das Leben eines Mannes so viel bedeuten, dass er ihn leben lässt?«

»Du hast Recht«, gab Miguel zu und folgte der tödlichen Schönheit durch den schmalen Flur in die Küche. Doch außer der Spüle und der winzigen Kochplatte war das Zimmer fast leer. Ein offenes Regal mit Kochutensilien und Vorräten stand in der Ecke, mehr passte nicht in den Raum, der die Größe einer Abstellkammer hatte.

Er zog die Vorhänge zur Seite und ließ das trübe Tageslicht herein. Die Küche war sauber. Bis auf das halbvolle Glas, das unter dem tropfenden Wasserhahn stand, war der Abwasch leer.

»Hier ist nichts.« Katrina sah sehnsüchtig zur Tür. Sie wollte dem Geruch von altem Frittierfett entfliehen. Miguel nickte und folgte ihr. Aus den Augenwinkeln sah er plötzlich unter dem Spülbecken ein metallisches Glitzern, dass ihm fast entgangen wäre.

»Warte mal!«, rief er in den Flur und drehte sich um. Er ging vor dem Spülschrank auf die Knie und sah darunter. Hier hörte die Sauberkeit von Walter Grey auf.

Wollmäuse, Staubflusen und vertrocknete Pommes leisteten sich gegenseitig Gesellschaft. Doch das verräterische Metall, das seine Aufmerksamkeit erhascht hatte, gehörte eher in ein Krankenhaus, als in eine Küche. Mit spitzen Fingern griff er nach dem Gegenstand und zog ihn hervor.

»Was hast du da?« Katrinas Neugierde zog sie zurück in den Raum.

»Eine Spritze.« Vorsichtig hob er sie gegen das Fenster. »Kein Staub dran, also kann sie noch nicht lange herumliegen.«

»Gut, dann ab damit ins Labor. Vielleicht wurde Grey damit ermordet.« Katrina warf der Einwegspritze nur einen ungerührten Blick zu. Sie interessierte sich nicht für fremde Menschenleben.

Endlich keine Krankenhaus-Luft mehr. Lenah trat in das Wohnzimmer, das sich mit seiner Panorama-Fensterfront vor ihr ausdehnte. Helle Farben bestimmten das Erscheinungsbild im Raum und die Möbel erinnerten sie daran, dass sie weniger im Jahr verdiente, als Jason Meyer im Monat.

Wie ich verdient habe, korrigierte die Stimme der Vernunft sie. Denn sie war arbeitslos. An das seltsame Gespräch mit Carson konnte sie sich merkwürdigerweise noch erinnern. Nur Jason war komplett aus ihrem Kopf gelöscht.

Lenah schüttelte diesen und sah sich neugierig um. Eine riesige Couch stand vor der Fensterfront und lud zum Verweilen ein. In der angeschlossenen Hochglanzküchenzeile strahlten die Edelstahlflächen mit der weißen Front um die Wette.

»Willst du etwas trinken?« Jason wies auf einen der Barhocker vor der Theke.

Sie nickte. »Wasser, bitte«, sagte Lenah. Sie legte ihre Tasche auf einem der stoffüberzogenen Hocker ab. Er war *wirklich* steinreich.

Sie beobachte ihn, wie er aus dem Kühlschrank eine Glasflasche mit Wasser holte. Sie schloss die Lider. *Ruhe.* Das Piepsen des Überwachungsmonitors hatte an ihren Nerven gezehrt und sie war überglücklich, das Ding los zu sein. Sie hörte das leise Prickeln des Mineralwassers, als er es in ein schmales Glas goss.

»Geht es dir gut?« Jason stellte das Wasser auf der Theke ab. Als sie die Augen öffnete, bemerkte sie seinen besorgten Blick. Sie lächelte hastig und nickte.

»Alles Okay. Ich genieße nur die Ruhe.«

»Die ist leider nur von kurzer Dauer, Liebes«, sagte er und stellte die Flasche zurück. »Die Polizei wird nachher kommen und deine Aussage aufnehmen. Außerdem muss ich noch meinen Anwalt hierher bemühen, damit wir feststellen können, wie Tonys Chancen aussehen einen Teil vom Sorgerecht zu bekommen. Ich habe keine Ahnung, wie der Kerl sich das vorstellt. Gesteht, dass er versucht hat, dich zu ermorden, aber will die Sorgerechtsregelung anfechten?« Er schüttelte den Kopf und verzog das Gesicht zu einer Grimasse.

Sie ließ den Kopf auf die Arbeitsplatte sinken. »Na herrlich.«

»Keine Sorge. Wir bekommen das hin.« Lenah spürte

sein Zögern, doch dann legte er eine Hand zwischen ihre Schulterblätter. Die Wärme seiner Haut drang durch den Stoff der dünnen Jacke. »Was hältst du davon, wenn du dich erst einmal ausruhst?«

Das Monster spürte ihre Verzweiflung. Lenah machte sich viele niedergeschlagene Gedanken um die Zukunft und darum, wie ihr Leben weitergehen würde.

»Entschuldige mich bitte!«, presste er durch die zusammengepressten Lippen hervor.

Heiß pochte das Dämonenblut in seinem Gefängnis und wallte gegen die feinen Wände der Blutbahnen. Es drohte den Menschen zu verdrängen. Leichter Schwindel ergriff ihn. Der süße Duft ihrer Schwermütigkeit lockte den Dämon an. *Oh, welch bittersüße Gefühle.*

Ohne auf Antwort zu warten, stürmte er ins Badezimmer. Die Tür knallte hinter ihm in den Türrahmen und er nahm sich nicht einmal die Zeit, um abzuschließen. Er riss das Antiserum aus dem Medizinschränkchen und sank auf den Badewannenrand. Seine Finger zitterten, als er die Spritze in die Folie steckte. *Verfluchte Scheiße!*

Er brauchte das neue Serum, so ging es nicht weiter! Er atmete auf, als das Medikament das dämonische Blut zurückdrängte. Doch er wusste, mit jeder weiteren Injektion gewöhnte der Inkubus sich an das Serum und ließ es unbrauchbarer werden ...

Er senkte die Lider und zog die Nadel aus der Vene in seiner Armbeuge. Er raffte seinen erschöpften Körper auf und schleppte sich zum Waschbecken. In dem frisch renovierten Bad deutete nichts darauf hin, dass der Dämon sich hier mit Marcus einen Kampf geliefert hatte, der Fliesen und Sicherheitsglas zerstört hatte. Er warf die Spritze in den Mülleimer, der hinter einer Schranktür versteckt war.

Er blickte dem müden Gesicht im Spiegel entgegen und verzog die Lippen bei dem Anblick. Man sah ihm an, dass er die letzten beiden Nächte nicht gut geschlafen hatte und Lenahs Kurzzeitamnesie ihn belastete. Unter den grünen Augen, deren langen Wimpern Lenah schon neidisch bewundert hatte, waren tiefe Augenringe zu sehen. Er seufzte und rieb mit den Fingern über den unfreiwilligen 3 Tage Bart. Die Ereignisse der Vortage hatten ihm nicht einmal Zeit gelassen, um über eine Rasur nachzudenken, geschweige denn einen Rasierer in die Hand zu nehmen. *Vielleicht sollte ich das nachholen.*

Jace griff in den deckenhohen Schrank, den er erst vor ein paar Tagen hatte aufbauen lassen und suchte nach seinem Rasierer. Seine Haushälterin hatte alles, was noch brauchbar war, aus dem Chaos im zerstörten Bad gesucht. Die anderen Sachen hatte sie nach einem ihrer Einkäufe ersetzt.

Jason fand einen neuen Rasierer im obersten Regalboden, direkt neben Wattestäbchen und Rasierschaum. Als er Letzteres auch herausnahm, fiel sein Blick auf ein unauffälliges Schmuckkästchen. Zögerlich streckte er die Hand danach aus.

Doch er ließ sie wieder sinken. Er allein wusste, was sich darin befand. Und so wie die Sache aussah, blieb das noch eine ganze Weile so. Während warmes Wasser in das ovale Waschbecken lief, dachte er an den Tag, an dem er den Verlobungsring gekauft hatte.

Bis heute wunderte es ihn, dass der Verkäufer des kleinen Juweliergeschäftes in der 5th Avenue nicht sofort die Medien darüber informiert hatte, dass er eine Verlobung plante. Glücklicherweise hatte der Mann geschwiegen. So konnte Jace den Schmuck seit 2 Monaten im Geheimen aufbewahren. Der Platinring mit dem dezenten grünen Smaragd war ihm sofort ins Auge gefallen. Obwohl er bis zu diesem Moment nicht eine Sekunde darüber nachgedacht hatte Lenah zu heiraten, musste er den Ring kaufen. Und es gab keinen Zweifel, für wessen Finger er eines Tages bestimmt war.

»Falls sie irgendwann weiß, wer ich bin.« Er knurrte. Die Aussichten waren denkbar schlecht.

»Autsch!« Er biss sich auf die Lippe. Der Rasierer hatte ihm nur ein winziges Stückchen Haut abgeschabt. Trotzdem brannte es wie die Hölle. Ohne das Gesicht zu verziehen, rasierte er sich zu Ende.

Nachdem er fertig war, schob er das Kästchen vom Juwelier ins hinterste Eck des Regals. Schweigend stellte er den Rasierer und den Schaum davor, um nicht jedes Mal an das Schmuckstück erinnert zu werden.

Er schaufelte sich kaltes Wasser ins Gesicht und genoss das schreckhafte Zusammenziehen seiner Muskeln. »Schon besser«, murmelte er, nachdem er sich abgetrocknet hatte. Als er den Raum verließ, vibrierte das Handy in der Hosentasche seiner Jeans.

»Boss?«, erklang Katrinas russischer Akzent.

»Was habt ihr herausgefunden?« Er konnte sich das eingebildete Lächeln der Attentäterin vorstellen, dass sie immer an den Tag legte, wenn sie erfolgreich war.

»Ich gehe zu 99-prozentiger Sicherheit davon aus, dass Grey tot ist.«

»Grey interessiert mich nicht!« Jason versuchte leise zu sprechen. Er wollte nicht Lenahs Neugier wecken.

»Ich weiß.« Katrina schlug eine Tür zu. Dem gedämpften Laut zufolge war es die Tür ihres Wagens.

»Wir haben eine Spritze gefunden. Vielleicht wurde Grey damit vergiftet. Eine Leiche haben wir aber nicht entdeckt.«

Das war gut, denn es bedeutete immerhin, dass auch keine von Marcus aufgetaucht war.

»Die Spritze ist auf dem Weg ins Labor. Ich melde mich, wenn die Analyse durch ist.«

Er beendete das Telefonat. Er wollte Lenah nicht länger warten lassen. Frisch rasiert fühlte er sich wieder wie ein Mensch - *haha.*

»Lenah?« Er trat in die große Wohnküche, doch dort stand ihr Glas einsam auf der Arbeitsplatte. Das Kondenswasser tropfte von der glatten Oberfläche und tropfte auf die dunkle Granitplatte.

Jason schielte zur Wohnungstür. War sie jetzt endgültig gegangen? Wer würde ihr das schon verübeln können?

Ein Geräusch riss ihn aus seinen Befürchtungen. Es war aus dem Schlafzimmer gekommen. Die Tür stand offen.

Nachdem Jace so schnell im Badezimmer verschwunden war, rutschte Lenah vom Barhocker und sah sich um. Die Einrichtung kam ihr bekannt vor. Doch je mehr sie sich anstrengte, desto pulsierender hämmerten die Schmerzen in ihrem Kopf. Sie seufzte.

Ihre Finger glitten über den weichen Stoff der Couch, bevor sie aus der riesigen Fensterfront sah, die den Raum in ein angenehmes Licht tauchte.

Nachts hat man hier bestimmt eine wunderbare Aussicht auf die Stadt.

Die niedrigeren Gebäude ließen den Blick zum Central Park frei. Lenah wandte sich um und sah neugierig zur Tür, die von dem kleinen Flur neben der Küche abging. Sicher das Schlafzimmer. Sie bezweifelte, dass Jason etwas dagegen hatte, wenn sie versuchte ihrer Erinnerung in diesem

Raum auf die Sprünge zu helfen. Doch als sie ihn betrat, spürte sie nichts.

Lenah rümpfte die Nase und schnupperte. Im Zimmer roch es leicht nach frischer Farbe. Sie sah von dem einladenden Metallbett zu dem kompakten Schreibtisch. Ein hoher Haufen Akten stand darauf ohne erkennbare Sortierung. Daneben lag eine Ausgabe der *Manhattan News*. Ein ungutes Gefühl beschlich sie.

Lenah entzifferte den oberen Teil der Schlagzeile. *Manhattan: Bandenmitglieder werden -*

Bevor sie die Zeitung aufschlagen konnte, hörte sie die Badezimmertür aufgehen. Sie vermutete, dass diese Ausgabe der Tageszeitung der Auslöser ihres Streites mit Jason war. *Verdammt, es ist so beschissen, wenn man sich nicht erinnern kann!*

Sie griff nach der Zeitung und wollte sie entfalten, als es an der Tür klingelte.

»Lenah?« Jace kam durch die Tür. Im tiefen Grün seiner Augen blitzte es kaum sichtbar auf, als er die Zeitung in ihren Händen entdeckte. Hastig kam er auf sie zu und nahm die losen Blätter an sich. Lenah runzelte die Stirn. Irritiert warf sie dem Lokalblatt einen Blick zu.

»Das ist sicher die Polizei. Willst du dich kurz frisch machen?« Er legte das Blatt wie beiläufig wieder auf den Stapel Akten, die er längst hätte bearbeiten müssen.

Später würde sie nachsehen, wovor Jace sie schützen wollte. In der Hoffnung, dass er *sie* schützen wollte.

»Lenah?« Seine tiefe Stimme riss sie aus ihren Gedanken. Jason stand vor ihr und wartete immer noch auf eine Antwort.

»Äh. Nein, ich würde es lieber hinter mich bringen«, sagte Lenah eilig. Besser sie erledigte es so schnell wie möglich. Sie wusste von früheren Begegnungen mit den

Ordnungshütern, wie aufreibend die Gespräche waren, wenn man selbst involviert war.

Jace ließ Lenah vorgehen und schob die Zeitung im Vorbeigehen unauffällig hinter den Schreibtisch. Musste er sie erneut über seine Tätigkeit aufklären? Diesmal war es noch riskanter sie einzuweihen. Ihre Gefühle waren spurlos verschwunden. Was für einen Grund hatte sie, ihn nicht sofort anzuzeigen und ihn ein für alle Mal zu verlassen? Sein Kopfkino verdrängend, wies er Lenah an sich auf die Couch zu setzen.

Nochmals erklang das Geräusch der Türklingel. Die Beamten wurden ungeduldig. Jason richtete sein Hemd und öffnete dann die Wohnungstür. Zwei Beamte in Zivil standen davor und hielten ihm, ohne dass er nachfragen musste, ihre Dienstausweise vor die Nase.

»Ist Miss Caine zu sprechen? Wir würden gerne mit ihr über das Feuer reden.« Ohne Umschweife kam die Polizistin direkt aufs Thema. Die Blondine war sehr groß für eine Frau, beinahe zu groß.

Jason nickte und trat zur Seite. »Bitte kommen sie herein.«

Der Beamtin folgte ein Kollege, der ihr in der Größe um nichts nachstand. Seinem Aussehen nach trainierte er regelmäßig in einem der unzähligen Fitnessstudios der Stadt. Wortlos grüßte der Mann ihn mit einem Kopfnicken.

Er leitete die ausführende Gewalt des Justizsystems in sein Wohnzimmer. Lenah knetete nervös ihre Finger und sah auf, als er die Polizisten hineinführte.

»Lenah, das sind Officer McCrowe.« Er deutete auf den schwarzhaarigen Mann, dessen wacher Blick prüfend durch den Wohnbereich glitt. »Und Officer Bennett.« Die Blondine nickte ihr zu.

Er bot den Polizisten etwas zu trinken an. Doch beide verneinten, was Jace etwas bedauerte. Denn es konnte nicht schaden, sich mit den Hütern des Gesetzes gut zu stellen.

»Lassen sie uns gleich zur Sache kommen, Miss Caine.« Officer Bennett nahm ihr gegenüber Platz, auf Jasons Lieblingssessel. Sie zog einen Block aus ihrer Weste.

»Wissen sie, wer das Feuer in dem Haus ihrer Mutter gelegt haben könnte?« Sie setzte den Kugelschreiber auf dem Papier an und wartete auf eine Antwort. Jason spürte, wie Lenah mit sich kämpfte und sich versteifte. Er stellte sich neben seine Geliebte, die ihm ohne ihr Gedächtnis so fremd war, und legte ihr eine Hand auf die Schulter.

»Du kannst offen reden. Bastian ist in Sicherheit, versprochen.«

Lenah schluckte. Ihre Hände verkrampften sich und sie musste sich dazu zwingen, die schmerzenden Finger wieder zu öffnen.

»Mein … Exmann«, sagte sie nach einem Moment, in dem die Stille unangenehm in der Luft hing. »Er war im Krankenhaus und hat mir gesagt, dass ich hätte drauf gehen sollen.«

Sie sprach weiter, ignorierte die Polizistin, die ihr ins Wort fallen wollte. »Er hat mir gedroht, er will mir Bastian wegnehmen!«

»Ms Caine!« Officer Bennett hob die Stimme. Erschrocken klappte Lenah ihren Mund zu. Sie presste die Lippen aufeinander und sah beschämt zu Boden.

»Wie heißt ihr Exmann?«, fragte der dunkelhaarige Kollege und nahm neben Lenah Platz.

»Tony … Hilling.« Es fiel ihr schwer, den Namen auszusprechen, den sie selbst ein paar Jahre getragen hatte.

»Gut.« Der Name wanderte auf den Block von Officer

Bennett. »Wir haben allerdings vom Krankenhaus die Rückmeldung bekommen, sie hätten keinen Besuch von Mr. Hilling gehabt.«

Ruckartig riss Lenah den Kopf hoch: »Aber er war da!« Sie sah zu Jason und ihr Blick strahlte Fassungslosigkeit aus. Beruhigend strich er über ihr Schulterblatt. Er ergriff das Wort.

»Bei allem Respekt Officer Bennett. Ich gehe nicht davon aus, dass er sich an der Rezeption angemeldet hat.«

Doch die Polizistin beharrte auf den Informationen, die das Krankenhauspersonal ihr gegeben hatte. »Nur sie, Mr. Meyer und Katelyn Caine wurden als Besucher eingetragen.«

Sie zuckte mit den Achseln. »Ihr behandelnder Arzt erwähnte, dass sie möglicherweise halluziniert haben. Das könne nach einer Kopfverletzung vorkommen.«

»Das muss ein Missverständnis sein, Officer.« Jason trat einen Schritt vor. Der Dämon spürte Lenahs Angst. So eine tief sitzende Panik konnte keine Halluzination auslösen.

»Ich glaube nicht, Mr. Meyer.« Die große Frau erwiderte den Blick und klappte ihren Block zu. Oh ja, mutig war sie. Sie ließ sich nicht von den Millionen abschrecken, die Jason in der Hinterhand hatte und jederzeit nutzen konnte, um ihr zu schaden.

Er fragte sich, ob sie immer noch so furchtlos wäre, wenn sie wüsste, welches Monster in ihm schlummerte. Am liebsten hätte er sie Bekanntschaft mit dem Seelenfresser machen lassen, als Strafe dafür, dass sie Lenahs Aussage anzweifelte.

»Wenn sie keine weiteren Fragen haben, muss ich sie bitten, zu gehen.« Geschäftig sah er auf seine Armbanduhr.

Diese unfähigen Beamten würden von seinem Anwalt

hören, das wusste er sicher. Und Tony Hilling würde er selbst übernehmen.

»Oh, wir möchten ihre wertvolle Zeit nicht verschwenden, Mr. Meyer.« Der Mann mit der milchkaffeefarbenen Haut stand auf.

»Aber eine letzte Frage müssen wir ihnen noch stellen, natürlich nur fürs Protokoll. Wo waren sie an besagtem Abend ab 21 Uhr?«

Jace spürte, wie ihm das Blut aus den Lippen wich. Wurde er gerade eines Mordversuches verdächtigt? Ablehnend verschränkte er die Arme vor der Brust. Er verengte die Augen, bevor er antwortete.

»Ich hatte ein Geschäftsessen im *Venetian Mask*.«

Der Beamte nickte und seine Kollegin notierte sich dieses Detail. »Kann das jemand bezeugen?«

»Ich habe mit Kreditkarte gezahlt. Und falls dies nicht genügt, kann der Inhaber der Lokalität ihnen meine Anwesenheit sicher bestätigen.«

»Wer war ihr Geschäftspartner?«

Jace zögerte, offenbar einen Moment zu lange, denn plötzlich hingen alle Blicke auf ihm. Inklusive Lenahs

»Amelie Dubois.« Nur ungern nannte er den Namen seiner Ex-Freundin.

»Wie stehen sie zu Ms. Dubois?«, hakte der Beamte nach. Jason spürte, wie sein Gesicht versteinerte.

»Sie ist meine Exfreundin«, sagte er kurz angebunden.

Kapitel 13

»War es wirklich nur ein Geschäftsessen?« Lenah stand in der Küchenzeile. Sie hatte darauf bestanden etwas Kleines für sie beide zu kochen, obwohl Jace bereits den Flyer des Pizzaservice in der Hand gehabt hatte. Es gab ihr das Gefühl, sich ein kleines bisschen zu revanchieren.

»Wir kochen wohl nicht sehr häufig?«, sagte sie leicht verzweifelt beim Anblick des Kühlschrankinhaltes.

Vor Jace lag ein Stapel Akten auf dem Küchentisch. Er sah die Häuser an, die momentan zum Verkauf standen. Lenah sah ihm zu, wie er für sie unleserliche Notizen an den Rand schrieb.

Dann sah er auf. »Nicht direkt.«

Dann deutete er mit dem Kugelschreiber zum Kühlschrank und hob die Schultern. »Nein, wir kochen wirklich nicht oft. Das vergessen wir gelegentlich, in der wenigen Zeit, die uns bleibt.«

Die Erklärung für den leeren Kühlschrank interessierte sie nach seiner ersten Antwort nicht mehr.

»Nicht direkt?«, sie äffte ihn nach. »Was soll das heißen?« Lenah umrundete die Küchentheke und blieb vor dem vollgestellten Tisch stehen.

Jace begann, die Papiere akkurat aufeinanderzustapeln und Platz auf der Tischplatte zu schaffen. »Ich bin jedenfalls davon ausgegangen, dass sie etwas Geschäftliches mit mir besprechen wollte. Sie meldet sich alle paar Monate mal, wegen irgendwelcher *tollen* Geschäftsideen, für die sie Kapital will.« Sein Tonfall ließ keinen Zweifel daran, dass Amelie von ihm keinen Cent bekam.

»Und was wollte *Amelie* wirklich?« Sie sprach den Namen seiner Ex mit übertriebenem französischen Akzent aus.

»Mich überreden, dass ich dich verlassen soll.« Er nahm die Akten unter den Arm und trug sie zu ihrem Platz im Schlafzimmer.

»Was?« Lenah stapfte hinterher. »Ist das dein Ernst?«

Er nickte. »Ja, sie sagte etwas in der Art, dass sie mir den Himmel auf Erden bereiten will.« Er verzog das Gesicht und ließ die Ordner auf den Schreibtisch fallen.

»Ihr Himmel geht bei mir locker als Hölle durch.«

Lenah spürte etwas in sich aufsteigen. Heißes Blut. Ein ungutes Gefühl in der Magengrube. *Eifersucht?*

Sie räusperte sich. Sie war ganz sicher nicht in der richtigen Position um Eifersucht zu zeigen. Oder doch? Immerhin waren sie seit acht Monaten ein Paar. Oder für acht Monate ein Paar *gewesen*?

Er spürte ihre Eifersucht, sein Dämon leckte sich die Lippen danach. Dieses Gefühl gefiel dem Kerl besonders gut. Ein Lächeln schlich sich auf Jasons Lippen und er sah Lenah irritiert blinzeln.

Plötzlich stand er vor ihr. Er schob ihr eine der widerspenstigen Haarsträhnen aus dem Gesicht. Als er dabei Lenahs weiche Haut berührte, zuckte sie zusammen. Beinah stolperte sie einen Schritt zurück.

»Aber keine Sorge.« Sie spürte seinen warmen Atem an ihrem Ohr. »Ich habe sie abblitzen lassen.« Lenah riss die Augen auf, als unanständige Empfindungen sie feucht werden ließen.

Als Jace zurücktrat, ließ er sich nicht anmerken, wie sehr er ihre Nähe wollte. Er genoss ihre Verwirrung und die subtile Erregung, die ihre gerötete Haut verrieten. Am liebsten hätte er sie sofort auf sein Bett geworfen und nach allen Regeln der Kunst vernascht. Stattdessen beschloss er, alles in seiner Macht stehende zu tun, um diese Frau daran zu erinnern, was zwischen ihnen war.

Lenah rettete sich aus dieser erotischen Situation, in dem sie in Richtung Wohnzimmer deutete. »Wir sollten doch lieber Pizza bestellen!« Sie flüchtete aus dem einladenden Schlafzimmer und ließ sich auf das Sofa fallen. Ihre hochroten Wangen versteckte sie hinter dem Flyer der Pizzeria.

Sie lauschte den Schritten von Jason. Vor ihr ging er in die Knie und hielt ihr das Telefon hin. »Du bist dran.«

»Wie bitte?«

»Du musst anrufen.«

»Warum *muss* ich das?«

»Weil wir das *immer* so machen, Lenah.« Seine Stimme klang, als würde er mit einer Begriffsstutzigen reden. »Du gibst die Bestellung auf und ich geh dafür an die Tür.«

Lenah hob eine Augenbraue. »Aha?«

»Für mich wie immer eine extra-große Margarita mit einem gemischten Salat.«

Dem gewinnenden Lächeln auf seinen Lippen konnte sie diesmal nichts abschlagen. Sie streckte die Füße aus und wählte die Nummer, die ihr bekannt vorkam.

»Hallo, Caine hier. Ich würde gerne eine Bestellung aufgeben.« Sie runzelte die Stirn, als ein Mann mit italienischem Akzent ihr die Frage stellte, ob es dasselbe wie immer sein sollte. Sie bestellten anscheinend wirklich *sehr* oft, denn der Pizzabäcker wusste genau, was sie bestellen wollte und auch wohin die Lieferung ging.

Sie beendete das Telefonat. Danach schüttelte sie den Kopf. »Wir scheinen echt viel Essen zu bestellen.«

Sie sah Jace an, der seinen wohlgeformten Körper auf

die Couch manövriert hatte. In dem lässigen Shirt und der bequemen Hose konnte sie sich gut vorstellen, sich an ihn zu schmiegen.

Erneut röteten sich ihre Wangen und sie schlug die Augen nieder.

Lautlos seufzte Jace. Nur zu gern hätte er gewusst, weshalb ihr das Blut schon wieder ins Gesicht stieg. Doch er ließ den Dämon nicht einmal schnuppern. Er würde es auch ohne ihn schaffen, seine Liebste zurückzuerobern. Es war schließlich nicht das erste Mal, dass er sich an Lenah ranmachte.

»Au!« Sie schrie leise auf und hielt sich den Fuß. Aus seinen Gedanken gerissen, hob er den Kopf.

»Was ist los?«, er stand auf und umrundete den Tisch.

Sie hüpfte auf einem Fuß herum, das Telefon fiel ihr aus der Hand. Als es auf den Boden knallte, sprangen die beiden Akku-Batterien heraus und rollten über den Teppich.

»Bin in irgendwas reingetreten!« Fluchend hielt sie sich den rechten Fuß.

Jace kniete sich auf den cremefarbenen Teppich und fuhr mit den Fingern über die langen Fasern, bis er den Übeltäter fand. Er hüstelte verhalten. »Ich hab es gefunden.«

Lenah wackelte kurz mit den Zehen, dann stellte sie ihren Fuß sachte ab. »Was ist das?«, wollte sie wissen, als sie ein kleines Stück Metall in seiner Hand entdeckte.

»Sicher, dass du das wissen willst?« Seine Stimme war ein einziges tiefes Schnurren. Statt zu antworten, streckte sie die Handfläche aus. Wortlos ließ Jason es hineinfallen.

»Mein Knopf!«, rief sie überrascht.

Jason nickte nur.

»Wie kommt der hier her?« Lenah presste die Augen zusammen und beobachtete ihn.

»Ich hab´ ihn dir von deiner Lieblingshose gezerrt, bevor ich dich auf dem Sofa vernascht habe.« Er ließ sich in die weichen Kissen fallen und genoss Lenahs knallrote Wangen.

Genervt knallte Jason das Mobilteil zurück in die Ladestation. Nicht einmal der Gedanke an Lenahs Blick, nachdem sie ihren Hosenknopf in der Hand gehalten hatte, konnte das Desaster, das sich anbahnte, aus seinem Kopf verdrängen. Er musste das Problem *Raphael* aus dem Weg schaffen, bevor sich der Rat der Assassinenmeister traf. Die Meister würden in einer Woche in Manhattan eintreffen. Der Tod von Cookie und Ryan hatte sich bis zu einem von ihnen herumgesprochen, welcher die anderen Mitglieder informiert hatte.

Sein Sichtfeld begann zu flimmern und seine Hände zitterten. Der Inkubus drängt sich gegen die engen Wände des Gefängnisses, dehnte es fast bis zum Zerreißen. Jace versuchte, ihn zurückzudrängen. Zentimeter um Zentimeter kämpfte seine Menschlichkeit den Seelenfresser nieder.

Stöhnend sank er in seinen Sessel, zog hastig eine Schublade auf, aus der er eine Ampulle nahm. Er wünschte sich, Marcus wäre bei ihm. Er hätte ihn beruhigt. Doch nun blieb ihm nur das Antiserum als Lösung. Gerade als er die Nadel aus seinem Oberarm zog und der Dämon dank dem Mittel aufhörte, sich zu wehren, klopfte es an der Tür. Er warf die Spritze in den Mülleimer und krempelte den Hemdärmel herunter.

»Ja?« Er setzte sich wieder gerade in seinen Sessel und nahm einen Kugelschreiber in die Hand, um wenigstens den Anschein zu erwecken zu arbeiten. Verflucht, er hinkte mindestens eine Woche mit der Arbeit zurück!

»Hey Boss.« Die kurvigste Russin, die er kannte, kam ohne zu zögern herein und knallte die Tür hinter sich zu. Sie nahm direkt auf der anderen Seite seines Schreibtisches Platz. Jace legte den Stift beiseite. Wortlos nickte er ihr zu und wartete auf die Ergebnisse.

»Der Bericht aus dem Labor ist da. In der Spritze war *Diazepam*.« Sie las es von einem Zettel ab, den sie aus der Tasche ihrer hautengen Jeans gezogen hatte. »Leider wurde damit nicht Walter Grey betäubt. Unser Labor hat die DNA abgeglichen.«

Ihre Stimme wurde zögerlich. Jason ahnte, dass keine guten Nachrichten folgen würden. »Marcus hat die Ladung abbekommen.«

»Was?« Er beugte sich über den Tisch, die Augen weit aufgerissen. Dann schüttelte er den Kopf. »Scheiße.« Er sank in seinen Sessel und starrte das Notebook an, das vor ihm stand.

»Das erklärt, wie Raphael ihn schnappen konnte.« Katrina stand auf und zog noch etwas aus ihrer Hosentasche. »Wir haben nach weiteren Spuren gesucht, aber ansonsten konnten wir nichts Ungewöhnliches finden.« Sie entfaltete ein weiteres Stück Papier und legte es vor ihm auf den Tisch.

»Das ist Walter Grey. Und hier -« Sie deutete auf das unscharfe Bild einer öffentlichen Überwachungskamera.

»- steigt er in einen schwarzen SUV. Kennzeichen ist unkenntlich und wer den Wagen fährt, wissen wir auch nicht. Interessant ist nur, dass sein herumstehendes Gepäck heute Morgen an der Kreuzung zwischen Broadway und 7th Avenue einen Bombenalarm ausgelöst hat.«

Jace nickte. »Hab ich im Radio gehört. Dann können wir damit rechnen, dass Grey tot ist?«

Katrina nickte. »Die Fluggesellschaft hat bestätigt, dass

der Flug verfallen ist. Grey hat nicht eingecheckt.«

»Also ist der SUV der einzige Hinweis zu Raphael?« Er rieb sich über die stoppeligen Haare und schüttelte den Kopf.

»Ich bin sowas von am Arsch. Der Rat wird in einer Woche einberufen.«

Er erwiderte Katrinas Blick. »Wenn ich das Problem bis dahin nicht im Griff habe, werde *ich* euer neues Problem sein.«

»Keine Sorge, Boss.« Katrina lächelte und drehte sich um. »Wir schaffen das schon.«

Als die Tür hinter ihr zufiel, wünschte sich Jace etwas von ihrer unerschütterlichen Ruhe.

»Dein Freund strapaziert meine Geduld.« Raphael lehnte sich zurück und starrte die Nummer 2 der Seelenfresser an. Er schüttelte den Kopf, als er die bleiche Haut des Mannes sah.

Marcus hätte mit den Schultern gezuckt, doch nicht einmal das war ihm möglich. *Gut so.*

Jace durfte nicht einknicken, das würde der Rat als Schwäche einstufen und sich um einen, in ihren Augen würdigeren Vertreter, der amerikanischen Zweigstelle kümmern. Er schnaufte. Dank dem Stück Klebeband über seinen Lippen, konnte er kaum atmen, wenn er in Aufregung geriet.

Und einen Finger abgetrennt zu bekommen, regte einen nicht gerade wenig auf. *Das* konnte er nun aus eigener Erfahrung sagen. Die Stelle, an der sein kleiner Finger sein sollte, tat immer noch höllisch weh. Doch im Vergleich zu den brennenden Schmerzen zuvor war es beinahe ein Kinderspiel diese zu ertragen.

Hartnäckige Kabelbinder um die Handgelenke und die

Unterschenkel verhinderten, dass er seinem Peiniger die Zähne ausschlug.

»Aber das macht gar nichts.« Raphaels kantiges Gesicht wurde von einem freudigen Lächeln erhellt. »Du hast ja noch neun weitere Finger.«

Seine Hand spielte mit der Heckenschere und ihm stellte sich die Frage, ob er damit auch dickere Knochen zerteilen könnte. Notdürftig hatte er die Klinge an der Hose des toten Wachmanns gereinigt.

»Bald kommt der Rat zusammen und räumt deinen Freund aus dem Weg«, erklärte Raphael ungefragt. Er stand auf und tigerte ungeduldig durch den Technikraum. Marcus war ein langweiliger Gast. Er blieb still, aber sobald man ihm den Knebel entfernte, glänzte er mit bescheuerten Kommentaren.

Deshalb ließ er den Fetzen Stoff, wo er war. Er bevorzugte die Stille, in die sich ab und an ein schmerzhaftes Stöhnen mischte. Allerdings musste er die *nette* Gesellschaft vorerst aufgeben und sich um den weniger amüsanten Teil seiner Bestimmung kümmern.

Walter Greys Leiche begann, unansehnlich zu werden. Bevor der Geruch von verwesendem Fleisch, den er aus der Metzgerei kannte, den Technikraum erfüllte, wollte er den leblosen Körper entsorgen.

»Falls Jason bis heute Abend nicht freiwillig zu mir kommt, ist dein nächster Finger dran.« Raphael packte den Leichnam an den Beinen. Er schaltete das Licht aus, nachdem er den Toten aus dem Raum gezerrt hatte.

Marcus hörte, wie die Tür verriegelt wurde, und blieb allein in der Dunkelheit zurück. Dumpfe Geräusche klangen aus den Rohren und es gluckerte.

Schade. Hätte das Arschloch ihm den Fingerstummel nicht notdürftig verbunden, würde er jetzt verbluten. So jedoch musste er die folgenden Stunden damit verbringen, seinem abgetrennten Körperteil nachzutrauern und maroden Abflussrohren beim Rauschen zu zuhören. Der Verwesungsgeruch machte ihm die Anwesenheit in diesem Kabuff noch unangenehmer. Bei weitem nicht sein einziges Problem, aber in Anbetracht der Situation das Dramatischste, schließlich kam er hier nicht vom Fleck.

Das Amulett lag *auf* seinem Shirt. Er stieß einen Fluch aus, doch nur ein unverständliches Nuscheln erklang. Nur wenn das dünne Leder seine Haut berührte, konnte er seine Gestalt ändern.

Lenahs Seufzer hallte durch das Schlafzimmer. Gleich nach dem Aufwachen, hatte sie auf dem Nachttisch eine Notiz von Jason gefunden.

Muss zur Arbeit. Frühstück ist in der Küche. Freu mich auf später. J.

PS: Dein Knopf liegt im Wohnzimmer.

Sofort färbten sich Lenahs Wangen knallrot. Dankbar, dass Jason nicht da war und sie deswegen aufziehen konnte, zog sie die Bettdecke über den Kopf. Sie sollte die Bettruhe ausnutzen. Für den Nachmittag hatte sich Jasons Anwalt angekündigt, der sich der Sache mit Tony annehmen würde.

Sie roch am Überzug, an dem der subtile Geruch von Jason hing. Ein Hauch von Moschus, eine Spur seines herben Duschgels. *An diesen Duft kann ich mich gewöhnen*, dachte sie mit einem wohligen Seufzen.

Als ihr Magen knurrte, stand sie doch auf. Sie schlüpfte

in die bequeme Sweathose, die am Fußende lag, und machte sich auf den Weg in die Küche.

Ihr Blick blieb am Papierstapel auf dem Schreibtisch hängen. *Die Tageszeitung!* Sie erinnerte sich daran, dass Jace ihr diese schnell aus den Händen genommen hatte. Lenah drehte den Kopf zur Tür. Nichts war zu hören, außer dem kaum hörbaren Geräusch des tickenden Weckers.

Auf Zehenspitzen tapste sie zum Schreibtisch und hob die Akten hoch, die Jason gestern Abend wieder abgestellt hatte. *Nichts.*

»Mist!« Sie schlug die Hand vor den Mund. Obwohl sie alleine war, klopfte ihr Herz aufgeregt. Sie schob die Papiere wieder zu dem unordentlichen Haufen zusammen. Ein Klingeln an der Tür ließ sie zusammenzucken und der gesamte Stapel landete auf dem Boden.

»Ach, verdammt!« Hastig kniete sie sich auf die hölzernen Dielen und sammelte Jasons Zettelwirtschaft ein.

»Au!« Ihr Kopf knallte gegen die Unterseite der Tischplatte, als sie aufstehen wollte. Das war ja typisch! Sie rieb sich über die schmerzende Stelle an ihrem Hinterkopf. Hoffentlich trug sie nicht einen weiteren Dachschaden davon.

Sie sah auf. Hinter dem Papierkorb erweckte eine schwarz-weiße Zeichnung ihre Aufmerksamkeit.

»Hab ich dich!« Sofort sah sie sich den Artikel auf der Vorderseite an. Das Bild, das ihr Interesse erregt hatte, bestand aus einem gezeichneten Halbmond, vor dem ein geschwungener Dolch abgebildet war. Darunter stand in schlanken Buchstaben *Soultaker.*

Manhattan: Bandenmitglieder werden systematisch ermordet!

Von Lenah Caine

Lenah schüttelte den Kopf. Allein die reißerische Schlagzeile klang nicht nach ihrem seriösen Schreibstil. Auch wenn sie ihrem Informanten gelegentlich ein paar Informationen entlockte, nutzte sie diese nicht dazu, um jeden Preis sensationsgierige Leser anzulocken. Aber wer hatte Interesse daran, so etwas unter ihrem Namen zu veröffentlichen?

Ein ungeduldiges Klopfen an der Wohnungstür riss sie aus ihren Überlegungen. Lenah schob die Zeitung hastig unter das Kopfkissen. Jason würde sie bestimmt nicht im Bett suchen, er hatte die Nacht auf dem Sofa verbracht und ihr sein Schlafzimmer überlassen.

Lenah lief in den Flur, der Holzboden fühlte sich trotz ihrer nackten Füße angenehm an. Um durch den Türspion zu schauen, musste sie sich auf die Zehenspitzen stellen. »Bastian!« Erfreut entriegelte sie die Tür. Katelyn stand mit ihm vor der Tür.

»Mama!« Seine kurzen Arme umschlangen Lenahs Hüfte.

»Hey mein Schatz!« Sie erwiderte die innige Umarmung und sah ihm dann nach, als er neugierig das Wohnzimmer inspizierte.

»Wie geht es dir?« Katelyn legte ihr eine Hand auf den Unterarm.

»Alles Okay.« Zur Bekräftigung nickte Lenah.

Auch wenn sie es nie zugegeben hätte: Sie war eifersüchtig auf ihre Mutter. Es kam ihr vor, als hatte diese eine engere Bindung zu Bastian als sie selbst. Doch nach der Trennung von Tony war es die einzige Möglichkeit gewesen, wieder arbeiten zu gehen, um mit Bastian über die Runden zu kommen. Und dankbar hatte sie das Angebot ihrer Mutter angenommen, wieder in ihr Elternhaus zu ziehen. Da Lenahs Vater mit einer jungen Frisörin durchgebrannt war, wohnte Katelyn zu diesem Zeitpunkt alleine in dem großen Haus, in dem all ihre Ersparnisse steckten.

Und dennoch: Lenah verspürte oft ein ungutes Gefühl, wenn sie sah, wie innig die beiden miteinander umgingen. *Sie* war seine Mutter!

»Mach mir nichts vor, Liebes«, sagte Katelyn streng und ließ sie nicht aus den Augen, während sie auf der Couch Platz nahm. Lenah sah sie an. Sie erschrak, als sie ihr ins Gesicht sah. Wann war ihre Mum so alt geworden?

Obwohl Katelyn gut für ihr Alter aussah, bemerkte Lenah zum ersten Mal, die tieferen Fältchen in den Mundwinkeln und unter den Augenlidern. Wo blieb die Zeit?

Sie sank mit einem Seufzen in den Sessel gegenüber.

»Die Polizei glaubt mir nicht.«

»Was?«

»Im Krankenhaus hat angeblich niemand Tony gesehen. Sie tun alle so, als hätte ich mir das nur eingebildet!«

Katelyn presste die Lippen zusammen und schüttelte entrüstet den Kopf. »Wie bitte? Das ist ja entsetzlich!« Sie sah kurz zu Bastian, der selbstvergessen in einem der Kataloge blätterte, die sich neben der Couch stapelten.

»Und was sagt Jason dazu?«, hakte Katelyn bei ihrer Tochter nach.

»Er hat ihnen mit seinem Anwalt gedroht. Aber er glaubt nicht, dass dieser etwas ausrichten kann. Es ist, als hätte jemand Tony aus den Gedächtnissen der Mitarbeiter gelöscht!«

»Nur aus deinem nicht?« Katelyn lachte. »Du kommst auf Ideen. Du hättest Fantasy-Autorin statt Journalistin werden sollen.«

Lenah zuckte mit den Schultern. Sie wusste, dass Tony im Krankenhaus gewesen war, dessen war sie sich hundert Prozent sicher. Doch es gab wenigstens einen Lichtblick. »Jason glaubt mir. Das ist die Hauptsache.«

»Oh, ich glaube dir auch! Ich finde nur äußerst merkwürdig, dass ihn niemand außer dir gesehen hat.«

Lenah hob die Achseln. »Ich weiß nicht warum.« Sie schloss mit einem Seufzen die Augen. Tony war da gewesen. Egal was die Polizei oder die Krankenhausmitarbeiter sagten.

Kapitel 14

»Du brauchst Ablenkung.« Jasons Feststellung klang durch den Raum. Lenah sah von dem Schneidebrett auf, auf dem sie gerade eine Chilischote klein schnitt.

Sie hob die Schultern und machte unbeirrt weiter. »Mir geht's gut, Jace.« Und das stimmte immerhin zum Teil. Bei ihm zu sein gab ihr ein Gefühl der Sicherheit und fühlte sich richtig an. Tony kam hier nicht an sie ran. Der Wachdienst an der Eingangspforte ließ niemanden ohne Passkontrolle herein und ihr Exmann stand auf der schwarzen Liste.

»Lass uns heute Abend zusammen weggehen.« Jace zog zwei Karten aus der Innentasche seines Jacketts.

Lenah schob die Chilistückchen in ihre Variante einer Bolognesesoße und schaltete danach die Temperatur herunter. Sie hatte sich alles liefern lassen, was sie zum Kochen brauchte und hatte gleichzeitig den Kühlschrank im 9. Stockwerk auffüllen lassen, wo Bastian und ihre Mutter erstmal wohnten. Sie hatten keine Ahnung, wann sie ihr Haus wieder betreten durften. Die Polizisten hatten sie bereits gewarnt, dass es durchaus noch einige Wochen dauern konnte.

»Aber ich habe gekocht«, warf sie ein und deutete auf die Spagetti auf der Kochplatte. Sie wusste nicht so recht, was sie von dieser Einladung halten sollte.

Jason nickte. »Es duftet herrlich. Was hältst du davon, wenn wir zuerst auf das Konzert gehen und danach deine Pasta verputzen?«

Er zog sein schwarzes Jackett aus und ließ es achtlos auf einen der Hocker fallen. Er nahm auf einem anderen Platz und sah ihr beim Hantieren zu. Ihre routinierten Handgriffe hatten etwas Beruhigendes an sich und er hatte das Gefühl, als könnte er ihr stundenlang zu schauen.

Doch als er im Internet gelesen hatte, dass man besondere Ereignisse die man mit Amnesie-Patienten erlebt hatte, wiederholen sollte, um das Gedächtnis anzuregen, hatte er sofort zwei VIP-Tickets für das *Desperation*- Konzert organisiert. Vor zwei Monaten, zu ihrem Geburtstag, hatte er Lenah bereits mit Karten für ihre Lieblingsband überrascht.

Was für ein glücklicher Zufall, dass die Band erneut im *Madison Square Garden* auftrat.

Da das Konzert bereits in einer Stunde begann, musste er sie schnell überreden. Bis dahin wollte er mit ihr in der VIP-Lounge sitzen und es sich mit einem netten Drink bequem machen. Und hoffentlich ihre Erinnerung an ihn zurückholen ...

Lenah schaltete die Induktionsplatte ab, auf der der Topf mit den Nudeln stand. Die Abzugshaube brummte leise vor sich hin.

»Ich habe nicht einmal was anzuziehen!« Sie kippte den Topfinhalt in ein metallenes Sieb.

Sein entwaffnendes Lächeln ließ sie annehmen, dass er diese Entgegnung erwartet hatte. »Doch hast du.« Mit einem Grinsen lockerte er den Knoten seiner Krawatte. »Im Kleiderschrank ist noch ein Outfit, welches du zu unserem letzten Konzertbesuch getragen hast.«

»Über welches Konzert reden wir hier eigentlich?«

»Das ist eine Überraschung. Geh dich umziehen, bitte.« Als sie den Mund öffnete, um zu protestieren, legte er nach: »Bitte, lass mir das Vergnügen, dich auszuführen. Du wirst es nicht bereuen.«

Sie versank im warmen Blick seiner grünen Augen und

spürte, wie sie nickte. Seine langen Finger, die die Krawatte öffneten, erweckten ihre Aufmerksamkeit. Was er wohl noch mit diesen Fingern anstellen konnte? Sie hatte das Gefühl, das er ihr das oft demonstriert hatte. Lenah wurde warm. Sie musste seiner anziehenden Art entfliehen, bevor sie etwas Dummes sagte – oder tat. *Anziehend, pah. Wohl eher ausziehend.*

»In fünf Minuten die Soße von der Platte nehmen«, kommandierte sie und verschwand aus der Küche.

Jasons Blick hing auf ihr und ein leichtes Lächeln glitt auf seine Lippen. Der Dämon hatte den feinen Hauch der Erregung wahrgenommen. Dank der letzten Injektion des Antiserums konnte er sich aber kaum regen. Es war eher ein geschmeidiges Räkeln.

Jace fuhr mit den Fingern über die kurzen Stoppeln auf seinem Kopf. Er hatte sich vorgenommen Lenah zu verführen, sie daran zu erinnern, was sie miteinander geteilt hatten. Ob das unfair war? Würde er so ihre derzeitige Verwirrung ausnutzen?

Egal. Er würde alles versuchen, um Lenah zurückzuerobern. Wie hieß das alte Sprichwort? Im Krieg und in der Liebe ist *alles* erlaubt.

Er öffnete den Kühlschrank. Die sonst fast leeren Regale waren erstaunlich gut sortiert befüllt. Er griff allerdings nach einer Flasche, die bereits vor Lenahs Einkauf in der Tür stand.

Der Champagner lief prickelnd in zwei langstielige Gläser und die feinen Blasen zerplatzten an der Oberfläche. Der Alkohol würde Lenahs Gedanken in die richtige Richtung bringen und ihren Exmann aus ihrem Kopf vertreiben.

Eine halbe Stunde später nahmen sie eine VIP-Lounge

im *Madison Square Garden* unter Beschlag. Der abgegrenzte Bereich war schräg gegenüber der Bühne, über den normalen Besucherrängen. Aufgeregt sah Lenah von der Brüstung aus Holz und Glas nach unten.

»Wow!« Es war eine Schande, sich das als New Yorkerin einzugestehen, doch es war ihr erster Besuch im *Garden*. Gut, laut Jason war es ihr zweiter Besuch, doch an den ersten hatte sie jegliche Erinnerung verloren. Und dann auch noch in einer der großzügigen Lounges, die den gut situierten Menschen vorbehalten waren!

Lenah hörte durch das laute Stimmgewirr, das von den Sitzplätzen aufstieg, wie Jace die Kellnerin anwies, eine Auswahl an alkoholischen Getränken zu bringen. Mit einem Grinsen wandte sie sich um, als er näher trat. »Willst du mich etwa abfüllen?«

In seinem Appartement hatte sie bereits zwei Gläser Sekt getrunken, die ihr, trotz ihres Outfits warm werden ließen.

»Vielleicht.« Sie spürte, wie unter seinem Lächeln etwas auf sie lauerte. Angesichts seiner Offenheit wurde ihr ganz anders. Ihr Herz klopfte aufgeregt und trieb ihr die Röte ins Gesicht. Hastig drehte sie sich wieder um und ließ den Blick über die Ränge gleiten.

»Wow, ich fass es nicht!« Mit aufgerissenen Augen starrte sie in die Nachbarslounge. Sie erkannte kaum etwas, die Beleuchtung wurde gerade gedimmt, doch an der Brüstung lehnte ein großer Mann mit langen Haaren.

»Das ist David Garrett!« Sie schlug die Hand vor den Mund und ihr Blick wanderte von dem Geiger zu Jason.

Dieser zuckte unbeeindruckt mit den Schultern. Mit Stars hatte er es tagtäglich zu tun und er konnte nicht behaupten, dass ihm der Umgang mit ihnen immer Spaß bereitete. Als angesagter Immobilienmakler gehörte er selbst zur *Creme de la creme* New Yorks.

Er trat näher. Lenah spürte die Wärme, die sein Körper ausstrahlte, ohne dass er ihren berührte. Er stemmte beide Arme neben ihrem Körper ab.

»Ich hab dich nicht mit hergenommen, damit du andere Männer ansiehst.« Strenge hallte in seiner Stimme mit. Ihr wurde heiß.

»Und warum dann?«, wagte sie zu fragen.

»Das wirst du im Laufe des Abends herausfinden«, versprach er und hielt seinen Blick auf sie gerichtet.

Das Outfit, von dem er gesprochen hatte, entpuppte sich als hautenges Kleid. Es war aus einem dunkelgrünen Stoff, der im schummrigen Licht schwarz wirkte. Die zweite Lage bestand aus einem wunderschönen Spitzenstoff, in dessen Muster Rosen eingearbeitet waren. Die Spitzenträger bedeckten Lenahs Schultern und verrieten, dass sie keinen BH darunter trug.

Der Anblick reichte, um ihm einzuheizen. Seine schwarze Jeans spannte bereits im Schritt. Er stieß sich ab und wandte ihr den Rücken zu.

Lenas Brust hob und senkte sich unruhig, schon allein von dem Hauch der Ahnung, was zwischen ihnen gewesen war. Es knisterte nicht, nein, es bestand eindeutig Waldbrandgefahr.

Glücklicherweise kam in diesem Moment die Kellnerin und brachte auf einem kleinen Wagen die bestellten Getränke. Das erste Glas Sekt stürzte Lenah in der Hoffnung hinunter, dass es diese fürchterliche Hitze in ihr besänftigte. Vergebens.

Sie fächerte sich mit dem Programmheft Luft zu und nahm auf dem breiten Sofa Platz. Lenah versank in dem riesigen Teil und genoss das Gefühl des weichen Stoffes an den nackten Beinen.

Als sie die Augen wieder öffnete, stand Jason vor ihr.

»Möchtest du noch etwas trinken?« Er selbst trank einen Schluck aus seinem Glas. Die Farbe von dunklem Honig verriet Lenah, dass es ein Whiskey war. Es schien sein favorisiertes alkoholisches Getränk zu sein.

Sie nickte. Die Leichtigkeit, die sich in ihren Kopf drängte, verriet ihr, dass sie das Angebot ausschlagen sollte. Doch sie griff dankbar nach dem schmalen Glas.

Er sank neben sie in die Polster. Die Wärme, die er ausstrahlte, ließ ihre Finger feucht werden. Sie nippte erneut an ihrem prickelnden Getränk und stellte das Glas ab, bevor es ihren nervösen Händen entglitt. Als sie sich vorbeugte, glitten ihre braunen Ponyfransen vor ihr Gesicht. »Jace?«

»Ja?«

»Wie haben wir uns kennen gelernt?« Lenah lehnte sich zurück und sah ihn an. Das legere T-Shirt, das er unter seinem Jackett trug, betonte seinen Körper. Sie sah seine Brust beben, als er leise lachte.

»Bist du sicher, dass du das wissen willst?« Seine tiefe Stimme übertönte alle anderen Geräusche und ein breites Grinsen zog sich über seine Wangen.

Lenah runzelte die Stirn. »So schlimm?«

Er schüttelte den Kopf. »Etwas peinlich für dich, ja, aber nicht schlimm.« Er wackelte mit den Augenbrauen, so dass Lenah lachen musste. »Ansonsten hättest du bestimmt nicht so schnell meine Aufmerksamkeit geweckt.« Bei den letzten Worten beugte er sich nach vorne und strich über ihre Unterlippe.

Automatisch fuhr Lenah mit der Zunge die heiße Spur nach, die seine Fingerspitze hinterlassen hatte.

Jace unterdrückte ein Stöhnen, als Lenah ihren Mund befeuchtete. »Sag schon!«, verlangte sie.

Er spürte sein Grinsen breiter werden. »Du wolltest mich interviewen. Ich hatte kein Interesse, und als du abgedampft bist, bist du über eine Stufe gestolpert und hast mir ein Glas Rotwein über mein weißes Hemd gekippt.«

»Oh nein, ist das dein Ernst?« Verschämt senkte Lenah den Blick. Er griff an ihr Kinn, hob es leicht an und grinste sie an.

»Und ob das mein Ernst ist!«

»Ist ja typisch!«Lenah musste lachen, seine gute Laune war ansteckend und der Schwips, für den der Sekt gesorgt hatte, tat sein übriges. Ihr Kichern verstummte, als sein Daumen die Kontur ihrer Lippe nachzeichnete. Sie wagte kaum den Kopf zu heben, und seinen intensiven Augen zu begegnen.

Dieser Mann war mit ihr zusammen?

Ihre Zweifel waren zu viel. Ein Fluch verließ seine Lippen und Lenah zuckte zurück.

Nein! Jetzt wo er sie endlich so weit hatte, sich ihm zu nähern. Er konnte spüren, wie der Dämon auflachte, *sein* heißes Blut wallte über.

Wie kann das sein? Die Frage hallte in seinem Kopf wieder. Wie schaffte es, dieses Biest die Injektion zu ignorieren?

»Ich muss auf die Toilette!« Jason eilte aus der VIP-Loge. Auf dem Weg zu den Sanitärräumen begegnete ihm nur eine kleine Kellnerin.

Er nahm sie mit. Besser sie als Lenah, denn er hatte den Dämon nicht mehr unter Kontrolle. Denn bei Lenah würde dieser sich nicht zurückhalten, sein Verlangen sie zu besitzen war zu groß.

In der Männertoilette angekommen, ließ *er* den Schleier fallen, den er über die Frau gelegt hatte. Die Verwirrung in ihren, etwas zu stark geschminkten, blauen Augen, brachte ihn zum Schmatzen. Zu selten kam er einer Frau so nahe. Bisher verhinderte Jason immer wieder, dass er Lenah bekam.

Das war der Dank dafür, dass *er* sie vor den Flammen gerettet hatte? Glaubte sein menschlicher Wirt, er würde sich mit einer dahergelaufenen Fremden begnügen?? Er drängte mit all seiner Kraft gegen den Käfig aus Fleisch, doch der Mensch gab trotz eines schmerzlichen Stöhnens nicht nach. Er musste sich wohl oder übel mit der Kleinen zufriedengeben, an Lenah kam er nicht heran. *Noch nicht ...*

Jason zitterte. Er hörte das Selbstgespräch des Dämons und ihm wurde übel bei dem, was dieses Geschöpf der Hölle von sich gab. Er wollte Lenah haben. Was reizte ihn so sehr an ihr? Warum immer Lenah?

Jasons Körper bäumte sich auf, als es *ihm* gelang seine mentalen Fühler nach der Frau auszustrecken, die ihn entsetzt ansah. Nur ein dünner Hauch Verblüffung lag über ihrem Bewusstsein. Der Dämon wollte nur verhindern, dass sie schrie. So sehr auch den Geschmack der Panik liebte, auffallen wollte er nun nicht. Doch dies verhinderte er als Einziges, nach allem anderen sehnte er sich so sehr. Er gierte nach der Furcht, der Verwirrung, ihren zittrigen Gedanken.

Und endlich nahm er sich diese. Jasons Geist drängte er in eine winzige Ecke. Er war noch präsent, weshalb er den menschlichen Körper nicht vollends übernehmen konnte. Er stützte beide Hände an der gekachelten Wand ab. Die Frau mit den honigblonden Haaren, eingesperrt zwischen seinen starken Armen, sah ihn mit riesigen Augen an.

Er schloss die Lider und genoss den feinen Hauch ihrer Angst. Er ließ Jasons Kopf an ihren sinken und leckte über den schlanken Hals. Sofort schmeckte er einen winzigen Hauch irrationaler Erregung, doch bevor er diesen weiter spinnen konnte, wehrte sich Jason dagegen. Dem dummen Mensch kam es wie ein Vertrauensbruch an Lenah vor. Normalerweise gab er nicht viel auf die Wünsche des Menschen, doch er begnügte sich für den Moment mit den vorhandenen Gefühlen. Er musste Kraft sammeln ...

Konnte sich der Kerl nicht einfach beeilen? Jason war überrascht, dass der Dämon nachgab und aufhörte, die Frau zu erregen. Lenah wunderte sich sicher, wo er blieb. Die Gitarrenriffs und dumpfen Bässe, die verrieten, dass das Konzert begann, spürte er sogar hier.

Er stahl ihre Angst. Süße, zähe Beklemmung, von der er auch die letzte Andeutung zu sich nahm. Zu köstlich, um selbst einen Schimmer zu verschwenden. Ihre Verwirrung ließ ihn aufstöhnen. Verflucht, wie gerne hätte er sie jetzt gevögelt. Das war wenigstens etwas, wofür so ein Menschenkörper gut war. Die fleischlichen Gelüste. Das wäre aber auch das Einzige, woran er sich gewöhnen könnte.

Bedauernd sah er die Frau an, die schlapp vor ihm auf dem Toilettendeckel saß. Vorerst räumte er das Feld. Irgendwann würde er dem Menschen diesen Körper entreißen und Lenah nehmen. Auf jede erdenkliche Art und Weise. Seine Instinkte trieben ihn dazu, alles zu versuchen, um sie zu bekommen. Und dafür zog er sich zurück, um im passenden Augenblick zuzuschlagen.

Lenah hörte ihn nicht, als er die VIP-Lounge betrat. Sie zuckte zusammen, als er plötzlich neben ihr stand.

»Geht es dir gut?«, rief sie durch die laute Rockmusik.

Er neigte den Kopf und Lenah fiel nicht auf, dass er sich zum Lächeln zwingen musste. »Entschuldige. Mir war ein wenig übel.«

Ihr besorgter Gesichtsausdruck verschlechterte seine Laune noch mehr. Er verspürte ein schlechtes Gewissen, die junge Kellnerin so schamlos ausgenutzt zu haben. Da nutzte auch der Gedanke nicht, dass eigentlich der Dämon ihre Gefühle genommen hatte. Er hatte das müde Mädchen auf dem Toilettendeckel sitzen lassen. In wenigen Minuten ließ der Bann des Dämons nach und sie würde weiterleben wie zuvor. Die Emotionen, die *er* genommen hatte, würde sie innerhalb weniger Tage wieder spüren können.

»Wie bitte?«, beeilte er sich zu sagen, als er Lenahs fragenden Blick bemerkte.

»Möchtest du ein Wasser?«, wiederholte sie geduldig und steuerte bereits auf den Servierwagen zu.

Nein. Er brauchte etwas anderes. Bevor sie an ihm vorbeigehen wollte, fing er sie mit seinen Armen ein.

Verwirrt ließ Lenah ihn gewähren. Doch nicht nur das, nach wenigen Sekunden erlaubte sie es sich, ihre Arme um ihn zu legen und die Umarmung zu erwidern.

»Entschuldige.« Sie hörte seine flüsternde Stimme durch die laute Musik ihrer Lieblingsband. »Aber es fehlt mir so deine Nähe zu spüren, Lenah.«

Ihr Kopf sank an seine Brust und sie lauschte dem aufgewühlten Herzschlag. *Ich liebe dich.* In ihrer Kehle stiegen die Worte auf und es schien ein Leichtes zu sein, diese auszusprechen. Aber sie schwieg. Wo kam dieses Verlangen her, sie kannte Jason doch kaum? Ob ihre Erinnerung aus ihr sprach? Doch statt darüber nachzudenken, verdrängte sie den Gedanken und schloss die Augen.

Seine Arme umfassten ihren Körper fester und ein Seufzer drang an ihr Ohr. »Ich vermisse dich.«

Wortlos hielten sie einander fest, bis das Lied beendet war und *Desperation* mit frenetischem Applaus belohnt wurde.

Langsam löste sich Jason von Lenahs weichem Körper. »Danke.« Sein Lächeln hatte die gezwungene Grimasse von zuvor abgelöst und er fühlte sich wenigstens etwas entspannter.

Ich kann dir helfen.

Jace verdrängte die düstere Stimme aus seinen Gedanken. Eher würde er Lenah ziehen lassen, statt sie von dem Dämon manipulieren zu lassen. Wenn Lenah ihn wieder wollte, dann, weil sie ihn liebte und nicht wegen der Gedankenmanipulation des Inkubus.

»Nicht dafür, Jace.« Sie schüttelte den Kopf und wollte einen Schritt zurücktreten, doch er hielt sie fest. Lenah sah auf und begegnete seinem dunklen Blick, in dem sie Begehren las. Sie wusste, jetzt sollte sie sich von ihm losreißen, denn seine grünen Augen verrieten von seinem Verlangen. Nach ihr.

Statt sich von ihm zu lösen, sah sie ihn wie gebannt an. Die flackernden Lichter der Bühnenbeleuchtung betonten seine männliche Erscheinung. Seine Hand wanderte von ihrer Taille nach oben, bis zu ihrem Gesicht, wo er ihr eine Haarsträhne hinter das Ohr strich.

Lenahs Wange brannte, als seine Finger über ihre Haut fuhren. Sanft packte er ihr Kinn und zwang sie dazu, ihm ins Angesicht zu sehen.

Als sie den Blick aus seinen fesselnden Augen erwiderte, wurde ihr ganz anders. Ihre Beine zitterten und sie fürchtete, gleich umzukippen. Sie schob es auf den Alkohol-Konsum, den sie eindeutig nicht gewohnt war.

Ihr Herz schlug schneller, als sie seine Lippen anstarrte. Und endlich neigte Jason den Kopf nach unten und schenkte ihr einen Kuss.

Er hatte geplant, ihr einen leichten Kuss auf die Lippen zu hauchen, doch Lenahs fester Griff um seinen Nacken machte es ihm unmöglich, an dieser Idee festzuhalten. Denn Lenah vertiefte den Kuss, ließ ihn inniger werden. Es war, als würde ihr Körper sich an seine Berührungen erinnern und sich nach ihnen sehnen.

So wie er selbst sich nach ihrer Nähe und Zärtlichkeit sehnte. Lenahs Hand strich über die kurzen Stoppeln an seinem Hinterkopf und nur mit Mühe konnte Jace verhindern, dass er in den Kuss stöhnte.

Es war Lenah, die zuerst aufkeuchte. Er hatte seine Hand über ihre Hüfte zu ihrem Hintern wandern lassen, wo er zupackte und sie an sich presste.

Sie schlang ihren zweiten Arm um seinen Nacken. Jace spürte, wie ihre warme Zunge an seinem Mund um Einlass bat. Nur zu gern kam er diesem Wunsch nach. Der süße Geschmack des Champagners vermischte sich mit dem herben Aroma des Whiskeys.

Das kurze Kleid rutschte über ihren Oberschenkel, als er sie hochhob und auf der Lehne des Sessels absetzte. Er drängte sich zwischen ihre Beine.

Ihr leises Keuchen ermutigte ihn und er begann, seine Finger auf Wanderschaft zu schicken. Mit den Fingerspitzen schob er die Träger aus Spitzenstoff beiseite.

Lenah ließ den Kopf nach hinten sinken, als sein Mund sich von ihren Lippen löste und die rauen Bartstoppeln über ihre Wange kitzelten. Das Stöhnen, das sie wahrnahm, klang so fremdartig, dass sie kaum glauben konnte, dass es aus ihrem eigenen Mund stammte. Die butterweiche Spitze rutschte über ihre Schultern und entblößte ihre Haut. Als seine warme Hand über sie glitt, schmiegte sie sich enger an seinen Körper und bedauerte, dass er seine Kleidung noch trug.

Ihr kam der Gedanke in den Sinn, dass sie nicht mit ihm schlafen sollte. Sie war schließlich dabei ihn neu kennen zu lernen. Als seine Zunge über die sanfte Beuge ihres Hals fuhr und seine Fingerspitzen ihre Brustwarzen durch den dünnen Spitzenstoff des Kleides reizten, versanken ihre Bedenken mit ihrer Scham in den Tiefen ihres Gewissens.

Ungeduldig zerrte Jace den Stoff nach unten und befreite ihre Brüste. Lenah keuchte leise, als er die rosa Warzen in seinen Mund sog. Zwischen ihren Beinen wurde es noch heißer und sie schob die Oberschenkel weiter auseinander, um sich enger an ihn zu drücken.

Jace löste die Lippen von ihren einladenden Brüsten und widmete sich wieder Lenahs Mund. Seine Finger fuhren über ihren Oberschenkel. Da sie keine Strumpfhose unter dem Kleid trug, konnte er bis zu ihrem Slip ungehindert über die nackte Haut streicheln. Doch es war nicht nötig das winzige Stück Stoff wegzuziehen, um ihre Lust zu spüren. Ohne den Kuss zu unterbrechen, rutschte er mit den Fingerspitzen unter den feuchten Stoff. Lenahs Stöhnen trennte ihre Lippen voneinander.

Jason zog die Finger aus ihr heraus. Er öffnete seine Hose und zerrte hastig an den Shorts, bis er seine Erregung befreit hatte.

Lenah seufzte genüsslich auf, als sie seine nasse Spitze an ihrer Mitte spürte. Sie hob einladend die Hüfte und drückte ihren Körper fahrig an ihn. Doch sein Hemd störte sie und sie zerrte unruhig die Knöpfe auf. Sie wollte mehr von ihm spüren, nicht *nur* seinen pochenden Schwanz in ihr.

Ihre nackten Brüste pressten sich bei jedem seiner Stöße gegen seinen muskulösen Oberkörper. Lenah stöhnte, als sie spürte, wie er ihre Enge ausfüllte, wie perfekt die beiden Körper miteinander verschmolzen.

Ihre Laute gingen im Sound der Band unter und das Vibrieren der tiefen Bässe führte Lenah weiter in die Ekstase. Der Alkohol verstärkte diesen Effekt und sie bewegte erregt ihren Köper im selben Takt wie Jasons.

Die rhythmischen Bewegungen wurden intensiver und gerade als sie fürchtete sein tiefes Eindringen nicht länger zu ertragen, bäumte sich ihr Körper auf. Eine Sekunde später kam auch Jason mit einem tiefen Stöhnen.

»Jace...«, murmelte sie erschöpft und ihr entspannter Körper sank gegen ihn. Er drückte ihr einen Kuss auf die Haare und seine Hand liebkoste ihren Rücken, während Lenah seinem Herzschlag lauschte.

»Zum Glück haben wir kein Theater besucht.«

Bevor Lenah über Jasons trockenen Spruch lachen konnte, brach der Schmerz über sie herein. Sie zuckte zusammen und ein erschrockener Schrei löste sich von ihren Lippen. Sie fasste sich an den Kopf und versuchte Herrin über die pochende Qual zu werden, die sich durch ihre Gehirnwindungen fraßen.

»Lenah?« Jasons Stimme klang erschrocken, er zog sich aus ihr heraus.

»Mein Kopf ...«, murmelte sie. Im nächsten Moment zuckte sie unter einer weiteren Attacke zusammen. Die blitzenden Lichter der Lightshow ließen Jasons Anblick vor ihr verschwimmen. Hilfesuchend griff sie nach ihm, um nicht hinterrücks über den Lounge-Sessel zu fallen.

Applaus begleitete sie, als es vor ihren Augen schwarz wurde.

Kapitel 15

Das Geräusch der zufallenden Metalltür riss Marcus aus dem Halbschlaf. Die Schmerzen zehrten an seinen Kräften und er hatte den schweren Augenlidern nachgegeben.

Die flackernden Neonlichter im Technikraum gingen an und vor ihm knallte Raphael das Einweghandy auf den Tisch. »Dieser Wichser!«, fluchte der gefallene Engel. »Du bist ihm scheißegal!«

Marcus sah, wie er nach der verdammten Heckenschere griff.

»Und da dein *Freund* nicht auf meine Forderung eingeht, darf dein nächster Finger dran glauben!« Einladend ließ er die Klingen aufeinander schnappen, das getrocknete Blut färbte das Metall in einem matten Rotton.

Scheiße. Marcus verzog die trockenen Lippen zu einer Grimasse. Bevor er das Kabuff verlassen hatte, hatte Raphael den Knebel vor seinem Mund entfernt. *Jace sollte sich beeilen, bevor ich gar keine Finger mehr habe, mit denen ich jemanden ermorden kann.*

»Bringt nix«, brachte er heraus. Seine Zunge klebte am Gaumen fest und er sehnte sich nach einem Schluck Wasser. Er konnte förmlich das Prickeln von eisgekühltem Mineralwasser in seiner trockenen Kehle spüren.

»Dann nenn' es Frustabbau.« Raphael lächelte. Er verengte die Augen und nahm den schmutzigen Stofffetzen wieder zur Hilfe. Da er keine Lust auf Kopfschmerzen hatte, die ihn neuerdings an diesem bekloppten Ort heimsuchten, verband er ihm ordentlich den Mund. Google hatte ihm erklärt, dass die Menschen seine Symptome Migräne nannten. Er hatte bemerkt, dass sie immer dann auftauchte, wenn er seine magischen Kräfte benutzte.

»Scheiß Erde.« Der leise Fluch ging in Marcus aggressiver Stimme unter, der versuchte, sich gegen den Knebel zu wehren. »Fresse halten«, schnauzte Raphael ihn an und zog den Knoten am Hinterkopf fest. Die langen Haare, typisch für die indianische Abstammung von Marcus, glänzten fettig im Neonlicht.

Raphael wickelte den Lumpen von der Hand seiner Geisel ab. »Uh, dein Finger sieht nicht appetitlich aus. Wusstest du übrigens, dass man einen Finger abbeißen kann, wie eine Karotte?« Er verzog das Gesicht. Die Wunde sah wirklich widerlich aus. Dickflüssiger Eiter schimmerte gelblich am Stummel des kleinen Fingers. Schnell packte er den benachbarten Ringfinger und setzte die Schneideflächen der Heckenschere an.

Die metallenen Stuhlbeine kratzten über den Boden. Unruhig versuchte Marcus sich abzustoßen, obwohl seine Beine mit Kabelbinder an das Metall gefesselt waren. Der unerwartete Stoß brachte Raphael dazu, die Heckenschere fallen zu lassen.

Der Stuhl kippte. Durch einen beherzten Sprung auf die Seite konnte sich Raphael davor retten, von dem Kerl plattgemacht zu werden.

Unsanft knallte Marcus Schädel auf den Boden. Dank dem Knebel kam kein Schmerzenslaut über seine Lippen.

»Na klasse!«, rief der Glatzköpfige und ein Schwall Flüche brach aus ihm hervor. Er hatte verflixt nochmal, keinen Bock mehr auf diesem Planeten zu versauern! Er trat an Marcus heran, doch der lag stumm da, die Augen geschlossen. Ohnmächtig.

»Was ist das denn?« Raphael entdeckte ein kleines Stoffbeutelchen, dass der Indianer um den Hals trug. Neugierig versuchte er es zu öffnen, doch seltsamerweise gelang es ihm nicht. Er schüttelte den Kopf. Er durfte sich nicht mit unwichtigen Details abgeben. Mit einer schwungvollen Handbewegung warf er das Beutelchen wieder auf ihn. Es landete neben Marcus′ Hals.

Raphael kniete sich auf die gesprungenen Fliesen und versuchte den Stuhl in eine aufrechte Position zu bringen. Verflucht, so schwer sah der Kerl gar nicht aus!

Doch er wusste, dass dies nicht der einzige Grund für seine Schwäche war. Tag für Tag nahmen seine übernatürlichen Kräfte ab.

Endlich schaffte er es, Marcus samt Stuhl hoch zuhieven. Aus dessen dünnen, schwarzen Haaren tropfte Blut. Sein unfreiwilliger Sturz hatte ihm mindestens eine Platzwunde verschafft, wenn nicht sogar eine Gehirnerschütterung. Dennoch würde das seinen Finger der linken Hand nicht retten. Und diesmal hatte er damit etwas Besonderes vor. Bei dem Gedanken kam ihm ein Lächeln über die Lippen. Das Arschloch von Dämonenassassine würde sich freuen.

Das Klirren von Geschirr weckte Lenah sanft aus dem Schlaf. Wohlig streckte sie ihre Arme und Beine unter der Bettwäsche aus, dann rollte sie sich wieder zusammen. Sie drückte ihr Gesicht zufrieden ins Kopfkissen, das dezent nach Jason duftete.

Halt! Schwungvoll riss sie die Bettdecke von ihrem Kopf und setzte sich auf. Jasons Bett. Jasons renoviertes Schlafzimmer.

Ohne sich damit aufzuhalten, etwas über ihren halbnackten Körper zu ziehen, stürmte sie aus dem Schlafzimmer. »Ich erinnere mich!«, rief sie in die Küche.

Als sie Jasons Gast sah, spürte sie wie ihr Gesicht heiß wurde. Mit nicht mehr, als einem dünnen Schlaftop und einem Slip bekleidet, stand sie vor einer schlanken, älteren Dame und Jason, der gerade duftende Kaffee in eine Porzellantasse goss.

Bevor sie eine Antwort bekommen konnte, flüchtete Lenah wieder ins Schlafzimmer.

Oh nein, wie peinlich! Sie sank rückwärts aufs Bett. Jetzt, da es eine stinknormale Matratze war und nicht mehr das Wasserbett, konnte sie das ohne schlechtes Gewissen sehr schwungvoll tun. Bei Jasons altem Bett hatte sie immer Angst gehabt, es zu ruinieren.

Sie hob eine Hand an die Stirn und schob sich die wirren Haare aus dem Gesicht. Neidvoll dachte sie an die Frauen, die morgens aufstanden und keinen Wischmopp auf dem Kopf hatten. *Eine Dusche, das wäre es jetzt*. Mit einem Seufzen setzte sie sich auf. Doch nochmal würde sie das Kaffeekränzchen in der Küche nicht unterbrechen.

Bei dem Gedanken an den fassungslosen Blick der weißhaarigen Frau, musste sie kichern. *Typisch, typisch, typisch!*

Mitten in ihren Lachanfall, dem ein Hauch Hysterie anhaftete, platzte Jason in das Zimmer. Irritiert hob er eine Augenbraue. »Alles Okay?« Er schloss die Schlafzimmertür hinter sich.

Lenah nickte. »Bis auf die Tatsache, dass ich mich eben total blamiert habe?« Erneut lachte sie. Sie schüttelte den Kopf. »Entschuldige, aber ihr Blick!«, brachte sie hervor.

Jason setzte sich neben ihr auf die grau-weiße Bettwäsche. Er wagte kaum zu fragen, aus Sorge, sie eben falsch verstanden zu haben. Das würde seine Hoffnung, die er nun hegte, abrupt wieder zerschmettern. Erinnerte sie sich wirklich wieder an ihn?

Lenah fing seinen fragenden Blick auf. Ein Lächeln glitt

über ihr Gesicht. »Schämst du dich nicht, eine Frau verführt zu haben, die sich nicht an dich erinnern konnte?« Sie beugte sich zu ihm und legte ihre Hand an seine Wange. Die rauen Bartstoppeln kratzten über ihre pulsierenden Fingerspitzen.

»Da du es warst, nein«, murmelte er heiser an ihre Wange. Er schloss die Augen, als sie ihm einen Kuss auf die Lippen drückte und dabei auf seinen Schoß rutschte. Lenah spürte, wie seine Hände über ihren Rücken streichelten, und seufzte genüsslich. Sie löste den Kuss und sah ihn an. Träge öffnete er die Lider. Das Grün seiner Iris erinnerten sie an das Moos, das in den Tiefen eines dunklen Wald wuchs.

»Ich liebe dich, Jace. Egal ob als Dämon oder Attentäter.«

»Danke«, flüsterte er kaum hörbar. *Danke, dass du dich wieder erinnerst.* Er wusste nicht, was er getan hätte, wenn sie die Erinnerung an ihn nie wieder zurück erlangt hätte.

Lenahs Finger glitten an seinem Hemd entlang. Doch bevor sie es aus seiner Jeans ziehen konnte, hielt er ihre kleinen Hände fest und schüttelte den Kopf.

»So gerne ich mich jetzt darauf einlassen würde, Evangeline wartet in der Küche auf mich.« Er rümpfte die Nase.

»Ich kann die alte Schachtel nicht ausstehen«, murmelte er, als befürchtete er, dass diese es hören würde.

Lenah seufzte, rutschte aber brav von seinen Beinen. »Wer ist das?« Unverhohlene Neugier klang in ihrer Stimme mit.

»Die Ratsführerin.« Er schloss die Augen und rieb sich über die Lider. Lenah fiel auf, wie müde er aussah.

»Marcus ist weiterhin verschwunden und zwei meiner Attentäter sind tot. Der Rat will Antworten über Raphael.

Antworten, die ich noch nicht habe.« Er starrte den Kleiderschrank an und hob die Schultern.

Dann sah er zu Lenah. »Sobald wir mit Raphael fertig sind, kümmere ich mich um deinen Exmann.« Eisig blieben seine Worte zwischen Ihnen stehen.

»Wehe, du tust etwas Unüberlegtes«, warnte ihn Lenah. Er tat schon genug Illegales, um Menschenleben zu retten.

Außerdem wollte sie zusehen, wie Tony hinter Gittern verrottete. Einen Tod, selbst so einen langsamen und qualvollen, wie er ihn bei Jason sicher haben würde, verdiente er nicht. Lenah würde dafür sorgen, dass er wieder da landete, wo er hingehörte. Irgendwie musste sie die Polizei von der Wahrheit überzeugen.

»Geh und mach dich fertig.«

Jason stand auf und drückte einen Kuss auf ihre Stirn, wohl wissend, dass er ihr keine Antwort gegeben hatte. Lenahs Stirnrunzeln entging ihm nicht, doch sie verzichtete darauf, nachzuhaken.

In diesem Moment wurde ihm bewusst, dass sie wirklich nicht ahnte, wozu er fähig war. Denn, dass Tony für seinen Mordversuch an Lenah sterben würde, war keine Frage. Dieser Wichser kam diesmal nicht mit dem Leben davon, egal was Lenah davon hielt.

Schweigend sah er ihr zu, wie sie ihre Klamotten aufsammelte, die er ihr in der Nacht ausgezogen hatte. Gott, hatte er sich Sorgen gemacht! Doch anscheinend hatte ihr erotisches Intermezzo Lenahs Gehirnwindungen miteinander verknüpft und die Erinnerungen aus den Tiefen ihres Kopfes wieder hervorgezerrt.

Er vermutete, dass die abrupte Rückkehr ihres Gedächtnisses für ihr Gehirn so anstrengend war, dass es einfach abgeschaltet hatte. Das erklärte ihre plötzliche Ohnmacht.

Glücklicherweise war das Konzert noch im vollen Gange gewesen. So hatte er Lenah ohne großes Aufheben aus dem Madison Square Garden bringen können. In der Tiefgarage war ihm zwar ein Security-Mitarbeiter begegnet, doch diesen hatte er ohne viele Worte davon überzeugen können, dass Lenah einfach nur zuviel getrunken hatte. Schien dem guten Mann öfters unterzukommen.

Seufzend streckte er sich und das Knacken seines Rückens ließ ihn die Nacht auf dem Sofa bereuen. Es mochte bequem aussehen, zum Schlafen war es jedoch eindeutig nicht geeignet.

»Hier.« Er nahm seinen Morgenmantel, den er nie benutzte, von dem Haken an der Tür und legte ihn Lenah um die Schulter. Bevor er sein Schlafzimmer verließ, küsste er sie erneut.

Als sie ins Badezimmer schlüpfte, trat er wieder in den Wohnbereich zu seinem unliebsamen Gast.

»Evangeline«, sagte er und nahm ihr gegenüber Platz. »Möchtest du noch etwas?«

Ihre schulterlangen Haare glänzten silbern im Licht der Morgensonne. Früher, vor gut drei Jahrzehnten war die alte Frau sicher bildhübsch, wenn man nicht auf die heute gängige Norm stand.

Sie hatte ein markantes Gesicht, dass der akkurate Haarschnitt betonte. Die schmalen Lippen und die harten Falten in ihren Mundwinkeln ließen sie unsympathisch wirken.

Bereits beim letzten Ratstreffen hatte er mit ihr eine Auseinandersetzung gehabt. Ihre damalige Meinung, dass Jason zu jung war, um seine eigene Gilde aufzubauen, hatte sich immer noch nicht geändert. Im Gegenteil, die Probleme, die im *Soultaker*-Bezirk auftraten, bestätigten bestimmt ihre Bedenken.

»Raphaels Kopf«, sagte sie, ohne dass eine Spur von Ironie in ihrer Stimme mitklang.

»Das werde ich«, versicherte er ihr. Im selben Atemzug schwor er es seinen toten Kollegen - und Freunden. *Für Cookie und Noah.*

Ihm blieb gerade genug Zeit, um an seinem schwarzen Kaffee zu nippen, dann riss ihn das Läuten der Tür aus dem winzigen Moment der Stille.

»Was ist denn heute los?« Murmelnd setzte er die Tasse ab. Er warf einen entschuldigenden Blick zu Evangeline, die huldvoll nickte, und ließ sie erneut alleine an der Küchentheke sitzen.

»Expresspäckchen für Jason Meyer!« Vor der Wohnungstür stand ein sportlicher Mann. Sein enges Shirt verriet, dass er für den ortsansässigen Lieferdienst arbeitete. In den, mit Fahrradhandschuhen bekleideten Händen, hielt er einen kleinen Karton, der fast die Größe eines Buches hatte.

»Ich erwarte kein Paket.« Jason hob eine Augenbraue und musterte den Kurier mit den kurzen, schwarzen Haaren. Doch dieser zuckte mit den Achseln.

»Ich weiß nicht, was sie bestellt haben, aber ich habe keine Zeit. Ich muss weitere Expressaufträge ausliefern. Wollen ´se das Päckchen jetzt, oder nich´?« Er nestelte an einem Zettel herum, der an dem Karton klebte.

»Es ist von einem *Raphael*. Mit himmlischen Grüßen.«

Fragend sah er Jason an und tippte ungeduldig mit den Fingerspitzen auf das Brett, an dem der Lieferschein festgeklemmte.

Jason erstarrte. »Dann nehme ich es an.« Mechanisch unterschrieb er die Empfangsbestätigung und knallte die Tür hinter sich zu.

»Wir haben Post«, teilte er Evangeline mit, die ihren Kaffee ausgetrunken hatte und am Küchenfenster stand. Die alte Frau wandte sich von dem grünen Blick auf den Central Park ab und musterte mit unverhohlener Neugier den Karton.

»Von unserem Freund?«

Jason nickte. In seiner Magengrube breitete sich ein mulmiges Gefühl aus. Er fühlte, wie der Dämon leise aufseufzte, als er die süße Aufwallung verspürte. Am liebsten hätte er das Päckchen nicht geöffnet, denn er wusste, dass darin nichts Gutes sein konnte.

»Ja. Von Raphael«, bestätigte er ihre Vermutung.

Er legte den Karton auf der Küchentheke ab und kramte in einer Schublade nach der Schere. Doch bevor er diese aus dem überfüllten Besteckkasten hervorkramte, schnappte sich Evangeline das Päckchen.

»Jetzt stell dich nicht so an, Junge.« Sie schüttelte den Kopf über sein Verhalten. Aus der Tasche ihres hellrosa Jäckchens zog sie einen Autoschlüssel hervor. Am Schlüsselbund baumelte ein ledernes Mäppchen mit der Prägung der *Share-a-Car* Autovermietung.

Sie drückte die Bartzähne des Schlüssels durch das dunkelbraune Klebeband und zog ihn quer über die Kartonkante.

»Störe ich?« Lenah trat aus dem Flur in die offene Küche. Sie hatte in Rekordzeit geduscht. Die Spitzen ihrer Haare glänzten noch feucht. Statt Top und Slip trug sie nun ein Paar Jeans und ein dünnes Sweatshirt, dessen großzügiger Ausschnitt eine ihrer Schultern frei ließ. Der graue Stoff schimmerte leicht im Licht der Morgensonne.

»Evangeline, das ist Lenah Caine. Meine *Lebensgefährtin*«, stellte Jason sie seiner Chefin vor. Evangeline sah nicht so aus, doch sie hatte die Macht über alle verfügbaren Attentatsgilden der Welt.

»Freut mich.« Gut erzogen, wie Lenah war, streckte sie der Frau die Hand hin. Doch diese öffnete unbeirrt auch die letzte zugeklebte Kartonlasche. Immerhin schenkte sie Lenah ein Nicken.

Jason unterdrückte ein Seufzen. An ihrem Timing musste Lenah noch arbeiten. Er wollte nicht, dass sie sah, was sich im Päckchen befand. Nicht bevor er selbst wusste, was Raphael ihm geschickt hatte. Doch wenn er sie wegschickte, würde sie ihm die Hölle heißmachen.

»Schaust du bei deiner Mum und Bastian vorbei?« Fragend sah er sie an, auch wenn ihm beinahe klar war, dass sie nicht darauf anspringen würde.

»Die beiden werden sich freuen, dass dein Gedächtnis wieder völlig intakt ist.«

Zu seiner Überraschung sprang Lenah darauf an. »Mache ich.« Sie nahm ihre Umhängetasche vom vorderen Barhocker. »Warte nicht mit dem Mittagessen auf mich, ich werde danach nach einem Job suchen.« Endlich ihre Erinnerung wieder zu haben, brachte Lenah in Stimmung auch den Rest ihres Lebens neu zu ordnen.

Jason begleitete sie zur Tür, obwohl er Evangeline ungern mit dem Päckchen alleine ließ. Er vermutete, dass es einfach die Antipathie zwischen ihnen war.

»Ruf mich an, wenn etwas ist«, bat er und küsste sie, bevor er ihr die Tür öffnete.

»Mach ich, versprochen.« Sie lächelte, bevor sie sich auf den Weg in eine der unteren Etagen machte, wo Katelyn und Bastian vorübergehend wohnten.

Lebensgefährtin. Wow.

Das musste sie erst mal schlucken. Das klang schon eine

Nummer anders als Freundin. Aber immerhin keine Lebensabschnittsgefährtin, das war nämlich ihr persönliches Unwort des Jahres.

Aber es gefiel ihr. Sie hatte nie Zweifel daran, dass Jason es ernst mit ihr meinte, doch seine Worte eröffneten ihr eine neue Dimension, die sie in ihrer Beziehung bisher noch nicht erlebt hatte. Eine Art Ernsthaftigkeit.

Sie lebten zusammen in den Tag hinein, wann immer sie Zeit miteinander verbringen konnten. Die letzten 8 Monate hatten ihre Definition von Liebe gründlich verändert, auch wenn sie befürchtet hatte, nach Tony nie wieder einem Mann zu vertrauen können.

Doch auf Jace konnte sie sich verlassen. Trotz der angsteinflößenden Geheimnisse, die er ihr eröffnet hatte, schenkte sie jedem seiner Worte Glauben.

Lenah klopfte mit den Fingerknöcheln an die naturfarbene Holztür, die von innen verstärkt war. Jason hatte ihr erklärt, dass sonst die Versicherungen der Bewohner sich weigerten, für Diebstähle zu haften. Er war schließlich nicht der einzig wohlhabende Mensch, der in diesem Hochhaus residierte.

»Mum?« Sie pochte erneut an die Tür. Seltsam. Lenah sah auf die schmale, silberne Uhr an ihrem Handgelenk. *Natürlich.* Wahrscheinlich brachte Katelyn gerade Bastian zur Schule. Sie seufzte, dann straffte sie ihre Schultern.

Dann würde sie gleich um einen neuen Job kümmern. Ewig wollte sie nicht auf Jasons Kosten leben - auch wenn er es niemals so ausdrücken würde. Im Gegenteil, Lenah wusste, dass er ihre Familie liebend gerne unterstützte. Obwohl diese Beträge Peanuts für ihn waren, wollte sie wieder unabhängig sein.

Im Foyer angekommen, seufzte sie innerlich erneut. Shit, ihr Auto stand noch vor Katelyns Haus. Sie steckte den Autoschlüssel, die sie aus der Umhängetasche gezogen hatte, zurück in das Nebenfach, in dem auch ihr Handy lag, und verließ das Gebäude.

Die Sonne gab ihr Bestes, und obwohl es mitten im Herbst war, kamen ihr viele Leute mit kurzärmligen Shirts entgegen.

Sie beschloss, zuerst in der Redaktion vorbeizuschauen und sich ein Arbeitszeugnis zu besorgen. Und wehe Carson machte hier auch noch Ärger.

Im Gebäude der Manhattan-News traf sie direkt im Eingangsbereich auf Christian.

»Lenah!« Ein erfreutes Grinsen trat auf sein Gesicht. »Schön, dich zu sehen!« Er umarmte sie kurz, dann trat er einen Schritt zurück.

»Geht es dir wieder gut? Ich habe von dem Brand in eurem Haus gehört. Marah hat sogar einen Artikel darüber verfasst!«

Lenah nickte. »Ja danke, alles in Ordnung.« Die Aufzugtüren öffneten sich mit einem leisen Bling und sie betraten das Großraumbüro. Christians Handy klingelte und er zog es eilig hervor. Nach einem Blick auf das Display verabschiedete er sich schnell. Sicher seine verheiratete Politiker-Gattin, vermutete Lenah.

Sie zog die Umhängetasche auf ihrer Schulter zurecht und ging zu Carsons Büro. Sie hatte nicht die geringste Lust dem egoistischen Ekel zu begegnen, doch ihr blieb keine Wahl. Ohne Arbeitszeugnis keinen neuen Job, ganz einfach.

Sie senkte den Kopf, um unbehelligt an ihren Ex-Kollegen vorbei zu kommen. Aus Christians Stimme hatte sie herausgehört, dass es über den Brand einiges an Gerede gab.

An der Bürotür angekommen, sah sie von dem ausgetretenen, blauen Teppichboden auf. Carson telefonierte, doch das hielt Lenah nicht davon ab, gegen die Glasscheibe der Tür zu pochen.

Als er aufsah, sah er wütend aus über die Störung. Doch nachdem er realisierte, wer da vor seinem Büro stand, trat Unsicherheit an deren Stelle. Eilig beendete er das Gespräch, dann erhob er sich und öffnete die Tür.

»Lenah, was kann ich für dich tun? Ich habe von dem Brand gehört, es tut mir Leid um euer Haus.« Der Blick aus seinen kleinen Augen wanderte unruhig hin und her, als fühlte er sich beobachtet.

»Ich möchte mein Arbeitszeugnis abholen«, erklärte sie ihm ohne die Höflichkeitsfloskel zu erwidern.

Carson nickte. »Komm kurz rein, ich mache es schnell fertig.«

Für eine Sekunde sah Lenah Erleichterung in seinen Augen aufflackern. Sie folgte ihm und ließ sich auf dem Stuhl vor seinem Schreibtisch nieder. Der akkurat aufgeräumte Arbeitsplatz war leer, bis auf einen breiten LED-Monitor, Tastatur und Maus. Daneben stand eine Kaffeetasse mit dem Bild einer sabbernden Bulldogge. Carsons Hund Cindy.

Wie passend, dachte Lenah. So hatte sie sich Carson jedes Mal gedanklich vorgestellt, wenn er einer seiner attraktiven Mitarbeiterinnen hinterher gaffte. *Dieses Ekel.*

Kalt hing die Stille zwischen ihnen, während Carson eines der vorgefertigten Arbeitszeugnisse etwas umänderte.

»Ich hoffe, du findest bald eine neue Arbeitsstelle«, sagte er. »Ich habe gehört, die *New York Tribute* sucht eine Lokalredakteurin.«

Lenah winkte ab. »Sparen sie sich das Gesäusel.« Das Geklapper der Tastatur hallte durch das Zimmer und Lenah zog ihr Handy aus der Tasche. Das Display zeigte jedoch keine Nachrichten oder Anrufe an. *Gut, keine Neuigkeiten bedeutete auch keine schlechten Neuigkeiten.*

»Ich glaube, mir wird übel.«

Evangeline schloss einen Moment die Augen. Aus dem Päckchen stieg der typische Nebel von Trockeneis auf. Ohne zu zögern, durchschritt Jason die Küche und griff nach dem Karton.

»Scheiße.« Er ließ die Box auf die Theke sinken, doch diesen Anblick würde er nie wieder vergessen. In der kleinen Schachtel aus Styropor lag ein Finger. Am Stumpf schaute der zersplitterte Knochen heraus. Der Gedanke an die Schmerzen, die Marcus erleiden musste, ließ ihn erschaudern. Er schüttelte den Kopf. »Wenn ich dieses Arschloch in die Finger kriege!« Er ballte die Hand zur Faust. Im selben Augenblick versuchte er, den nimmersatten Dämon in die Schranken zu weisen. Schweiß trat auf seine Haut, als dieser, von Evangelines Ekel angezogen, die Macht über den Menschenkörper übernehmen wollte.

»Entschuldige mich für einen Moment«, presste Jason hervor und verließ blitzartig den Raum. Im Badezimmer angekommen, riss er das Medizinschränkchen auf und griff nach seiner *Medizin*.

Er jagte sich das Antiserum in die Adern, doch die Aufregung des Inkubus legte sich nur langsam. Als sich Jasons Herzschlag wieder normalisierte, erlaubte er sich, an das abgetrennte Gliedmaß zu denken. Der leicht bräunliche Hautton ließ keinen Zweifel daran, dass der Finger zu Marcus gehörte.

Als er aus dem Badezimmer kam, sah ihn Evangeline mitleidig an. Aus ihrem abschätzigem Blick las er, dass sie ihn für ein Weichei hielt. Wahrscheinlich dachte sie, dass er sich nach diesem Anblick übergeben hatte.

Von wegen. Als ob er in den ersten Jahren seiner Karriere nicht genug Leichenteile entsorgt hatte. Nur waren diese glücklicherweise nicht von einem Freund gewesen. Er unterdrückte mit Mühe ein verächtliches Schnauben und wollte gerade etwas sagen, als ihn die Rats-Vorsitzende unterbrach.

»Jason, du weißt, dass ich dagegen war, dich als Gildenchef agieren zu lassen. Du bist einfach zu unerfahren dafür.« Sie wies mit ihrem knochigen Zeigefinger auf das Päckchen. »Und das hier, beweist mir, dass ich Recht hatte. Es war ein großer Fehler deinem Drängen nachzugeben. Du hast die Situation nicht im Griff.«

Jason riss den Mund auf, um zu protestieren, doch mit einer Handbewegung brachte Evangeline ihn zum Schweigen. »Ich habe daraus nie ein Geheimnis gemacht. Aber dass du versucht hast, diese Sache alleine zu regeln, obwohl du dieses Tohuwabohu kein bisschen unter Kontrolle hast, finde ich am Schlimmsten.«

Sie nahm den Autoschlüssel von der glänzenden Küchentheke. »Der Rat gibt dir 24 Stunden Zeit um Raphael zu finden und an uns zu übergeben. Solltest du das nicht schaffen, wirst du aus dem Rat verstoßen und deine Gilde fällt zurück an uns.«

Sein Kiefer schmerzte, so fest biss er die Zähne aufeinander. Deshalb hasste er diesen Rat! Sie mischten sich in alles ein, ohne wirklich zu helfen. Mit einem Nicken machte er gute Miene zu ihrer Aussage.

Erst nachdem er Evangeline hinausbegleitet hatte, wischte er die Dekoration vom Sideboard im Flur. Seine Schlüssel fielen klirrend mitsamt der Schale aus Porzellan zu Boden, welche lautstark zu Bruch ging.

»Scheiße!« Er trat gegen die antik lackierte Schubladenfront. Da das weiße Holz sowieso auf alt getrimmt war, sah man nichts von seinem Wutanfall.

Wie sollte er innerhalb von einem Tag herausfinden, wo Raphael sich befand und Marcus gefangen hielt? Er hatte keinen einzigen Anhaltspunkt. Er stützte die Arme auf das Sideboard und legte seinen Kopf darauf ab. *Denk nach.*

Kapitel 16

Gelangweilt starrte Lenah den hässlichen Pop-Art Druck an, der an der Wand hing. Unter all der Neonfarbe konnte man ein Frauengesicht ausmachen, die Gesichtszüge theatralisch verzerrt. Wie lange konnte es denn dauern, in eine vorgespeicherte Datei noch einige Ergänzungen zu ihrer Arbeitsmoral einzutragen und das Ganze dann auszudrucken. Ihr Handy vibrierte und sie zog es aus der Hosentasche. *Unbekannte Rufnummer.*

»Ich muss da ran gehen.« Ohne eine Antwort abzuwarten, stand sie auf und trat so weit vom Schreibtisch weg wie möglich. Carson musste schließlich nicht alles mitbekommen. Doch er nickte nur und bearbeitete weiter mit seinem Zwei-Finger-Tipp-Stil das Dokument. Hochkonzentriert kniff er die Augen zusammen.

Sie hasste es, Anrufe entgegen zunehmen, bei denen sie nicht wusste, mit wem sie sprechen würde. Ihre Vermutung, dass es möglicherweise die Polizei oder Jasons Anwalt sein würde, bestätigte sich nicht.

»Mama?«

»Basti?!« Lenah runzelte die Stirn. »Ist alles Okay? Soll ich dich von der Schule abholen?«

»Nein … Mama … Da ist so ein Mann …« Bevor Bastian weitersprechen konnte, raschelte es in der Leitung und eine tiefere Stimme sprach weiter.

»Hallo Lenah.«

»Raphael?«, flüsterte Lenah entgeistert und riss die Augen auf.

»Richtig. Ich fühle mich ja richtig geschmeichelt, dass du dich noch an meinen Namen erinnerst.« Sein Lachen hallte in einem kleinen Raum wieder. Lenah vermutete, dass er in einem Auto saß.

»Bitte … Tu ihm nichts.« Die Hand vor den Mund geschlagen, schloss Lenah die Augen. *Bitte, nicht Bastian.*

»Deiner Bitte würde ich liebend gerne nachkommen, liebe Lenah. Ich habe deinem Sohn erzählt, dass wir einen kleinen Ausflug machen. Nicht dass er noch denkt, ich würde ihn entführen wollen. Er war etwas verwundert ... dass ich ihn von der Schule *abgeholt* habe.« Seine Stimme klang bedrohlich und Lenah begann schnell zu sprechen. »Bitte lass mich es ihm sagen, mir wird er glauben!«

Sie musste verhindern, dass Basti Angst bekam. Er hatte schwaches Asthma. Wenn er in Panik geriet, konnte seine Atemnot sich bemerkbar machen – und so wie sie ihn kannte, lag sein Asthma-Spray irgendwo herum.

»Pass auf, was du sagst.« Raphaels Warnung ließ ihren Magen flau werden und Lenah musste sich zusammenreißen, um nicht sofort loszuflennen. Er hatte Bastian.

»Mama?« Bastian hatte wieder das Handy in der Hand.

»Keine Sorge mein Schatz. Du machst nur einen kleinen Ausflug, ja?« Lenah hoffte, dass er das Zittern in ihrer Stimme nicht bemerkte. »Sei brav«, fügte sie hinzu, wie sie es immer tat, wenn er auf einem Ausflug war, bei dem sie nicht teilnahm. Schweigen.

»Bin ich immer, Mama.« Bastian klang normal, er schien ihr zu glauben.

»Gib mir noch einmal Raphael, mein Spatz.«

»Wenn meinem Sohn etwas zustößt, wirst du dir wünschen, dein Gott hätte dich sofort in die Hölle geschickt.« Sie schnappte sich ihre Umhängetasche und ließ den verdutzt dreinsehenden Carson mit ihrem Arbeitszeugnis alleine.

So schnell wie möglich verließ sie das Gebäude. Schon

wieder dieses dunkle Lachen. »Wenn du keine Dämonenschlampe wärst, könntest du mir gefallen.« Seine leise Stimme jagte ihr einen Schauder über den Rücken.

»Bastian, ich kauf nur schnell einen Snack für uns.« Nach seinen Worten hörte Lenah eine Autotür zuschlagen. War er an einer Tankstelle?

»Ich werde dich in einer Stunde wieder anrufen, Lenah«, erklärte Raphael. »Kein Wort zu Jason oder zur Polizei. Sonst leistet dein Sohn deinem Exmann Gesellschaft.«

»Was … Was ist mit Tony?«

Was hatte Raphael mit ihm am Hut? Doch das Gespräch war beendet. »Scheiße!«, fluchte sie lautstark. Eine in teure Designer-Kleidung gehüllte Frau schenkte ihr einen verächtlichen Blick, bevor sie ihre Gucci-Handtasche fester umklammerte und um Lenah herum ging. Doch ihr war egal, was fremde Menschen von ihr hielten. Vor allem in diesem Augenblick:

Er hatte Bastian. Sie konnte vor Angst kaum klar denken. Ihr Sohn war das Einzige, wofür sie in den letzten Jahren gekämpft hatte, der einzige Grund warum sie manche Nächte überlebt hatte, in denen Tony seinen Frust an ihr ausgelassen hatte.

Ungeweinte Tränen brannten in ihren Augen, doch sie blinzelte sie weg. Eine Stunde, die sie nun vergeuden musste. Aber sie dachte gar nicht daran, diese zu verschwenden. Stattdessen winkte sie sich eines der knallgelben Autos heran und wies den Taxi-Fahrer an, sie zum Haus ihrer Mutter zu bringen.

»Tony Hilling ist tot.«

»Was?«, blaffte Jace in sein Smartphone. Doch Katrinas kalte Stimme räumte jeglichen Zweifel am Ableben von Lenahs Exmann aus.

»Er ist tot. Wurde heute Morgen aus dem Hudson gefischt, genau wie Cookie.« Jason hörte, wie Katrina eine Wohnungstür aufschloss. Mit einem leisen Knarren ging diese auf. »Ich werd´ mich jetzt eine Runde schlafen legen, ich bin seit 24 Stunden auf den Beinen, Boss. Wenn du was Neues rausbekommst, ruf mich an.«

»Natürlich.« Sein Daumen zitterte etwas, als er damit über das rote Telefon-Symbol wischte und das Gespräch beendete. Tony Hilling war erledigt. Hatte Raphael ihn auf dem Gewissen? Er war sich fast sicher, dass der Kerl Lenahs Ex dazu gebracht hatte, das Haus abzufackeln.

»Fuck.« Am liebsten hätte er Evangelines benutzte Kaffeetasse ebenso vom Tisch gefegt wie die Schlüsselschale im Flur. Stattdessen stellte er das Porzellangefäß unsanft im Abwasch ab. Er drehte das Wasser auf und hob die Handgelenke unter das kühle Nass. Seine Finger formten sich zu einer Schale und er benetzte sein Gesicht. Er hoffte, dass die Kälte ihm half, die glühende Wut in seinem Inneren zu besänftigen. Doch auch nachdem er sich die Hände mit dem Küchenhandtuch abgetrocknet hatte, konnte er kaum einen klaren Gedanken fassen.

Dass dieses minderbemittelte Arschloch von Ex-Mann tot war, gefiel ihm nicht. Er hatte sich den Bastard höchstpersönlich vornehmen wollen, obwohl er eigentlich keine Attentate mehr selbst ausführte. Doch diesen Mistkerl hätte er sich nicht entgehen lassen.

Er fuhr sich mit beiden Händen über die kurzen Stoppeln und schloss die Augen. Lenah musste es erfahren. Doch er wollte es ihr nicht am Telefon sagen.

Lenah, wir müssen reden. Es ist wichtig.

Gerade als Lenah den Taxifahrer bezahlte, vibrierte ihr Handy. Sie gab dem dunkelhäutigen Mann sein Geld und lächelte ihm zum Abschied zu. Die Bildersammlung am Armaturenbrett wies ihn als Familienvater aus. Der Mittfünfziger, auf dessen Kopf sich mehr graue, als schwarze Haare befanden, hatte sie auf der Fahrt gut abgelenkt. Deshalb schüttelte sie den Kopf, als er ihr das Wechselgeld reichen wollte.

Als sie vor dem Haus stand und die Spuren sah, die der Brand hinterlassen hatte, überkam sie tiefe Traurigkeit. Die Flammen hatten aus den Fenstern im oberen Stockwerk gewütet, und die Fassade mit Ruß geschwärzt. In diesem Haus hatte sie eine glückliche Kindheit verbracht. Bis zu dem Tag, als ihr Vater seine Koffer packte, um mit einer jüngeren Frau ein neues Leben zu beginnen.

Sie zuckte mit den Schultern. Es war Vergangenheit. Wehmütige Gedanken an ihren treulosen Erzeuger konnte sie nicht gebrauchen. Sie stapfte über die Grünfläche des Vorgartens und bückte sich unter dem gelben Absperrband hindurch. An der Haustür war ein Siegel der Polizei angebracht. Doch ohne sich um den Hinweis, dass das Beschädigen des Siegels eine Straftat war, zu kümmern, schloss sie die Tür auf.

Im Untergeschoss sah es beinahe normal aus. Bis auf das Wasser, das teilweise Zentimeter hoch den Boden bedeckte. Schon nach wenigen Schritten, durchnässte es ihre sportlichen Stiefeletten und die Socken rieben unsanft gegen ihre Haut. Sie verzog das Gesicht. Doch da das nicht ihr größtes Problem war, ging sie weiter durch die rußige Suppe. Die Tapeten lösten sich aufgrund der Feuchtigkeit und dort, wo sie noch an der Wand hingen, warfen sie Falten. Lenah sah hier keine Anzeichen des Feuers mit Ausnahme des schmutzigen Löschwassers.

Erst am oberen Treppenabsatz wurde ihr das Ausmaß des Brandes bewusst. Die gesamte erste Etage war schwarz.

Wände, Boden, Decken.

Die Flammen hatten sich an einigen Stellen sogar durch die Decke gefressen. Als Lenah nach oben sah, konnte sie einige Dachbalken sehen, die aber nur leichte Rußspuren aufwiesen. Vorsichtig lief sie über den Holzboden zu ihrem Zimmer. Früher war es ihr Kinderzimmer gewesen und nach der Scheidung von Tony hatte sie es wieder übernommen.

Im Raum sah es ebenso wüst aus, wie im Rest des Stockwerks. Doch wenn man genau hinsah, erkannte man unter dem dunklen Rußfilm ihre Habseligkeiten.

Ihre feuchten Schuhe quietschten und hinterließen bei jedem Schritt einen nassen Abdruck. Sie öffnete den Kleiderschrank, dessen helles Holz nun durch einen dumpfen Grauschleier getrübt wurde, und kniete sich auf den Boden. Auf der schwarzen Jeans sah man den hartnäckigen Staub ohnehin nicht.

Sie schob die leicht angefeuchteten Kartons mit aussortierter Kleidung zur Seite. Danach tastete sie mit den Fingernägeln nach der kaum sichtbaren Kerbe im Holz und hob die lockere Diele hoch. Hier lagerten noch Sachen aus ihrer Jugend, die sie vor ihrer Mutter versteckt hatte: Das Päckchen mit den Zigaretten, von denen sie nur an einer gezogen hatte. Danach fand sie es so widerlich, dass sie es nie wieder versuchte. Sie legte ihren alten Teddy beiseite, dessen braunes Ohr Auflösungserscheinungen zeigte, um an den Gegenstand zu gelangen, der darunter lag. Sie wickelte die kleine Pistole aus dem fadenscheinigen T-Shirt der *Backstreet Boys* und stopfte es zurück in den Hohlraum unter den Holzdielen.

Sie hatte Jason die Wahrheit gesagt. Sie kannte sich mit diesen Dingern wirklich nicht aus. Vor ein paar Jahren hatte sie die Waffe gekauft, falls Tony jemals auftauchen würde.

Sie hob testweise den Arm mit der Pistole, als wollte sie abdrücken. So schwer konnte es doch nicht sein, damit zu schießen? Ihr Ziel ins Visier zu nehmen war schon eher ein Problem. Sie prüfte nach, ob die Waffe gesichert war, dann steckte sie diese in den Hosenbund. Sie klopfte den Staub von der Hose, dann zog sie den Pullover über die Schusswaffe. Da sie die Jacke darüber zog, war die Knarre nicht zu erahnen.

Erst als sie vor dem Haus in ihrem Auto saß, fiel ihr die Nachricht ein, die ihr Handy vorhin gemeldet hatte. Jasons Worte klangen ernst. Und schon wieder, dieses *Wir müssen reden.*

»Wie ich das hasse«, murmelte sie und starrte das Display an. 9% Akku . Ihr blieb noch eine Viertelstunde, bis Raphael anrief. Am Liebsten hätte sie sofort bei Jace angerufen, doch sie befürchtete, sich dann nicht mehr unter Kontrolle zu haben. Schon beim Klang seiner tiefen und doch sanften Stimme würde sie aller Wahrscheinlichkeit nach in Tränen ausbrechen.

Sie presste die Lippen aufeinander und dachte angestrengt nach. Dann öffnete sie das Menü und tippte auf *Antworten.*

Bin unterwegs. Kann heute später werden. Sie zögerte. Dann fügte sie noch drei Worte hinzu. *Ich liebe dich.*

Warum sagte sie ihm nicht einfach Bescheid? Der Vibrationsalarm meldete die Ankunft einer neuen SMS, so schnell, als hätte Jace auf ihre Antwort gewartet.

Bitte, ruf kurz an. Ich liebe dich auch. Ihr Blick wanderte zur Uhr auf dem Armaturenbrett. Die rote LED-Leuchte zeigte ihr an, dass sie weniger als 10 Minuten hatte, bis Raphael anrief.

Danach. Sie würde ihn danach anrufen, vielleicht bekam

sie gleich von Raphael mehr Informationen, wo er sich mit Bastian aufhielt.

Ungeduldig trommelten ihre Finger auf das Lenkrad. Als sie sich auf dem Sitz zurücklehnte und den Rückspiegel richtete, drückte der Griff der Pistole in ihren Rücken. Sie fühlte sich mit der Waffe sicherer, obwohl sie keine Erfahrung mit dem Schießen hatte. Sie musste auf einen Glückstreffer hoffen. Falls es überhaupt so weit kam, was sie nicht hoffte.

»Ja?« Lenahs Stimme klang atemlos, als sie endlich den Anruf entgegen nehmen konnte.

»Hallo Lenah«, schnurrte Raphael ins Telefon und behielt ihren Jungen aus etwas Abstand im Auge. Lenahs Sohn war begeistert. Auch wenn er diesen Ort gruselig fand, war seine Faszination über die verwitterten Fahrgeschäfte größer.

»Du kommst, sobald es dunkel wird, nach *Coney Island*. Alleine.« Er hielt inne. »Kein Jason, keine Polizei.« Jason erfuhr noch früh genug, dass sein Liebchen sich in seiner Gewalt befand.

»Einverstanden«, willigte Lenah ein. Er hatte keine andere Antwort erwartet, denn es ging um ihren Sohn. Doch während er diesen betrachtete, wie er über die Schienen der stillgelegten Achterbahn kletterte, wurde ihm klar, dass er dem kleinen Mann nichts antun wollte. Solange es sich vermeiden ließ, jedenfalls.

Er mochte zwar ein kranker Kerl sein. Doch Kinder ... Nein, Kinder zu töten, war nicht sein Stil. Kinder gehörten zu den wertvollsten Geschöpfen seines Gottes, und obwohl er ihn dafür hasste, dass er ihn auf diesen Planeten verbannt hatte, konnte er das nicht an einem kleinen Jungen auslassen.

»Wenn es dunkel ist, Lenah.« Er legte auf.

Bastian kam angelaufen. In den schmutzigen Händen hielt er eine helle Feder, die im Licht der Herbstsonne glänzte. »Schau mal, Onkel!«

Der Schokoriegel und eine Flasche Cola hatten dafür gesorgt, dass Bastian sich wohl fühlte und ihn sogar schon Onkel nannte.

Raphael kniete sich auf den Boden. »Was hast du denn da?« Er nahm die Feder entgegen. Eine Engelsfeder. Die äußeren Spitzen schimmerten silbern. Sie sah aus wie eine von seinen. Bei dem Gedanken an die majestätischen Schwingen, begannen die Wunden auf seinem Rücken zu schmerzen. Unwillkürlich ballte er die Hand zur Faust und zerquetschte die Feder in seinen Fingern.

Bastian quiekte erschrocken auf: »He, das ist meine! Die hab′ ich gefunden!«

Raphaels Zähne knirschten, so sehr versteifte sich sein Kiefer. Er riss sich zusammen, um den Jungen nicht anzublaffen. »Geh spielen.«

Wie beiläufig ließ er die Feder zu Boden fallen. Der Blondschopf sah ihn mit offenem Mund an. Doch dann klappte er ihn zu und stapfte wütend weg.

Der alte Freizeitpark präsentierte sich Lenah in seiner verrottenden Pracht. Der Lichtkegel der Taschenlampe, die sie aus dem Handschuhfach ihres Autos genommen hatte, glitt über die Bodenplatten. Hier und dort drängten sich Gänseblümchen und anderes Unkraut durch die Fugen und an manchen Stellen schoben Baumwurzeln die Betonplatten sogar auseinander. Sie hielt den Blick auf den Boden gesenkt, um nicht über die Platten zu stolpern.

Plötzlich zog jemand an ihren Haaren. Lenah fuhr herum, hektisch ließ sie die Taschenlampe über den Parkplatz des Vergnügungsparks gleiten. Erst als sie nach oben sah, erkannte sie den wahren Übeltäter. Der kühle Wind, der einen Sturm ankündigte, ließ die dürren Äste der Bäume auf und ab schwingen. Einer der Zweige hatte wohl an ihren Haaren gezerrt. Ein Stein fiel von ihrem heftig pochenden Herzen.

Was tat sie nur hier? Seit Stunden ignorierte sie die Anrufe und Nachrichten von Jason. Mittlerweile wusste dieser sicher, dass etwas nicht in Ordnung war. Dass sie ihn hintergehen musste, hinterließ ein dumpfes Gefühl in ihrem Bauch. Lenah wusste nicht, wie Raphael ihren Sohn entführen konnte, obwohl ein Gildenmitglied ihn zur Schule gebracht hatte.

Sie duckte sich unter den tiefhängenden Ästen einer Ulme hindurch und stand plötzlich vor einem stillgelegten Karussell. Selbst im trüben Lichtschein ihrer Taschenlampe sah Lenah, dass die Farbe von den Pferden abgesplittert war und das gelbliche Plastik entblößte. Dunkelgrüner Moos hatte sich auf der Drehplatte festgesetzt. Die Witterung hatte auf den polierten Metallstangen rostige Flecken hinterlassen und im aufkommenden Wind quietschte irgendwo ein Metall-Scharnier. Lenah hatte als Kind gern in der Teetasse des Karussells gesessen, welches um die eigene Achse wirbelte. Nun sammelte sich darin grünliches Regenwasser.

Lenah zog die Jacke enger und lief weiter. Sie wusste nicht, wo sie Raphael und Bastian finden sollte, doch der Griff der Waffe drückte beruhigend in ihren unteren Rücken.

Vor ihr tauchte die alte Wasserbahn auf, die Attraktion des Parks, die an heißen Sommertagen mit spritzenden Wasserfontänen die Besucher angelockt hatte. Im Licht der Taschenlampe erschienen auf dem dunkelgrünen Metall verschnörkelte Graffitis, die Lenah nicht entziffern konnte. In den halbrunden schmalen Becken aus Stahl, die sich über einen Großteil des Geländes ausbreiteten, glänzte das dunkle Wasser schwarz. Auf der Oberfläche schwammen grüne Algenblasen und auch die Fässer in Holzoptik, die die Personen befördert hatten, waren mit der bräunlichen Suppe gefüllt. Unheilvoll schwankten sie hin und her.

Die Wildwasserbahn versperrte ihr den Weg. Nach einem kurzen Blick unter die Bahn, wo das Gestrüpp bis zum Metall hinauf wucherte, schloss sie die Option, des Hindurchkriechens aus. Da nahm sie doch lieber den Umweg in Kauf. Sie richtete sich wieder auf.

»Hallo Lenah.« Die raue Stimme fuhr ihr in die Knochen und sie schrak auf, als hätte man sie bei etwas ertappt.

»Raphael.« Sie drehte sich um und versuchte sich nicht anmerken zu lassen, dass er sie fast zu Tode erschreckt hatte. Vor ihr stand der Entführer ihres Kindes. Und der von Marcus. Sie hoffte, dass beide noch am Leben waren. Den Aufenthaltsort der beiden herauszufinden, war der einzige Grund, weshalb sie die Waffe in ihrem Hosenbund stecken ließ.

»Wo ist Bastian?«, wollte Lenah wissen, als sie bemerkte, dass Raphael alleine war. Sie konnte nicht verhindern, dass ihre Stimme schrill klang.

»Keine Sorge. Ihm geht's gut.«

Kapitel 17

Jason war versucht, sein Handy zu zertrümmern. Lenah reagierte seit Stunden weder auf Anrufe oder Nachrichten. Jetzt war das Gerät ausgeschaltet. Außerdem war Bastian verschwunden. Aiden war schlafend im Schulgebäude aufgefunden worden, Bastians Rucksack lag neben ihm. Raphael hatte ihn irgendwie dazu gebracht, in einen tiefen Schlaf zu fallen. Nur langsam kam er wieder zu sich. Doch bereits jetzt machte der Attentäter sich die größten Vorwürfe.

Lenahs Mutter drehte vor Sorge fast durch. Sie tigerte durch die Wohnung die er ihr direkt nach dem Brand bereitgestellt hatte und wartete auf Neuigkeiten. Auch die Polizei hatte bisher keine Spur von Basti gefunden.

Erst Marcus, nun Bastian und Lenah. Jace hegte keine Zweifel daran, dass dieser verfluchte Möchtegern-Engel dahinter steckte. Er schüttelte den Kopf. *Was bildet sich der Kerl ein?*

Jason starrte sein Handy an. Er tat es nicht gerne und Lenah brachte ihn um, wenn sie es erfuhr. Dennoch wählte er eine der Nummern, die er auf eine Kurzwahltaste gelegt hatte.

»Miguel.« Seine Begrüßung fiel frostig aus. Er hatte keine Lust sich in einer solchen Situation mit Small-Talk aufzuhalten. Der Spanier war sein bester Mann in Sachen Sicherheitsüberwachung.

Er hatte, schon vor einiger Zeit, Lenahs Kettenanhänger mit einem winzigen GPS Chip ausgestattet. Auf der Rückseite des tropfenförmigen Silberanhängers, den Lenah jeden Tag trug, fiel der winzige Chip in derselben Farbe nicht auf.

»Ich brauch die Koordinaten von Lenahs Chip«, gab er durch.

»Mhh. Kommt sofort auf dein Handy«, gab sein IT-Spezialist zur Antwort. Jace dankte ihm mit wenigen Worten, bevor er auflegte.

Kaum eine Minute später vibrierte sein Smartphone. Doch es war nicht die erwartete SMS von Miguel. Eine Nachricht von Evangeline. *Was wollte die Ratschefin denn jetzt?* In der SMS stand nur eine Zahl.

15.

Ja, verflucht! Er wusste selbst, dass ihm nur noch wenige Stunden blieben, um Raphael aus dem Weg zu räumen. Diese unterschwellige Drohung regte ihn nur noch mehr auf. Heißes Blut stieg ihm zu Kopf und die Stimme des Dämons flüsterte ihm verlockende Versprechen zu. Als Lohn verlangte er *nur* die Macht über den Menschenkörper.

Vergiss es. Nach seiner mentalen Antwort knurrte der Dämon frustriert auf und drängte sich gegen das Gefängnis aus Fleisch. Jace stöhnte auf. Es war, als hätte er einen Schlag in die Magengrube bekommen.

Er riss seine Jacke von der Garderobe hinter der Tür, und dachte über all die Dinge nach, die er heute getan hatte um Raphael irgendwie ausfindig zu machen.

Er hatte sich sogar mit Ryan zum Leichenschauhaus begeben, um Tonys Leiche zu untersuchen. Ein Bündel 100 Dollar-Scheine brachten den Pathologen dazu, die beiden Männer mit der Leiche im Untersuchungsraum alleine zu lassen. Doch sie fanden keine Auffälligkeiten an dem, von Wasser aufgedunsenen Körper. Allem Anschein nach war er erwürgt worden. Dafür sprachen die roten Male an seinem dicken Nacken und die Tatsache, dass der Rechtsmediziner kein Wasser in seinen Lungen gefunden hatte. Letzteres bedeutete, dass Tony Hilling schon vor seinem unfreiwilligen Bad im Hudson River tot gewesen war.

Endlich meldete das Handy die Ankunft der GPS- Daten, die er mit einem Klick in das Ortungsprogramm, das Miguel entwickelt hatte, verschob. Nach wenigen Sekunden zeigte es einen Treffer an.

Coney Island? Jason runzelte die Stirn. Was machte Lenah auf der Insel, die für Vergnügungsparks bekannt war? Einen Ausflug mit Bastian? Er schüttelte den Kopf und lief die Treppen hinab zum Parkhaus. *Dann hätte sie Bescheid gesagt.*

Das eifersüchtige Grollen in seinem Inneren brachte ihn zum Straucheln. Er brauchte einen Moment um sich zu fangen. Die Launen des Dämons beeinflussten den Menschenkörper immer öfter. Wenn er nicht bald das verstärkte Antiserum bekam, würde der Seelenfresser ihn ganz und gar in Beschlag nehmen.

Doch für den Moment hatte der Dämon Recht: *Coney Island* war am Abend kein Aufenthaltsort für eine junge Frau.

Im Auto griff er ins Handschuhfach und zog dort seine Glock aus dem Sammelsurium an praktischen Gegenständen. Die Taschenlampe und eine XXL-Packung mit Kirschkaugummis warf er achtlos auf den Beifahrersitz.

Jetzt, wo er den Wagen auf die vielbefahrene Straße lenkte, versuchten die unterdrückten Gefühle an die Oberfläche zu kommen. Er hörte das gierige Zischen des nimmersatten Mistkerls. Immer wieder flackert ein roter Schleier über Jasons Blickfeld, dass er angestrengt wegblinzelte. Obwohl er sich erst vor einer Stunde das Antiserum injiziert hatte, bohrte der Inkubus wieder in ihm herum und versuchte die fleischlichen Ketten zu überwinden.

Plötzlich klingelte sein Handy. Sicher wieder Evangeline mit einer ihrer nervigen Warnungen.

Doch der Blick aufs Display zeigte ihm eine fremde Nummer an. Er zog eine Augenbraue hoch und nahm das Gespräch mit der Sprechanlage an.

»Ja?«, blaffte er unfreundlich.

»Jason.«

»Raphael«, knurrte er zurück, denn er erkannte die ignorante Stimme sofort.

»Ich habe hier etwas, Pardon, jemanden, der dir gehört.« Er klang bedrohlich ausgeglichen und Jace konnte ihn fast vor sich sehen, wie Raphaels Mundwinkel sich zu einem süffisanten Grinsen hoben.

»Deine kleine Journalistin und ihr Sohn.«

»Du lügst«, knurrte Jason und umklammerte das Lenkrad so fest, dass die Knöchel seiner Finger knackten. Doch er wusste, dass der Verstoßene keinen Grund hatte zu lügen. Das ungute Gefühl in seinem Magen, das ihn seit dem Mittag begleitete, verstärkte sich.

»Marcus hat dich nicht hergelockt, also habe ich zu effektiveren Maßnahmen gegriffen.« Als ein leises Glucksen aus dem Lautsprecher klang, musste Jason sich zusammenreißen. Tief atmete er durch, als das Dämonenblut durch seine Adern rauschte und sich die rote Färbung seiner Außenwelt verstärkte.

»Ich erwarte dich auf Coney Island. Alleine. Komm zur großen Achterbahn und wir werden die Sache ein für alle Mal klären.« *Klick.*

Die Leitung war tot. Scheiße, scheiße! Konnte nicht einmal etwas gut gehen? Jetzt wo Lenah ihr Gedächtnis zurückhatte, kidnappte dieser Idiot sie? Er starrte auf die Fahrbahn, schnaufend, als hätte er einen Halbmarathon hinter sich, denn der Dämon versuchte weiterhin, sein unheilvolles Blut an die Oberfläche zu drängen.

Zwanzig Minuten später fuhr er auf die Brücke, die *Co-*

ney Island mit dem Festland verband. Kurz bevor er die Insel erreichte, leuchteten hinter ihm die Lichter eines zivilen Streifenwagen auf.

»Fuck!«, er schlug mit der Faust gegen das Lenkrad, was den Wagen fast zum Schlingern brachte. Er setzte den Blinker und fuhr in die nächste Parkbucht, die sich schon auf der Insel befand. Er blieb im Wagen sitzen, während die beiden Polizisten zu seinem Auto spazierten, als hätten sie alle Zeit der Welt.

»Führerschein und Fahrzeugpapiere.« Ein dunkelhäutiger Muskelprotz lehnte sich an Jasons Auto und starrte durch das heruntergekurbelte Fenster.

»Natürlich«, murmelte Jason und kramte aus dem Handschuhfach die Papiere. Glücklicherweise hatte er die Glock unter seine lockere Jacke gesteckt.

»Sie waren zu schnell unterwegs, Mr …« Der Mann blätterte in seinen Dokumenten, »Mr. Meyer.«

»Tatsächlich?« Seine Stimme klang überheblich, unabsichtlich, doch es weckte die Aufmerksamkeit des zweiten Cops: »Haben sie Alkohol getrunken oder sonstige Drogen konsumiert?«

Jason schüttelte den Kopf. »Nein, Sir.« Er verkniff sich einen Salut. Doch der Brad-Pitt-Verschnitt legte es darauf an, einen auf dicke Hose zu machen. Er schob seinen Kollegen, der Jasons Dokumente noch in der Hand, hielt zur Seite.

»Aussteigen. Alkohol-Test.«

»Bitte?« Er sah den Beamten an. »Mit welcher Begründung?« Der Dämon regte sich genüsslich und Jason spürte, wie dieser sich gegen sein Inneres drängte, angezogen von den niederträchtigen Gefühlen des Polizisten.

»Sie waren zu schnell, Mr. Meyer. Und bei uns hilft ihnen ihr millionenschweres Bankkonto nicht.« Der Blick des

Mannes wanderte über Jasons BMW. »Da sie sich aufsässig und nicht sehr kooperativ verhalten, möchte ich einen Alkohol-Test durchführen. Ich werde mich nun ein letztes Mal wiederholen: Aussteigen.«

Jason sah auf die Uhr. Die Zeit lief ihm weg ...

»Ich bin auf dem Weg zu einem sehr wichtigen Termin ...« Er versuchte der unnötigen Kontrolle aus dem Weg zu gehen. Doch der blonde Beamte riss die Wagentür auf.

»Sofort aussteigen!«, blaffte er und zog seine Waffe. Die Wut, die in seinem Wirt hochkochte, kitzelte den Dämon wach. Jason schloss die Augen und ein erneutes Aufwallen des dunklen Blutes rammte einen stechenden Schmerz in seine Magengrube. Er krümmte sich auf dem Fahrersitz. Ein schmerzerfülltes Stöhnen hallte durch die dunkle Nacht. *Verflucht* ... Er sah nur noch rot.

Die beiden Polizisten sahen sich mit gerunzelter Stirn an, bevor der kleine Blonde ihn wieder ansprach. »Mr. Meyer, steigen sie sofort aus!«

Ein düsteres Lachen kam aus dem Wagen, wo Jasons Körper sich zuckend aufrichtete. Ein irres Kichern, wie von einem Wahnsinnigen. Instinktiv wichen die Cops zurück.

Ah, fühlte sich das gut an. Er bugsierte den Körper, der sich in den ersten Minuten immer etwas fremd anfühlte, aus dem Metallkasten. Endlich hatte er Jasons Geist wieder zurückdrängen können und die Kontrolle über den Menschenkörper erlangt.

Mit ungelenken Bewegungen kam er auf die Polizisten zu und ignorierte die auf ihn gerichteten Knarren.

»Ich verstehe euer Problem nicht.« Die dunkle Stimme grollte über die Straße und die beiden nahestehenden Straßenlampen begannen zu flackern. Fast hätte er erneut gelacht, als er die Angst auf der Zunge schmeckte, die die Bullen plötzlich absonderten.

Schneller als die menschlichen Augen ihn erfassen konnten, raste er auf den Blonden zu. Er umkrallte mit der Hand die Waffe, die weiterhin auf ihn deutete, und verbog den kurzen Lauf.

Ein gellender Schrei löste sich aus dem Mund des Polizisten und mit weit aufgerissenen Augen starrte *ihn* auch sein Kollege an.

»Mhhh.« Obwohl der Inkubus leise sprach, hallte seine Stimme über die leere Straße. »*Köstlich.*«

Starr vor Angst rührte der Blonde sich nicht. Er hielt still, sogar als er spürte, wie etwas Unsichtbares über seinen Körper strich. Plötzlich wurde ihm eiskalt. Beißender Uringeruch ließ den Dämon die Nase rümpfen.

Doch der Moment ging schnell vorbei und er stöhnte auf. Das wohlschmeckende Arrangement von Angst und Aufregung zerging förmlich auf seiner Zunge. Das erschrockene Quieken des Bullen, als die Kälte wie eisiger Frost seinen Körper überzog, brachte ihn zum Lachen. Es war so gut, diesen Körper zu besitzen!

Die Angst des Menschen wuchs zu Panik an, sie dröhnte in seinem Kopf wieder, wie ein sich steigerndes Crescendo aus Gefühlen. Er verzog die Lippen des menschlichen Körpers zu einem Grinsen.

Erst als er kurz davor war, dem Menschen alles zu nehmen, ließ er ihn los. Geschwächt fiel der Mann zu Boden.

Er begann, den anderen Bullen zu suchen. Der Dunkelhäutige hatte ein Versteck ganz in der Nähe, denn *er* konnte die köstlichen Empfindungen wie eine einladende Verheißung auf seinen Geschmacksknospen spüren.

Unersättlich, wie er war, spazierte er durch die parkenden Autos. Mittlerweile lag der Parkplatz im Dunkeln, die flackernden Straßenlaternen hatten aufgegeben. Während er die Melodie eines Liedes pfiff, das sein Wirt oft hörte, suchte er die Reihen des Parkplatzes vor dem stillgelegten Hotel ab. Davon gab es viele, hier auf Coney Island.

Er schob die Hände in die Hosentaschen der schwarzen Jeans und beschleunigte seine Schritte. Trotz des Vergnügens zu Jagen, hörte er die pochende Stimme von Jason in seinem Kopf. Und er wusste, dass er seinem Drängen nachgeben musste. Er hatte vor *seine* Lenah aus den Fängen von Raphael zu befreien. Oh ja, mit ihm hatte er noch ein Hühnchen, Pardon, Engelchen, zu rupfen.

Endlich war er nahe genug an den Schwarzen herangekommen, um dessen keuchenden Atem zu hören. Da der Mann durchtrainiert aussah, rührte sein abgehackter Atem wohl eher von der Angst, die sich wie eine Duftwolke um ihn herum ausbreitete.

Genüsslich schloss *er* die Augen. Tief atmete er durch und der frostige Geschmack der Furcht vermischte sich mit stoßweise auftretender Panik. Doch plötzlich wurde er von einer süßlichen Wolke Zuversicht eingehüllt. Ein Klicken erklang und mit entsicherter Waffe sprang der Officer hinter einem schwarzen SUV hervor.

Der Dämon huschte, trotz des menschlichen Körpers, schattengleich hinter einen der zahllosen rostenden Wagen. Zwei Kugeln blieben in dem verbogenen Blech stecken. Er empfand fast etwas Anerkennung für den Polizisten, der nicht aufgeben wollte, ohne sich zu wehren. Er hatte nun wirklich keine Zeit zum Spielen.

Stille. Dann erklangen vorsichtige Schritte auf dem Asphalt. Der Dämon wanderte gebückt um das Auto herum, setzte lautlos einen Fuß vor den anderen. Doch ein loser

Brocken knirschte unter seinem Schuh und ließ den Polizisten herumwirbeln.

Schmerz fraß sich in seine linke Brust, als hätte man einen glühenden Schürhaken hineingestoßen. Er hob die Hand an die Wunde und fiel auf die Knie. Blut tränkte das weiße Business-Hemd des Menschen. Der grollender Fluch in einer unverständlichen Sprache, hallte über den Parkplatz, wie ein Weltuntergang der über die Erde hereinbrach. Er hatte verdrängt, wie weh es tat, wenn der Körper verletzt wurde! Er biss die Zähne aufeinander und richtete sich wieder auf.

Der Polizist riss den Mund auf, geschockt darüber, dass er noch in der Lage war zu stehen. *Er* war eben kein Mensch. Solange er den Körper besetzte, beherrschte er dessen Vitalfunktionen. Seine Macht setzte die üblichen Regeln der Menschheit außer Kraft. Genau aus diesem Grund schob sein Fleisch die Kugel wieder rückwärts aus der Wunde heraus und innerhalb einer Sekunde, war die Haut makellos verheilt.

Äußerlich völlig ungerührt warf er sich nun mit einem gewaltigen Sprung auf den Bullen. Unbarmherzig hielt er den Mann fest, ließ seine unsichtbaren Fühler nach den Gefühlen tasten und saugte das dunkle Bouquet der Angst in sich auf. Mit einem Stöhnen drückte er aus, wie vorzüglich ihm diese Emotionen mundeten.

Seiner animalischen Rachsucht genügte der Ballast der Menschenseele nicht mehr. Ein fester Ruck am Kopf des Polizisten brach ihm das Genick. Mit einem schauderhaften Geräusch gab der Knochen nach. Beinah sofort verschwand das lebendige Funkeln in seinen Augen und das Licht der Straßenlaterne brach sich auf der trüben Hornhaut.

So zerbrechlich diese Menschen ...

Der Dämon war innerhalb weniger Sekunden am Wagen. Er ignorierte die Seele des Menschen, der ihn hartnäckig anbettelte, ihm seinen Körper zurückzugeben.

Nicht jetzt, dachte er. Jetzt musste er *seine* Lenah befreien und das gerupfte Engelchen in die Hölle befördern – oder wo tote Ex-Engel eben landeten. Und er würde alles dafür tun, um diesen angenehmen Körper zu behalten. Die salzige Meerluft stieg ihm in die Nase, als der verlockende Geruch der Gefühle langsam schwand. Tief atmete er ein. Doch nun stand er etwas ratlos vor dem Auto. Obwohl der Dämon seinem Wirt oft durch dessen eigene Augen beobachtet hatte, wusste er nicht, wie man dieses Gefährt bediente. Das nützte ihm nun nichts.

Irgendwie musste er zu Lenah gelangen. Er setzte sich auf den Fahrersitz und griff nach dem Zündschlüssel. Probeweise drehte er ihn um und zuckte zusammen, als der Motor aufheulte.

Er schüttelte den Kopf. »So wird das nichts«, murmelte er. Der Seelenfresser schloss die Augen und nach einem kurzen Atemzug wurde der Gesichtsausdruck weicher.

Jason blinzelte. »Was?«

Dass der Inkubus ihm freiwillig wieder seinen Körper überließ, geschah zum ersten Mal. Das hatte der Wahnsinnige noch nie getan. Er meinte, ein mürrisches Wispern im Hinterkopf zu hören. »... nur für Lenah ...«

Er neigte den Kopf zur Seite und starrte aus dem Wagen, in dem Moment, als sich der Polizist, den der Dämon sich zuerst vorgenommen hatte, begann zu regen. Plötzlich sickerte die grausame Erkenntnis wie ein eisiger Regenschauer durch ihn hindurch.

Er hatte einen Menschen getötet. Fassungslos wandte er den Blick zum Parkplatz des alten Hotels. Dort lag die Leiche eines Cops. Er sah hinunter, auf seine Finger, die sich um das Lenkrad schlossen.

Ermordet mit diesen Händen. Mit *seinen* Händen.

»Scheiße.« Sein Kopf sank aufs Lenkrad. Auch das hatte der Dämon noch nie zuvor getan. Das Schlimmste, was er bisher getan hatte, war Dana reif für die Irrenanstalt zu machen. Er richtete sich auf. Jetzt war nicht der richtige Zeitpunkt um sich in Selbstmitleid zu suhlen. Er musste Lenah, Bastian und auch Marcus ausfindig machen.

Doch bevor er losfuhr, stand Jason auf und zerrte den Mann von der Fahrbahn auf den Bürgersteig. Erst nachdem der großmäulige Bulle hinter einem Müllcontainer lag, von der Straße nicht einsehbar, ließ er den Kerl zu Boden sinken. Schnaufend wischte er sich den Schweiß aus dem Gesicht. So leicht, wie der Cop aussah, war er gar nicht. Er eilte wieder zu seinem BMW. Als er saß, knalle er lautstark die Tür zu.

Er drückte aufs Gas, fuhr vorbei an der Gasse, in der er den Cop abgelegt hatte. Wenn ein Krankenwagen ihn fand, brachten sie ihn sicher in eine psychiatrische Klinik. Der Dämon hatte sich an dem Mann ausgetobt. Der Brad-Pitt-Verschnitt endete wie seine Schwester. Jason verfluchte seine mentale Schwäche, die es dem Seelenfresser ermöglicht hatte, den Körper zu übernehmen. Mental verbuchte er damit nun zwei Irre auf seinem Konto.

Während er dem GPS-Signal folgte, das sein Navigationsgerät anzeigte, nahm er verbotenerweise das Mobiltelefon aus der Jackentasche und wählte Katrinas Nummer.

»Auf der *Cropsey Avenue* Fahrtrichtung Coney Island, liegen zwei Polizisten. Einer Irre und einer tot. Kümmert euch darum, bevor jemand Anderes darauf aufmerksam wird.« Katrina redete kurz mit jemandem, der sich neben ihr befand, dann sprach sie in den Hörer. »Geht klar, Boss.

Wir sind dran. Wenn du zurück bist, müssen wir reden. Es geht um Cookie.«

»Cookie?« Verwunderung lenkte ihn vorübergehend von dem *unschuldigen* Leben ab, dass er nun auf dem Gewissen hatte. Leben hatte er einige genommen, doch nie das von Unbeteiligten. Statt auf seine Verwunderung einzugehen, bestätigte Katrina die Annahme der Aufgabe: »Wir kümmern uns um die Bullen.« Sie legt auf.

Was war denn jetzt mit Cookie? Er starrte konzentriert auf die Straße. Dass Katrina heute mit Miguel die letzten Beerdigungsvorbereitungen erledigen wollte, wusste er. Da die gesamte Familie Peamon mit Cookie keinen Kontakt hatte, organisierten die beiden sowohl die Bestattung als auch die Wohnungsauflösung der Attentäterin.

Ryan und Annika versuchten momentan, Raphaels Aufenthaltsort ausfindig zu machen. *Tja.* Da der Engel ihn am Haken hatte, konnte er sie von der Aufgabe abziehen. Er rief Annika an. Die Deutsche meldete sich mit ihrem Nachnamen. »Bergdahl.«

»Annika, hört auf Raphael zu suchen.« Die Worte, die er aussprechen musste, gefielen ihm nicht. »Er hat Lenah und Bastian. Sie befinden sich alle auf Coney Island.« Da er keine Ahnung hatte, was ihn im alten Freizeitpark erwartete, war es angenehmer seine Attentäter in Rückendeckung zu wissen.

»Bleibt im Hintergrund, ich brauche euch nur für den Notfall.«

Er hörte das Geräusch einer Waffe, die geladen wurde. »Wir werden da sein.« Annikas Stimme klang so zuverlässig wie immer. Ein kurzes Lächeln glitt auf Jasons Lippen. Auf seine Leute konnte er sich verlassen. Das Navigationsgerät piepte leise. Ein Blick auf das Display verriet ihm, dass Lenah sich in der Nähe befand. Er parkte am Straßenrand und schob die Daten vom Navi wieder in die Cloud seines Smartphones. Sofort reagierte das Gerät und zeigte ihm Lenahs Standort als blinkenden, roten Punkt an.

Auf geht's.

Kapitel 18

Vorsichtig folgte Lenah dem Glatzköpfigen durch die wuchernden Gräser. Der Griff der Pistole drückte ihr erinnernd in den Rücken.

»Mach schon.« Ungeduldig packte Raphael ihren Arm und zerrte sie weiter. Prompt stolperte sie über eine Baumwurzel, die aus der Erde hervorragte. Bevor sie zu Boden fiel, fing er sie auf.

»Menschen«, knurrte er genervt. Er benötigte dringend einen anderen Umgang. Keine Menschen mehr!

Er wollte nur, dass Jason Meyer starb. Nicht mehr und nicht weniger. Das beförderte ihn selbst nicht wieder in den Himmel zurück, aber befriedigte hoffentlich seine Rachegelüste. Und danach würde er nach seiner Geliebten suchen, die, ebenfalls aus den Himmelsgefilden verbannt, als Sterbliche auf der Erde weilte. Sie konnte überall sein. Vielleicht war sie auch schon tot.

Er bemerkte nur, dass er seine Finger fest um Lenahs Arm schloss, als diese leise aufkeuchte. Fast entschuldigte er sich, doch stattdessen lockerte er den Griff um ihren Oberarm. Als sie das Wartungsgebäude der stillgelegten Achterbahn erreichten, öffnete er die Tür und schob Lenah in den dunklen Gang. Bevor die dicke Feuerschutztür zufiel, ließ er seinen Blick über die Fläche vor dem Gebäude gleiten. In der Dunkelheit blieb alles ruhig und außer dem Kreischen einiger Möwen war es still. Flackernd gingen die Neonröhren an der Decke an. Der Park war immer noch am Stromnetz angeschlossen, was diesen Ort umso attraktiver für ihn gemacht hatte.

»Nach dir.« Er wies auf die Treppe, die in die untere Etage führte. Das unsichere Flackern in ihren Augen, bevor sie den hilflosen Ausdruck verdrängt, ließ ihn grinsen. Ihre braunen Haare wippten vor seiner Nase auf und ab, als sie die steilen Stufen hinunter ging. Er folgte ihr.

Als sie in einem niedrigen Flur standen, deutete Raphael wortlos auf einen Raum.

»Mama!« Bastians Locken wirbelten durcheinander, als er auf sie zu lief. »Basti!« Sie umarmte ihn.

»Gehen wir jetzt nach Hause? Der Onkel wird gruselig!«, flüsterte er etwas zu laut in ihr Ohr. Lenah sah auf und begegnete Raphaels Blick, der die Stirn runzelte.

»Hey, junger Mann. Ich hab mir Mühe gegeben«, sagte er schnippisch. Was erwartete der kleine Scheißer? Immerhin hatte er ihn mit Süßigkeiten versorgt *und* ihn den Vergnügungspark erkunden lassen. Diese verzogenen Menschenkinder!

Lenah sah zum Tisch, der an der hinteren Wand im Raum stand. An den dicken Mauern waren Rohre und dicke Stromleitungen angebracht und ein großer Generator war direkt hinter der Tür positioniert.

»Basti, gehst du noch kurz spielen?« Sie wies zu den Actionfiguren auf der Plastikplatte. Sie erkannte *Superman* und *Thor*. »Ich muss kurz etwas besprechen.«

»Ach ja?« Irritiert hob Raphael eine Augenbraue. Sie befand sich in seiner Gewalt und wagte es so zu reden?

»Ja!«, bekräftigte sie ihr Vorhaben und drückte Bastian einen Kuss auf die wuscheligen Haare, bevor dieser sich erneut den Superhelden widmete. »Wo ist Marcus?« Sobald sie wieder an der Tür stand, sahen ihre braunen Augen ihn vorwurfsvoll an.

»Warum interessiert dich das, Dämonenschlampe? Der Indianer ist, wie dein Liebster, auch nur ein Verbrecher.« Spöttisch lächelte er.

Statt ihm zu antworten, presste sie die Lippen aufeinander, bis sie fast weiß wurden.

Er neigte den Kopf. »Zwei Zimmer weiter.« Als sie Anstalten machte den Raum zu verlassen, hielt er sie zurück.

»Bist du sicher, dass du das sehen willst?«

Vor der Tür des Raumes hielt sie kurz inne. Was meinte er damit? Was hatte er Marcus angetan?

Sie riss die Metalltür auf. Sie tastete nach dem Lichtschalter und vernahm aus der Dunkelheit ein raues Stöhnen. Als das kalte Neonlicht aufflammte, schlug sie schockiert die Hand vor den Mund.

Vor ihr saß, nein hing, Marcus an einen Metallstuhl gefesselt. Seine dunklen Haare glänzten fettig und um ihn herum waren auf dem Boden dunkle Blutflecken.

»Marcus!«, schrie sie entsetzt auf. Mit weit aufgerissenen Augen stürmte sie auf ihn zu. Doch er regte sich nicht. Er hatte die Lider geschlossen, sein Kopf war nach vorne gesackt. Seine sonst bräunliche Hautfarbe war einem fahleren Farbton gewichen. Es roch beißend nach Urin. Raphael hatte ihn nicht einmal auf die Toilette gelassen.

Sie tastete nach seinem Handgelenk, um seinen Puls zu fühlen. Was sie sah, ließ sie würgen. Sie taumelte zurück und erbrach sich in eine Ecke. »Oh Gott«, murmelte sie fassungslos und schüttelte den Kopf. *Raphael ist tatsächlich ein kranker Psychopath!*

Nur nachlässig war ein dreckiger Lappen um die beiden Stummel gewickelt worden, an denen sich vor 2 Tagen noch zuvor Marcus´ Finger befanden. Raphael hatte ihm den kleinen Finger und den Ringfinger der rechten Hand amputiert. Die Wunde eiterte vor sich hin und durchnässte den Stofffetzen. Lenah rappelte sich auf. Sie ignorierte die Tatsache, dass Raphael den Raum betrat. Schwach pulsierte das Blut unter ihren Fingerspitzen durch seine Adern. Wie lange hielt sein geschwächter Körper dieser Tortur noch stand?

In ihr wuchs das Verlangen, Raphael das selbstgefällige Grinsen aus dem Gesicht zu prügeln. Doch sie durfte nicht vergessen, nicht nur Marcus befand sich in seiner Gewalt. Nein, auch Bastian und sie selbst waren Raphaels Geiseln.

Sie fasste in ihre Umhängetasche, wo sie noch eine kleine Flasche Wasser vermutete, die sie gestern eilig eingesteckt hatte.

»Was wird das?« Schneller als Lenah zurückzucken konnte, zerrte ihr Raphael die Umhängetasche von der Schulter und leerte den Inhalt auf die klebrigen Fliesen.

»Hey!«, protestierte sie und schob ihre Habseligkeiten zusammen. Die Tampons ließ sie liegen, legte jedoch den Geldbeutel und die Autoschlüssel mit ihrem ausgeschaltetem Handy auf einen Stapel.

»Sorry.« Diesmal entschuldigte er sich doch. »Ich dachte, du willst eine Waffe ziehen.« Er wies zur Tür.

»Ich werde mal nach Bastian sehen«, fügte er warnend hinzu, bevor er den Raum verließ.

Zum Glück hatte sie die Pistole in ihren Hosenbund geschoben. Lenah griff nach der Literflasche Mineralwasser, die ihr vor die Füße gerollt war. Sie nahm einen Schluck, um den Geschmack des Erbrochenen zu vertreiben, dann ging sie wieder auf den Gefesselten zu.

»Marcus.« Stockend kam ihr sein Name über die Lippen. »Es wird alles gut. Ich bin´s, Lenah.«

Sie löste das Stück Stoff, das als Knebel für ihn herhielt. Beruhigend streichelte sie seine Wange und setzte die Wasserflasche an seinem Mund an. Vorsichtig hob sie die Flasche, doch er schluckte zu langsam und so durchnässte das Wasser die Vorderseite seines dunklen Shirts.

»Mist.« Konzentriert versuchte Lenah noch einmal ihm

etwas Wasser einzuflößen. Wer weiß, wie lange Raphael ihm schon nichts mehr gegeben hatte. Sie hob sanft sein Kinn an. Und diesmal schluckte er. Als Lenah absetzte, öffnete er benommen die Augen. Das dunkle Braun seiner Iris schimmerte fiebrig.

»Me ...« Er leckte sich über die Lippen und versuchte es noch einmal. »Mehr.«

Lenahs Stimme hatte ihn aus der angenehmen Dunkelheit gerissen und ihn zurück in die schmerzhafte Realität befördert. Er war froh, dass sie seiner Aufforderung sofort nachkam. Es dauerte etwas, doch dann hatte er die halbe Flasche Wasser getrunken.

Langsam wurde sein Blick klarer, auch wenn der Fieberglanz nicht ganz verschwand. »Mädchen, was machst du hier?« Fassungslos sah er Lenah an, die nur die Schultern hob.

»Er hat Bastian entführt. Ich hatte keine Wahl.«

Ein Knurren kam über seine Lippen. »Sich an Kindern vergreifen!«, spie er verachtend aus. Wütend riss er an den Kabelbindern, die ihn an den Stuhl fesselten. Der Schmerzenslaut, den er ausstieß, als seine Wunden gegen das Metall stießen, hallte in dem kleinen Raum wieder.

Lenah zuckte zusammen. Es klang wie ein wildes Tier in Not.

»Ich muss dich gefesselt lassen«, sagte sie mit einem Blick zur Tür. »Er ist nebenan.«

Er nickte verständnisvoll. »Natürlich«, seufzte er. Dann neigte er den Kopf nach unten. Fettige Fransen fielen ihm ins Gesicht und er zog eine Grimasse.

«Schieb mir meinen Anhänger unter das Shirt.«

»Was?« Lenah runzelte die Stirn und sah verwirrt den

kleinen Lederbeutel an. Doch bevor er es ihr begreiflich machen konnte, tat sie wie verlangt.

»Danke«, murmelte er erschöpft, als er den Glücksbringer auf seiner nackten Haut spürte. Müde schloss er die Augenlider.

Lenah stand auf. Ihr Knie gab ein leises Knacksen von sich, als sie es belastete. »Ich muss nach Basti sehen.«

Stumm nickte er, die Augen weiterhin geschlossen. Vielleicht gelang es ihm, etwas Kraft zu sammeln.

Die Autotür krachte hinter Jason zu und er schob die Knarre in das dazu passende Halfter unter seinem Arm. Ihm war egal, welche Konsequenzen es hatte, wenn Lenah sah, wie er jemanden erschoss. Er würde kein Risiko eingehen, Raphael hatte genug angerichtet. Er sah sich um. Doch aus dem Freizeitpark ertönte kein Mucks. Auch die anderen, noch offenen Parks, waren an einem windigen Herbstabend wie diesem schlecht besucht und nur wenige Besucher flanierten durch die Attraktionen.

Der fast vollständige Vollmond beleuchtete die vor ihm liegenden Fahrgeschäfte und verlieh ihnen einen unwirklichen Glanz. Die Ortungssoftware bedeutete ihm, weiter geradeaus zu gehen. Doch urplötzlich verschwand der rote Punkt, der ihm Lenahs Standort verraten sollte.

Shit! Er widerstand der erneuten Versuchung das Gerät auf den Asphalt zu schmettern und nahm die Verfolgung auf. Niemand befand sich in der Nähe, denn der Dämon blieb ungewöhnlich still. So leise verhielt er sich in der belebten Großstadt nie.

Doch womöglich war dies nur die Ruhe vor dem Sturm.

»Er braucht einen Arzt!«, zischte Lenah den gefallenen Engel an, der Bastian beim Spielen mit den Action-Figuren beobachtete. Raphael hob den Kopf und für eine Sekunde konnte er die Wehmut in seinen Augen nicht verbergen. Einen Herzschlag später lag wieder die gewohnte Kälte in seiner Miene.

»Das ist weder mein Problem noch deines.« Er hob lässig die Schultern. »Du solltest dir besser Gedanken darüber machen, was mit dir passiert, wenn dein Liebster nicht bald auftaucht«, sagte er nach einem kurzen Blick auf die Armbanduhr von Gucci, die er dem Juwelier mit einem seiner Tricks abgeluchst hatte.

Lenah biss die Zähne aufeinander und ihre Finger zuckten. Einladend spürte sie das Gewicht ihrer Waffe im Rücken. Obwohl sie zuvor so sicher war, dass sie ihn erschießen konnte, brachte sie es nicht fertig, die Pistole auf ihn zu richten. Sie hoffte auf eine andere Lösung.

»Mama?« Bastian unterbrach sie dabei, als sie Raphael finster anstarrte, der ungerührt die Arme vor der Brust verschränkte. Sie drehte ihrem Entführer den Rücken zu und sank neben Bastian auf die Knie. Er saß am Tisch und beschäftigte sich weiterhin mit den kleinen Plastikfiguren. Superman stand neben Spiderman.

»Wann gehen wir nach Hause? Ich bin müde.« Bastian platzierte Catwoman neben Thor und rieb sich mit der rechten Hand vom Haaransatz bis zur Wange. Lenah ballte die Fäuste.

»Bald, mein Schatz«, versprach sie ihrem Sohn. Sie versuchte den besorgten Ausdruck aus ihrem Gesicht zu verbannen und lächelte ihm zu. Plötzlich beugte er sich zu ihr und sie spürte seinen warmen Atem an ihrem Ohr. »Ich muss mal!«

Sie unterdrückte ein Seufzen und erhob sich. »Er muss auf die Toilette.«

Raphael verdrehte die Augen. »Na super.« Mit einer

Handbewegung wies er die beiden an, ihm zu folgen. Im Erdgeschoss befand sich ein Toilettenraum, der früher den Technikmitarbeitern im Gebäude zur Verfügung stand.

»Beeilung.« Er deutete auf die Tür einer Toilettenkabine. »Ich habe schließlich noch etwas zu erledigen.«

Wohl eher jemanden, dachte Lenah. Sie verschwand mit Bastian in einer Kabine und schob die Tür zu. Gerade als er sich erleichtert hatte, ertönte ein Geräusch. Ein lautes Knurren hallte durch den engen Raum. Sie erstarrte.

»Was?« Überrascht sprang Raphael zur Seite, als sich eine gebückte Gestalt aus dem dunklen Flur auf ihn stürzte. Erst auf den zweiten Blick erkannte er das rötlich braune Fell eines Tieres. Im Licht der flackernden Neonröhre, blitzten Reißzähne auf. Im nächsten Moment bot sich ihm die Gelegenheit, die weißen Beißerchen genauer zu betrachten, doch er war damit beschäftigt, dem riesigen Maul des Berglöwen auszuweichen.

»Ich. Hasse. Katzen!«, fluchte er und trat nach dem großen Tier. Er traf die Großkatze an der Schulter. Trotz eines schmerzvollen Jaulens, das einem männlichen Schrei erschreckend ähnelte, hielt das Tier die Stellung.

Es sprang auf Raphael und riss ihn mit seinem ganzen Gewicht zu Boden. Sein Atem stockte, denn über seinem Gesicht riss das Tier sein Maul weit auf und ließ es direkt über seiner Nasenspitze zuschnappen.

Er tastete über den Boden, auf der Suche nach einer Möglichkeit, um sich zu verteidigen. Doch alles, was er auf den feuchten Fliesen fand, war ein Besen.

Besser als nichts, ging ihm durch den Kopf und er umklammerte den hölzernen Stiel. Sabber tropfte ihm auf die Wange, als der Puma ihm die Zähne zeigte.

Jetzt oder nie! Raphael rammte dem Tier den Besenstiel

in die Seite. Ein lautes Heulen erklang und das Tier ließ notgedrungen von ihm ab. Sofort rollte er sich auf den Bauch und sprang auf. Er lief zur Toilette und riss die Tür auf. Das kleine Fenster in der Kabine war weit geöffnet. Von der Dämonenschlampe und ihrem Sohn fehlte jegliche Spur.

Brennender Schmerz zog sich plötzlich quer über seinen Rücken. Der Berglöwe war direkt hinter ihm und hatte mit seinen Krallen, die kaum verheilten Narben, an denen einst Raphaels Flügel waren, aufgerissen. Sein wütender Schrei hallte durch den Park, doch bevor er dem Mistvieh den Hals umdrehen konnte, sprang es an ihm vorbei. Aus dem Fenster. Genau wie Jasons Schlampe. Mit der Faust schlug er gegen die hölzerne Trennwand der Kabine.

»Scheiße!«, sein Gesicht verzog sich zu einer aggressiven Grimasse und er verfluchte das geöffnete Fenster. In diesem Moment erinnerte nichts mehr an den strahlenden Engel, der er einmal gewesen war.

Lenah sah zurück. Doch in der Dunkelheit, die den Park eingenommen hatte, war nichts zu erkennen. »Lauf schneller, Basti!«, rief sie und trieb ihren Sohn an. Sie rannten quer durch den Park, ohne einen Schimmer zu haben, wohin, doch alles war besser, als Raphaels Geisel zu sein.

Bastian lief so rasch er konnte, doch trotz des Sport-Unterrichts war seine Ausdauer nicht der Rede wert. Angestrengt verzog er das Gesicht, doch er hastete weiter. Sie spürte seine Verwirrung, doch auf eine Erklärung musste er warten.

Plötzlich erklang ein Rascheln dicht neben ihnen. Lenah blieb stehen, stoppte Bastian und starrte misstrauisch in die Büsche. Als sich diese teilten, schob sie den blonden Jungen hinter sich und fixierte das hervorkommende Tier wortlos.

Vor ihr stand der ausgewachsene Berglöwe. Selbst im matten Mondlicht schimmerte das rötlich-braune Fell bei jeder seiner geschmeidigen Bewegungen. Doch statt Lenah zu Boden zu reißen und sie in kleinen Fleischbrocken herunterzuschlingen, deutete der Puma mit dem Kopf in die Richtung, in die sie liefen. *Lauf weiter.*

»Marcus?« Mit aufgerissen Augen bestaunte sie das schöne Tier. Es neigte nochmal den Kopf, dann fauchte er leise in Richtung des Wartungshäuschens, um Lenah zur Eile anzutreiben. Er lief auf seinen weichen Pfoten voraus, um ihr den Weg zu zeigen. Fast unmerklich humpelte er, wenn er mit der rechten Pfote aufkam.

»Mama, ich … kann nicht … mehr!«, schnaufte Bastian angestrengt und ging in die Knie. *Verflucht!* Sie beugte sich zu ihm hinunter. »Wir sind bald da, Schatz, versprochen!«

Erneut erklangen Geräusche aus dem Gebüsch. Trockene Äste brachen unter schweren Schritten.

»Jetzt reicht es mir!«, knurrte der gefallene Engel und trat aus den Büschen. Rabiat packte er mit einer Hand Lenah und mit der anderen Bastian an der Schulter. Entsetzt sah Lenah in die Richtung in der Marcus verschwunden war. Kein Zweig regte sich,. Das Funkeln leuchtender Katzenaugen bildete sie sich wohl nur ein ...

Grob zerrte Raphael sie zur Achterbahn. Bastian liefen mittlerweile Tränen über das Gesicht, der verwirrte Ausdruck in seinen Augen brach Lenah beinahe das Herz. Er stolperte über eine der Schienen, doch ihr Entführer schleppte ihn unbeeindruckt weiter.

»Jetzt mach aber mal halblang!« Lenah befreite ihren Arm aus seinem festen Griff und beugte sich zu ihrem Kleinen hinunter. »Hast du dir weh getan?« Besorgt streichelte sie ihm über die feuchte Wange. Er schüttelte wortlos den

Kopf. Lenah richtete sich wieder auf.

»Beweg deinen Arsch.« Raphaels kalte Stimme ließ Lenah nicht mehr zögern. Sie ging in die Richtung der eisernen Treppe, auf die er mit der Hand deutete.

»Hoch da.«

Schweigend nahm Lenah Treppenstufe um Treppenstufe. Das Metall gab unheilvolle Geräusche von sich. Rechts und links neben ihr befand sich ein Schutzgitter, an dessen oberster Stange sie sich festhielt. Vorsichtig schob sie Bastian vor sich her. In regelmäßigen Abständen kamen sie an kleinen, in weiße Plastiktüten gepackten Päckchen vorbei. An irgendetwas erinnerten diese Päckchen sie, doch ihr fiel nicht ein woran.

Als sie den steilsten Punkt der Achterbahnauffahrt erreichten, erhob Raphael die Stimme. »Und nun benachrichtigen wir deinen Liebsten.«

Die feinen Härchen auf ihrer Haut stellten sich auf. Lenah biss die Zähne aufeinander, doch statt darauf einzugehen, drehte sie sich zu ihrem Sohn um. In seinem dünnen Pullover fror er, dank dem kühlen Wind, der auch an ihren Haaren riss. Auf den Lippen schmeckte sie Salz, das die feuchte Luft mit sich trug. Sie machte Anstalten ihre Jacke auszuziehen, um sie Bastian über die zitternden Schultern zu legen. Gerade noch rechtzeitig hielt sie inne. »Es wird alles gut werden«, versprach sie ihm und stand auf.

Zog sie die Jacke aus, war die Waffe in ihrem Rücken bei einer falschen Bewegung Raphaels Blick ausgesetzt. Gerade stand er mit dem Rücken zu ihr. In ihr wuchs der Wunsch, den grauenhaften Mann einfach von hier oben hinunterzustoßen. Doch bevor sie ernsthaft darüber nachdenken konnte, ihre Gedanken in die Tat umzusetzen, drehte er sich zu ihr um.

Er verzog die Lippen zu einem Lächeln, das in einer anderen Situation durchaus charmant gewirkt hätte. »Denk nicht einmal daran, Dämonenschlampe. Noch bin ich kein vollständiger Mensch. Meine Kräfte übertreffen deine menschliche Fähigkeiten bei weitem.« Seine kalten Augen versprachen ihr, dass er diese anwenden würde, um sein Ziel zu erreichen.

In Lenahs Kopf wirbelten die Gedanken wirr durcheinander. Sie spürte, dass Raphael kurz davor war, seine gewünschte Rache zu erhalten. Er würde sich nicht davon abhalten lassen, sie zu töten. Nun verstand sie, warum Marcus sie nicht leiden konnte: Sie war Jasons Achillesferse.

Kapitel 19

Jace erreichte die Wasserbahn, doch er fand immer noch keine Spur von Lenah. Gerade als er an den besprayten Metallbecken vorbeiging, hechtete ein schneller Schatten auf ihn zu. Er entsicherte die Waffe, doch eine Sekunde später erkannte er das Tier.

»Marcus?« Nachdem er die Waffe wieder gesichert hatte, schob er sie in das Halfter. Er bückte sich nach unten, wo ihn der Berglöwe bereits erwartete und ihm seinen warmen Atem ins Gesicht blies. Jace tätschelte dem Puma die Schulter, das weiche Fell gab unter seinen Fingern nach. Er sah Marcus selten in dieser Gestalt. Sein Sicherheitsboss bevorzugte den Raben.

»Hast du Lenah gesehen?« Eindringlich sah er ihm in die faszinierenden Augen. Eine Kopfbewegung, die Jace als Nicken deutete. Doch zu mehr war Marcus nicht in der Lage. Müde bettete er seinen Katzenkörper auf den sandigen Untergrund, wo er den Kopf auf die Vorderpfoten legte.

Jace ließ zu, dass der Dämon seine Fühler nach ihm ausstreckte. Schmerzen. Verzweiflung. Resignation.

Die Verletzungen, die Raphael dem Attentäter zugefügt hatte, raubten ihm seine Kräfte - und seine Hoffnung auf Rettung. Er strich seinem Freund noch einmal über die Schulter. »Die Anderen werden gleich da sein. Sie helfen dir, Marcus.«

Er stand auf. Marcus war in Sicherheit. Fehlten noch Lenah und ihr Junge. Er irrte noch minutenlang durch den Park, bevor er endlich den Anruf erhielt.

»Wir warten auf dich«, sprach Raphael ins Handy und

sah die Dämonenschlampe dabei warnend an. Wie er ihr zuvor befohlen hatte, hielt Lenah die Klappe.

Zornig verschränkte sie die Arme vor der Brust. Hinter ihr zitterte Basti, dem der Ausflug gar nicht mehr gefiel.

»Mama?« Seine Stimme war so leise, dass Raphael ihn nicht hörte. Lenah ging in die Hocke und sah ihrem Sohn ins Gesicht. »Ja?« Liebevoll strich sie ihm mit den Fingern über die Wange.

»Was bedeutet C4?« Er deutete auf eines der Plastikpäckchen, die in einer krakeligen Schrift mit einem wasserfesten Stift beschriftet waren.

Plastiksprengstoff. Ihre Gliedmaßen fühlten sich schwer an, als sie aufstand und ihr Blick dem Verlauf des metallenen Geländer folgte. Auf beiden Seiten machte sie eines der Päckchen aus, die restlichen kleinen Pakete verschwanden in der Nacht. Raphael wollte sie in die Luft jagen. Fassungslos hob sie den Kopf. Mit einem zufriedenen Lächeln sah der gefallene Engel sie an.

»Dein Liebster eilt zu eurer Rettung.« Er zog etwas aus dem Inneren seiner Jacke. *Klebeband.* Doch bevor er auf sie zu trat, ging Lenah zu ihm ans andere Ende der Plattform.

»Bitte, lass Bastian gehen!«, flehte sie ihn an. Nur mit Mühe schaffte sie es, ihre Stimme so weit zu senken, dass Basti es an seinem Platz nicht hören konnte.

Seelenruhig suchte Raphael den Anfang der Kleberolle. Als er ihn fand, schob er den Fingernagel darunter und zog vom Klebeband einen halben Meter ab. »Dazu ist es zu spät.« Seine Entscheidung stand fest. »Stell dich ans Geländer.«

Lenah bewegte sich keinen Zentimeter. »Du musst ihn frei lassen! Bitte!« Sie trat zurück, ihre Gummisohlen machten auf der Stahlplattform kein Geräusch.

Er schüttelte erneut den Kopf. »Nein.« Sein Blick wanderte zu Bastian, dann blickte er Lenah ins Gesicht. »Hättest du dich ruhig verhalten, wäre er mit dem Leben davon gekommen. Aber du wolltest fliehen.« Er kam auf sie zu.

»Ist es nicht schön zu wissen, dass du ihn auf dem Gewissen hast? Was für eine Ironie: Du hast ihm das Leben geschenkt und wegen dir wird es ihm genommen.«

»Lass ihn aus dem Spiel! Er ist nur ein Kind!«

Die Verzweiflung in ihren braunen Augen hätte ihn schwach werden lassen – wenn er noch ein Engel wäre. Doch außer den nässenden Wunden auf seinem Rücken zeugte nichts mehr von seiner himmlischen Herkunft.

»Du rührst ihn nicht an!« Lenahs weiches Gesicht verhärtete sich zu einer steinernen Maske. Entschlossen schob sie sich vor ihren Sohn.

»Bastian, geh nach unten. Halte dich am Geländer fest, es ist windig. Ich komme gleich nach.« Als er sich nicht bewegte, hob sie ihre Stimme: »Sofort!«

Als sie seine ersten zögerlichen Schritte hörte, griff sie an ihren Hosenbund. Mit einer energischen Bewegung zog sie die Pistole. Mit einer Gelassenheit, die sie selbst ängstigte, entsicherte sie die Waffe und richtete sie auf Raphael. »Lauf schneller, Basti!«, rief sie laut gegen das Tosen des Winds und hielt den Blick auf den bedrohlichen Mann vor sich gerichtet.

Doch anstatt Angst zu bekommen, verzog Raphael seine einladend geformten Lippen zu einem Lächeln. Er hob die Hände, um zu signalisieren, dass er unbewaffnet war.

»Du wirst doch keinen wehrlosen Mann erschießen wollen? Sehnst du dich so sehr nach der Hölle?«

So nicht. Wenn er dachte, er könne ihr mit der christlichen Variante der Unterwelt Angst machen, lag er falsch. Spätestens seit Marcus´ Demonstration seiner Gestaltwandel-Fähigkeiten und ihr Wissen um den Dämon mit dem Jason seinen Körper teilen musste, wusste sie, dass es mehr auf der Welt gab, als sie je verstehen würde. Weshalb sollte Raphaels Gott der Einzige sein? Irgendein anderes mächtiges Wesen, das ihr Handeln nachvollziehen konnte, würde sie schon vor den Flammen der Unterwelt beschützen.

»Mit deinem Religionsquatsch kannst du jemand anderen verwirren. Ich glaube weder an Gott noch an den Teufel. Und schon gar nicht an gerupfte Engel!« Bevor jemand ihrem Kind ein Haar krümmte, würde sie jedem Gott, der sich ihr in den Weg stellte, höchstpersönlich eine Kugel in den Kopf ballern. Falls sie traf, jedenfalls.

»So jemand wie du, behauptet einmal ein Engel gewesen zu sein?« Lenah starrte ihn an. »Du bist der gestörteste Kerl, der mir je untergekommen ist!«

Er lachte. Dann sah er sie an und hob die Schultern. »Das ist, was dein Liebster aus mir gemacht hat, liebe Lenah. Nur weil er seine Schwester in die Irrenanstalt gebracht hat, wurde ihr Schutzengel - meine Rebekka - als Versagerin aus dem Himmel verbannt.« Er hob die Hände und kam näher.

»Was glaubst du, was aus Jason wird, wenn du stirbst?«

»Basti?!« Eine überraschte Stimme hallte bis zu ihnen hinauf. *Jace!*

Plötzlich knallte Lenah auf das Bodengitter und verlor die Waffe aus den Fingern. Raphael hatte den kurzen Moment genutzt, in dem Jasons Stimme sie abgelenkt hatte. Benommen blieb sie liegen, denn sobald sie die Augen aufschlug, drehte sich die Welt um sie herum. Hilflos rollte sie sich zur Seite, tastete blind nach ihrer Halbautomatischen.

Bevor sie die Pistole fand, zerrte Raphael sie hoch und hielt sie vor sich. Taumelnd kam Lenah auf die Beine. Ohne Raphaels festen Griff um ihren Oberkörper, wäre sie auf die

Knie gesackt. In ihrem Kopf pochte der Schmerz, dennoch konnte sie nur an Bastian denken und hoffte, dass er weit, weit weglaufen konnte. Ehe der Irre die Achterbahn in die Luft sprengte.

»Hier bin ich.« Als Lenah Jasons Stimme erneut vernahm, brach sie beinahe in Tränen aus. »Lass sie gehen und wir beide regeln das unter uns.« Seine beschwichtigende Stimme schenkte ihr einen Hauch von Zuversicht.

Schon bevor Raphael den Kopf schüttelte, wusste Jace, dass er seine Bitte ablehnen würde. Es zehrte an seiner -und des Dämons- Selbstbeherrschung, Lenah *so* zu sehen. Das Blut aus der Platzwunde an ihrer Stirn tropfte auf ihre Jacke, doch sie schien es nicht zu bemerken. Ehe er reagieren konnte, warf Raphael die Waffe hinter sich, wo sie in der Dunkelheit auf den Boden zuraste. Mit der freien Hand griff er in seine Hosentasche.

Jace wusste, wofür das unscheinbare Gerät in Raphaels Fingern gedacht war. Er hatte die auffälligen Sprengstoffpäckchen bereits beim raschen Aufstieg bemerkt. Seine Erfahrung im Bereich Bomben entschärfen beschränkte sich auf null, weshalb er hier nichts ausrichten konnte. Wie bekam er Lenah aus der Gefahrenzone? Er war Attentäter, diplomatische Problemlösung war außerhalb seines Büros nicht seine Stärke. Hier würde er mit seiner Holzhammermethode nur noch mehr Öl ins Feuer kippen.

»Dir sind meine kleinen Geschenkpäckchen aufgefallen?« Wie beiläufig erwähnte Raphael seine Ansammlung an Sprengstoff. »Da ich nichts zu verlieren habe, werde ich euch mit in den Tod reißen.« Er hob das Kästchen demonstrativ hoch.

Jace erkannte ein Handy. Es war ein älteres Modell, ohne Schnickschnack wie Kamera und Farbdisplay. Doch es war aktuell genug, um ein anderes Gerät anzurufen, das den Plastiksprengstoff zünden würde ...

Raphael deutete mit der Hand ans andere Ende der Plattform. »Stell dich dahin, Rücken zu mir«, befahl er dem millionenschweren Mann und umfasste Lenah enger. Immer noch benommen von dem Aufprall mit dem Kopf, ließ sie es geschehen.

Jason tat, wie ihm befohlen war. In seinem Kopf ratterte es unermüdlich. Doch ihm fiel einfach keine Lösung für diese Situation ein. Als er an dem Gitter stand, welches ihn vom Abgrund trennte, sprach Raphael weiter. »Sieh nach unten.«

Und Jason sah nach unten. Tiefe Dunkelheit hing über dem Freizeitpark und das Mondlicht ließ ihn nur Schemen erkennen. »Wenn du dich jetzt umdrehst, wird deine kleine Journalistin sich auf einen Freiflug begeben. Und es wäre außerordentlich unangenehm ihre Überreste vom Asphalt zu kratzen, meinst du nicht auch?«

Jason stöhnte leise auf. In seinem Inneren baute der Dämon einen Druck auf und drückte sich gegen sein Gefängnis. Die Worte seines Gegners machten den Inkubus rasend vor Wut. Zu Jasons Verwunderung versuchte er nicht seinen Körper zu übernehmen, obwohl ihn die vielen köstlichen, negativen Gefühle in Versuchung führten. *Vertrau mir.* Es war nur ein leises Murmeln in seinem Hinterkopf. Vielleicht bildete er es sich nur ein, ein Gespinst seines Gehirns um nicht vollkommen zu verzweifeln. Seine Finger umklammerten die Brüstung so fest, dass es schmerzte.

Lenah spürte, wie Raphael das Klebeband um ihre Handgelenke wickelte. Sie öffnete die Augen. Auf der anderen Seite der Plattform stand Jace am Geländer. Selbst an seinem Rücken konnte sie seine Anspannung sehen.

Der Schmerz in ihrem Kopf wurde unerträglich, vor allem, als direkt neben ihrem Ohr Raphaels Stimme ertönte, die keine Rücksicht nahm.

»So, meine Liebe. Fest verschnürt und bereit für mein kleines Spektakel.« Er trat vor sie und begutachtete sein Werk.

Probehalber bewegte Lenah ihre Handgelenke, doch sie waren hinter ihrem Rücken fest mit der Metallstange verbunden. *Keine Chance.*

Ihr misslungener Versuch ließ Raphael lächeln.

Statt Panik, wie sie eigentlich erwartet hätte, breitete sich in ihr eine Ruhe aus, die ihren aufgeregten Herzschlag verlangsamte. *Bastian war in Sicherheit.* Die Gewissheit erleichterte ihr Herz und sie wusste, egal was jetzt passierte: Katelyn würde sich um ihn kümmern.

»Nun zu dir.«

Raphael trat hinter Jason und packte ihn am Oberarm. Doch dieser schüttelte den Griff des gefallenen Engels ab. »Finger weg.«

Jace drehte sich um, sein Blick fand Lenahs. Ohne auf Raphael zu achten, überwand er die wenigen Schritte Distanz zwischen ihnen.

»Ich liebe dich, Lenah.« Sein Kuss, so sanft wie der Flügelschlag eines Schmetterlings, ließ ihr Herz wieder höher schlagen und riss sie aus ihrer friedlichen Resignation. Nein, sie wollte nicht, dass es so endete!

»Ich dich auch …« Ihre Stimme ging im lauten Wind unter.

»Ich lass mir was einfallen, versprochen«, sagte er so leise, dass sie es fast überhörte. Lenah lächelte müde: »Ich hoffe schnell.«

Raphael ging dazwischen. »Es reicht. Das waren ja wirklich rührende letzte Worte. Aber jetzt ist es an der Zeit.«

Zeit wofür?, fragte sich Lenah für einen Moment. Die Antwort gefiel ihr nicht. Zeit zum Sterben. Nun kroch wieder die Angst ihr Rückgrat hinauf, ihr wurde schlecht und ihr Magen rebellierte. Panik stieg in ihr auf, ließ sie an ihren Fesseln zerren, als Raphael Jace von ihr wegführte.

Plötzlich stand sie alleine auf der Plattform. Sie wollte stark sein, sie versuchte die Tränen, die in ihren Augen brannten zurück zu halten. Doch die Gewissheit, dass sie sterben würde, ließ ihre Fassade wie ein Kartenhaus zusammen fallen und die Dämme brachen. Der Wind sorgte dafür, dass die Tränen ihr wie eisige Kristalle in die Haut stachen.

Das Schluchzen ließ Jace erstarren. Verflucht, er konnte Lenah in ihrer Todesangst nicht dort oben alleine lassen! Doch Raphael drängte ihn unbarmherzig weiter, stieß ihn mit der Handfläche die Treppe hinunter.

Schritt um Schritt wurden die verzweifelten Laute leiser, bis der Wind Lenahs Weinen übertönte. Hinter ihm summte Raphael fröhlich ein Lied.

Auf dem Boden angekommen, wagte Jason es einen Blick nach oben zu werfen. Doch außer dem Schemen der Achterbahnauffahrt erkannte er nichts.

Raphael war noch unzufrieden. Er führte sein Opfer weiter weg, um zu verhindern, dass Jason von herabfallenden Stahlstreben getötet wurde. Zuerst wollte er noch den endlosen Schmerz und die Verzweiflung in seinen Augen sehen, wollte ihn weinen und schreien sehen, wenn ihm bewusst werden würde, dass seine Liebste tot war.

Jason würde das Leid spüren, das er selbst am eigenen Leib erfahren hatte, als seine Geliebte für immer aus seinem

Leben verbannt wurde. Er spürte bereits jetzt Genugtuung. Doch das genügte ihm bei Weitem nicht.

Jason drehte fast durch. Er versuchte seit Minuten den Dämon hervorzulocken, doch dieses eine Mal, wo er ihn brauchte, ließ sich das Mistvieh nicht blicken. Er machte ihm Versprechungen, lockte ihn mit der Aussicht auf dunkle Emotionen … Doch der Inkubus schwieg, als wäre er nicht da.

Als Raphael dazu ansetzte, etwas zu sagen, rammte Jason ihm den Ellenbogen in die Magengrube. Raphael krümmte sich mit einem wütenden Schrei. Jace warf seinen Körper gegen ihn, um Raphael zu Fall zu bringen, doch Raphael wich der ungalanten Bewegung aus. Sie umringten sich wie zwei wilde Tiere, sofort bereit anzugreifen, wenn der Gegner eine Sekunde Schwäche zeigte.

»Das wird sie nicht retten«, versprach Raphael mit einem spöttischen Grinsen, die Augen fest auf ihn gerichtet. Jason erwiderte sein Lächeln. *Endlich.* Er spürte das Aufwallen der Hitze, die den Dämon ankündigte, fühlte, wie er seine unsichtbaren Tentakel ausstreckte, und schmeckte die bitteren Gefühle der Niedertracht in Raphael.

Doch als ahnte er es, trat der gefallene Engel zurück. Er langte nach der Fernbedienung in seiner Jackentasche. »Es ist vorbei.« Für Jason blieb die Zeit stehen. Rasant drängte sich das Dämonenblut in seine Adern, übernahm den Menschenkörper ohne Jasons Gegenwehr so schnell wie nie.

Zu spät. Es erklang ein einzelnes Tuten, nachdem Raphael die Kurzwahl gedrückt hatte. Dann regnete es Metallteile. Der schrille Schrei, der erklang, ging in ohrenbetäubendem Brüllen unter.

Der Dämon übernahm den Körper endgültig und stürzte sich auf Raphael, der lachend zu der sich ausbreitenden

Staubwolke am Himmel sah.

Die Frau gehörte *ihm*! Das heiße Blut pochte durch den Körper und drohte die zarte Haut zu verbrennen. Seine Fühler umfassten Raphaels Körper und drängten ihn zu Boden. Als Raphael auf dem Rücken aufkam, schrie er schmerzvoll auf. Steine und Zweige drückten sich durch seine Kleidung auf die nässenden Wundmale seiner Flügel.

Die Kälte, die ihn plötzlich durchströmte, ließ ihn erzittern. Sein Blut gefror zu Eis, machte seine Glieder schwer. Wie gelähmt starrte er Jasons Körper an, doch dessen Gesicht sah seltsam aus. Es flackerte, wie eine Fata Morgana und dunkelrote, dicke Haut schimmerte darunter hervor. *Der Dämon.*

Zorn verzerrte das menschliche Gesicht und aus der Haut brach die Dämonenfratze hervor. Vom einen bis zum anderen Ohr Reißzähne, die bräunlich verfärbt waren. Doch, was Raphael endlich Angst bescherte und dem Dämon köstliche Genugtuung, waren die winzigen Augen, glänzende Knöpfe, deren Schwärze seine eigene Seele widerspiegelten.

Er war verloren.

Er stöhnte auf. Innerhalb von Sekunden nahm er die Rachsucht und die plötzlich aufkeimende Angst in sich auf. Der Dämon lag auf dem Körper des Mannes, presste ihn zu Boden. Als die unsichtbaren Fesseln seiner unsichtbaren Macht den Mann zu Boden drängten, fing der Kerl an sich zu wehren.

Doch diese Art der Rache genügte ihm nicht. Jetzt, wo er der Einladung seines Wirtes gefolgt war, konnte er dessen stets mahnende Stimme verdrängen und tun, was ihm beliebte.

Raphael schrie auf, als verborgene Fühler beinah sanft

über seine Brust fuhren, bis hoch zu seinem Kopf. Der zarte Griff wurde fester und drängte sich gegen die winzigen Stoppeln auf seiner Glatze.

»AHHH!« Lautes Stöhnen brach aus der Dämonenfratze hervor, als die Gedanken des Engels für ihn freilagen. Genussvoll durchwühlte er seine Erinnerungen. Fetzen Raphaels Vergangenheit spielte sich vor seinem inneren Augen ab.

Bilder von geflügelten Wesen, die weitest gehend Menschen ähnelten. Die Schönheit ihrer bunt schillernden Flügel nahmen selbst dem Dämon für einen Moment den Atem. Große Schwingen, gefärbt in allen vorstellbaren Schattierungen der Farbpalette.

Tief im Inneren des Mannes, fast verdrängt von Hass und dem alles überschattenden Wunsch nach Vergeltung, eröffnete sich ihm süßes Mitgefühl und leidenschaftliche Liebe. Gierig sog er das betörende Mahl in sich ein, dass sein Blut schneller pulsieren ließ.

Nur nebenbei bekam er mit, wie die Haut des Mannes vor ihm, blasser wurde. Jegliche Gegenwehr erstarb und Raphaels Hand sank zu Boden. Der Dämon verzog seine Fratze zu einem spitzen Lächeln, das seine scharfen Reißzähne entblößte. Mit diesem Mann würde er noch jede Menge Spaß haben, beschloss er.

Kapitel 20

Jasons Körper fiel kraftlos zu Boden. Er hörte aufgeregte Stimmen, die durcheinander schrien, doch ihr Sinn verbarg sich ihm. Als er wieder erwachte, erhellten flackernde Lichter die Dunkelheit zwischen den Bäumen. Er kniff die Augen zusammen und horchte in sich hinein.

Eine ungewohnte Leere hatte sich in ihm ausgebreitet. »Scheiße.« Fluchend versuchte er, aufzustehen. Dabei rutschte er von einer schmalen Trage.

»Leg dich wieder hin, Boss!« Katrina stand vor ihm und deutete auf die unbequeme Liege. Er drehte den Kopf und sah hinter sich zwei Krankenwagen. Zu ihnen gehörte das blendende Signallicht. Er wandte sich wieder zu seinen Attentätern, die sich mit Katrina vor ihm versammelt hatten. Doch diesmal war er zu hastig und um ihn herum verschwammen der Freizeitpark und die Gesichter seiner Leute zu einer breiigen Masse. Sein Kopfschütteln brachte nicht den gewünschten Erfolg, sondern verstärkte nur die pochenden Schmerzen in seinem Kopf.

»Bleiben sie liegen!« Den Sanitäter ignorierend, drehte er sich auf die andere Seite. Sein Blick wanderte zu den Überresten der Achterbahn. Wie ein abgenagtes Skelett ragten auf der linken Seite noch die Stahlschienen in den Himmel. Die Explosion hatte Staub aufgewirbelt, der noch immer in der Luft hing und es ihm unmöglich machte mehr zu erkennen.

»Was ist mit ...« Seine Stimme brach. *Lenah.* Er sah sie wieder vor sich, weinend auf der Plattform als Raphael ihn nach unten zwang, hörte ihre schrillen Schreie im Ohr.

Nein, er wollte es nicht hören und den Tatsachen so lange wie möglich aus dem Weg gehen.

»Wo ist Bastian?«, fragte er stattdessen und erwartete von Katrina eine Antwort. Ihre Lederjacke gab ein Quietschen von sich, als sie die Hände aus den Hosentaschen nahm. Sie deutete auf den zweiten Krankenwagen, der näher an der Achterbahn stand. »Ihm geht's gut. Er hat nur einen kleinen Schock.«

»Raphael?« Im näheren Umkreis, beleuchtet von den lichtstarken Taschenlampen, die Aiden und Miguel in den Fingern hielten, entdeckte er keine Leiche.

Die Russin zuckte mit den Schultern. »War weg, bevor wir ankamen. Kurz nach uns, ist dann die Feuerwehr und die Krankenwagen eingetroffen. Irgendjemand hat auch die Cops alarmiert. Die sind aber noch nicht da. Auf der Brücke gibt's 'nen Stau.« In ihr Lächeln kroch ein Hauch Überlegenheit, der Jason verriet, wer das Verkehrschaos organisiert hatte.

Eigentlich war jetzt Zeit zum Abhauen. So lautete eine seiner wichtigsten Regeln: Verschwinden, ehe die Polizei auftauchte. Sanitäter wunderten sich zwar nach solchen Situationen, doch sie waren keine Gefahr.

Er konnte Bastian in diesem Tumult nicht stehen lassen. Schlimm genug, dass er seine Mutter verloren hatte, nein, in solch einer Lage sollte niemand alleine sein. Und ihm selbst ...

Ihm war genommen worden, was für ihn das Wertvollste auf der Welt gewesen war. Für einen kurzen, qualvollen Moment fiel ihm der schimmernde Ring ein, der auf den Finger einer bestimmten Frau wartete. *Von nun an vergebens.* Sein Magen zog sich zusammen und nur mit Mühe hielt er sich aufrecht. Er wollte nur noch schreien. Schreien, Zerstören und Raphael so schleichend töten, dass es ein Jahrzehnt dauern würde, bis dieser tot war.

Warum hat er mich nicht auch getötet? Jace näherte sich

dem Krankenwagen, der mit der Fronthaube zu ihm stand, so langsam wie möglich. Er hielt kurz inne, bevor er zu der hinteren, weit geöffneten Tür trat.

»Was?«

Sichtlich erschöpft lag Lenah auf der Trage des Krankenwagens. Bastian saß neben ihr und hielt gewissenhaft ihre Hand.

»Lenah!« Er musste warten bis der Sanitäter, die Infusion eingestellt hatte, dann drängte er sich sofort an ihm vorbei und kam neben Bastian zum Stehen.

Du lebst.

Nun wusste er, was es bedeutete, wenn einem ein Stein vom Herzen fiel. Doch bei ihm schien es eine ganze Gesteinsformation gewesen zu sein. Ihr müdes Lächeln begrüßte ihn.

»Basti, schaust du mal nach Marcus? Er freut sich bestimmt, wenn du nach ihm siehst.« Sie drückte Bastians Finger und nickte ihm aufmunternd zu.

»Und wer passt so lange auf dich auf, Mama?« Pflichtbewusst sah ihr Junge sie an. Beinah wäre sie in Tränen ausgebrochen.

»Jace macht das schon, mein Schatz.«

Prüfend sah Bastian Jason an. Er nickte und machte eine Geste mit der Hand: »Versprochen.«

»Okay.« Basti kletterte aus dem Wagen.

»Ich dachte, dass du tot bist!«, brach es aus Jace hervor, sobald Lenahs Sohn außer Sichtweite war. Er beugte sich über die Krankentrage und drückte Lenahs Körper so fest an sich, wie er sich traute. Als er sie berührte, strömten die mühsam zurückgehaltenen Tränen aus ihr heraus. Schluchzend klammerte sie sich an ihm fest.

»Pscht.« Er murmelte beruhigende Worte und strich ihr

über die zerzausten Haare. Staub stieg ihm in die Nase, doch das war egal. Bastian ging es gut und Lenah lebte. *Sie lebt!* Konnte es etwas Wichtigeres geben?

»Ich bin so froh, dass es dir gut geht«, flüsterte Jace in ihr braunes Haar und schloss die Augen. Dicht hielt er sie in seinen Armen, bis sie mit einem Keuchen protestierte. »Entschuldige.« Er lockerte seinen einnehmenden Griff.

Obwohl mit Lenah so weit alles in Ordnung war, spürte er immer noch diese ungewohnte Leere, die er sich nicht erklären konnte.

»Wir müssen jetzt los.« Der Sanitäter, ein junger Mann mit schwarzer Nerd-Brille, deutete auf den Sitz. »Wenn sie möchten, können sie mitfahren.«

Jace schüttelte den Kopf. »Ich werde mich um das Chaos hier kümmern. Aber ich komme nach, versprochen.« Seine Lippen trafen auf Lenahs. »Und dann wirst du mir erklären, warum du diesen Wahnsinnigen ohne mich getroffen hast«, flüsterte er in ihr Ohr.

In diesem Moment kehrte Bastian zurück und nahm seinen Platz neben Lenah wieder ein. Zufrieden bemerkte Jace ihren unsicheren Gesichtsausdruck, als der Sanitäter die Tür schloss.

»In welches Krankenhaus fahren sie?«

»Du glaubst nicht, wie viel Glück Lenah hatte!« Eine halbe Stunde später hatte Jace sich mit Miguel Zutritt zu den Überresten der Achterbahn verschafft. Katrina sorgte gemeinsam mit Annika dafür, dass die Schaulustigen, die durch die Explosion angelockt worden waren, die Fläche nicht betraten.

Miguel war nicht nur ein Experte in Sicherheitstechnik, auch mit Sprengmitteln kannte sich der vielfältig interessierte Mann aus. Er ließ das Kabel los, das mit einer Reihe von Sprengstoffpäckchen verbunden war. Er sah zu Jace.

»Dieses Kabel hier-«, seine Hand deutete auf das rote Zündkabel, »- war fehlerhaft mit dem letzten Paket C4 verkabelt. *Mios dios.*« Er schüttelte den Kopf. Sein halblanges Haar fiel ihm ins kantige Gesicht und er erwiderte Jasons Blick. »Lenah hätte keine Chance gehabt. Raphael wusste was er da tat. Sieht nach einem Flüchtigkeitsfehler aus.«

Gedankenverloren nickte Jace. »Ich weiß.« Er würde diesen Schmerz niemals wieder vergessen, der gedroht hatte sein Herz zu zerreißen und ihm im gleichen Moment die Luft zum Atmen nahm. Und wenn er Raphael nicht beseitigen würde, würde er erneut versuchen, ihm das Liebste auf der Welt zu nehmen.

Lenah schloss die Glastür der Dusche hinter sich. Ihre Haare hingen schwer und feucht auf ihre Schultern hinab und hinterließen auf dem Boden eine feuchte Spur.

Sie drückte ihre Haare mit einem flauschigen Frottee-Handtuch aus. Endlich weilte sie wieder unter *normalen* Menschen. Frisch geduscht, satt und nicht in einem kratzigen Krankenhaushemd sah die Welt schon wieder besser aus. Zum Glück hatte sie nur eine Nacht zur Beobachtung darin verbringen müssen.

Die Wucht der Detonation auf der Achterbahn hatte ihren Nacken strapaziert. Sie neigte den Kopf auf die Seite und versuchte die Muskeln etwas zu entlasten. Ihre Muskeln fühlten sich an, wie ihre untrainierten Beine nach einem Sprint zum Bus: schwer und ein ziehender Schmerz, bei jeder Bewegung.

»Lenah?« Jace klopfte an die Tür aus dunklem Holz. »Bin gleich fertig!« Ihre Stimme klang gedämpft durch die Tür.

Er lehnte den Kopf an das Holz und schloss die Augen. Die ungewohnte Stille in seinem Inneren machte ihn nervös. *Wo war der Dämon?* Durch nichts ließ er sich hervorlocken, und Lenah hatte in der Nacht keinen seltsamen Traum gehabt. Ein leiser Seufzer entrang sich seiner Lippen.

Er hätte froh sein sollen, dass der Gefühlsfresser sich nicht mehr blicken ließ, doch es fühlte sich seltsam an, nach mehr als einem Jahrzehnt seinen Kopf und Körper für sich alleine zu haben.

Die Türklingel riss ihn aus seinen Überlegungen. Jace hob den Kopf. Sein offenes Hemd fiel über die schwarze Jeans. Hastig knöpfte er den weißen Stoff zu, bevor er die Tür öffnete.

»Was?« Er trat zurück, bereit jederzeit die Tür zu zuschlagen. Warum trug er seine Pistole nicht bei sich? Er gab sich selbst die Antwort: Weil er nachlässig wurde und nicht damit gerechnet hatte, dass Raphael nur einen einzigen Tag später vor seiner Tür stehen würde.

»Bitte!« Raphaels flehender Tonfall machte Jason neugierig. Wider besseren Wissens nickte er ihm zu, forderte ihn auf weiter zu reden.

»Er macht mich verrückt! Diese Stimme in meinem Kopf!« Unregelmäßig hob und senkte sich Raphaels Brustkorb. Der ehemalige Engel sah aus wie immer, bis auf die staubigen Klamotten. Seitdem der Dämon ihn in den Dreck gezwungen hatte, hatte er nicht einmal die Kleidung gewechselt.

»Egal was ich tue, er bleibt nicht still! Bitte, Jason, du musst mir helfen!«

Als er bemerkte, dass sein Mund offen stand, klappte Jace ihn zu. »Er hat den Körper gewechselt?«, brachte er heraus. Fast hätte er gelacht, der Ironie wegen, die das Schicksal mit sich brachte. Doch eigentlich war es eher tragisch: Der Dämon, der Schuld an der Verbannung von Raphaels Geliebter trug, nahm dessen Körper in Besitz. Entschlossen schüttelte er den Kopf: »Damit musst du alleine klarkommen.«

Hinter Jason erklangen Schritte. *Lenah und ihr perfektes Timing.*

»Wer ist denn ...« Ihre Stimme brach ab und er spürte, wie sie sich hinter seinem Rücken versteifte. Zitternd tastete sie nach dem Telefon. »Soll ich den Sicherheitsdienst rufen?« Ohne Raphael anzusehen, blickte sie Jace an. Dieser schüttelte den Kopf.

»Nein. Ich glaube, *Mr-Gefallener-Engel* hat ein schwerwiegenderes Problem. Mein Dämon hat sich mit seiner Seele angefreundet.«

»Was?« Jetzt sah Lenah doch über Jasons Schulter zu Raphael. Misstrauisch beäugte sie ihn, als erwarte sie einen erneuten Hinterhalt.

»Du musst mir helfen, Meyer!« Raphael wurde laut. »Ich kann ihn nicht kontrollieren! *Er* hat heute ein Mädchen zusammenbrechen lassen!« Seine Finger fuhren unruhig über die kurzgeschorenen Haare. Nur mühsam konnte er sich zurück halten um sich nicht blutig zu kratzen. Die Verzweiflung, die er verspürte, sorgte dafür, dass er sich nach Schmerzen sehnte, um Erleichterung zu erfahren.

»Ich kann das nicht! Ich will nicht für solches Elend schuldig sein!«

»Jetzt hör mir mal zu, du Arschloch!« Jace trat aus der Tür, knallte den Mann vor sich gegen die Wand, an die er ihn nur wenige Tage zuvor schon gedrückt hatte. »Du hast, ohne mit der Wimper zu zucken, versucht Lenah und ihren

Sohn zu töten. Du willst mir was von Schuld erzählen?«

Auf einen Handwink von ihm trat Katrina aus dem Technikraum neben dem Fahrstuhl, dessen Tür einen Spalt offen stand. Sie sah etwas derangiert aus, die sonst perfekt glänzenden Locken, waren an ihrem Hinterkopf zerzaust.

»Du hast Cookie getötet, nachdem du sie dazu gebracht hast, ein Attentat auf Jace durchzuführen. Mit deiner Gedankenmanipulation hast du es weit geschafft, Raphael.« Die Russin nickte fast anerkennend. Unter ihren Sohlen entstand kein Geräusch. Erst als sie die Waffe aus dem Holster zog und diese entsicherte, erfüllte das Klicken den Raum. »Aber nicht weit genug«, zischte sie.

Jason nickte Katrina zu. »Er gehört dir.«

»Jace!« Lenahs Stimme klang entsetzt. »Ihr könnt ihn doch nicht einfach töten?!«

Mit hochgezogener Augenbraue drehte er sich zu ihr um. »Und ob ich das könnte. Dieser Mann hätte Bastian und dich einfach ermordet. So wie er Cookie und Noah umgebracht hat. So wie er deinen Exmann im Hudson versenkt hat, ohne sich schuldig zu fühlen.

Wir werden das allerdings nicht erledigen. Evangeline wird entscheiden, was mit ihm geschieht. So gerne ich den Bastard selbst erledigen würde.«

Ehrliches Bedauern stand in seinen Zügen geschrieben. Katrina trat hinter Raphael und erneut erklang das Klicken von Metall. Die stählernen Handfesseln schlossen sich um Raphaels Handgelenke. Miguel trat heran. Er hatte mit Katrina Wache gehalten. Jace verkniff sich ein Kommentar zu seinen geröteten Lippen und den wirren Haaren, die sicher im Zusammenhang mit dem durcheinander wirkenden Erscheinungsbild Katrinas stand.

Die beiden führten Raphael ab. Annika hatte Dienst im Parkhaus und würde die beiden zu Evangeline bringen. Ab jetzt durften sich die Gildenoberhäupter mit Raphael vergnügen.

»Was wird mit ihm passieren?« Lenah schloss die Tür, hinter sich und folgte ihrem Liebsten. Er zuckte mit den Schultern.

»Ich hoffe, er wird sterben.«

»Jace!« Ihre Stimme klang entsetzt – und dennoch kein bisschen überrascht. Sie kannte ihn eben.

Epilog

»Schau mal, Mama!« Lenah beobachtete, wie Bastian etwas aus seiner Hosentasche zog. Eine zerknitterte Feder, die in den schönsten Farben schimmerte und das Licht reflektierte.

Sie ließ sich neben ihm im auf der Wiese nieder. Um sie herum tobten Kinder und der Central Park war dank des sonnigen Wetters brechend voll. Dennoch hatte sie sich von ihm breitschlagen lassen, mit ihm hier auf den Spielplatz zu gehen.

»Wo hast du die denn her?« Lenahs Finger strichen über die Feder, deren akkurater Verlauf Härte vortäuschte und sich doch seidenweich unter ihrer Haut anfühlte. Silbern glänzte die Spitze der Feder in der Herbstsonne. Basti zuckte mit den Schultern.

»Die hab ich im Freizeitpark gefunden. Vielleicht gehört sie deinem Schutzengel, Mama. Oma sagt, du hast einen sehr Fleißigen gehabt.«

Lenah nickte. »Da hat sie recht.«

Ein Schatten fiel auf die beiden. Lenah sah auf. Als sie Jason erkannte, entspannte sich ihr Gesichtsausdruck.

»Hey.«

»Selber *Hey*«, antwortete sie mit einem Lächeln auf den Lippen. »Wie geht es Marcus?« Basti lief zum Sandkasten, auf langweilige Erwachsenen-Gespräche hatte er keine Lust.

Jason ließ sich neben ihr im Gras nieder. Sein Blick suchte nach Bastian, der neben der Schaukel im Sand saß.

»Seine beiden Finger sind verloren. Aber immerhin haben die Ärzte die Blutvergiftung im Griff.«

Sie schwiegen eine Weile.

»Ob Raphael wirklich einmal ein Engel war?«, fragte sie und sah auf die schimmernde Feder zwischen ihren Fingern.

Jace sah auf ihre Hand hinab. »Wer weiß. Es gibt Dämonen – weshalb sollte es dann keine Engel geben?«

ENDE

Liebe Leserin, lieber Leser,

Vielen Dank, dass du dich für eines meiner Bücher entschieden hast. Ich hoffe, du hattest genauso viel Spaß beim Lesen, wie ich beim Schreiben.

Als unabhängige Autorin bin ich sehr auf deine Mithilfe angewiesen. Deshalb würde ich mich sehr über eine Rezension freuen. Auch wenn sie nur ein paar Sätze lang ist, hilfst du damit andere Lesern sich zu entscheiden.

Wenn dir mein Buch gefällt, freue ich mich über deine Weiterempfehlung.

Weiterhin viel Lesefreude wünscht dir

Jennifer,

die ohne viel Kaffee, viel Musik, tollen Autorenkollegen, schlaflose Nächte, hektische Tage, viel Ausdauer, tolle Leser, hilfreiche Testleser, willensstarke Katzen und einer verständnisvollen Familie noch kein einziges Buch beendet hätte.

Zwischen Blut und Schatten

Der erfolgreiche 1. Teil der Schattentänzerin-Serie!

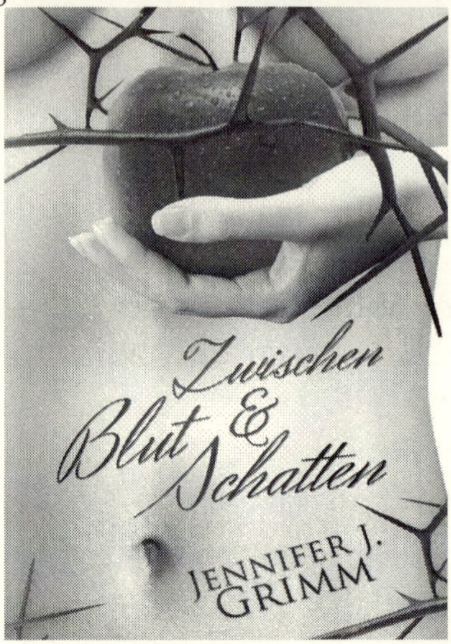

Als Assassine der Vampirkönigin hat Niamh einiges zu tun. Jeden ihrer Aufträge erfüllt sie, dank ihrer Fähigkeit des Schattenwanderns, zur vollsten Zufriedenheit Cassandras. Doch als sie ein wichtiges Attentat verpatzt, wird die Irin selbst zur Zielscheibe. Sie muss sich mit Henry, den sie eigentlich hätte töten sollen, verbünden.

Doch wie tötet man die mächtigste Frau der Welt? *Auf der Suche nach der Antwort kommt die Schattentänzerin dem verbotenen Vampir gefährlich nahe...*

eBook: 2,99 €
Taschenbuch: 8,90€

Teil 2 folgt in 2015!

36092323R00176

Made in the USA
Charleston, SC
22 November 2014